서정시대

국립중앙도서관 출판시도서목록(CIP)

서정시대 / 채영주...[등]지음.
— 파주 : 문학동네, 2005
  p. ;   cm

표지관제: 우리 시대를 대표하는 젊은 작가 7인 소설집
ISBN 89-8281-097-8 03810 : ₩7000

813.6-KDC4
895.734-DDC21   CIP2005000613

서정시대

채영주 김인숙 윤대녕 은희경
최인석 함정임 구효서

문학동네

차례

미끄럼을 타고 온 절망 **채영주** 7

바다에서 **김인숙** 41

은항아리 안에서 **윤대녕** 65

서정시대 **은희경** 89

소설가 최보(崔甫)의 어제, 또 어제 **최인석** 127

동행 **함정임** 155

오남리 이야기 3 **구효서** 191

영원히 다시 시작되어야 하는 글쓰기 219

미끄럼을 타고 온 절망

채영주

1962년 부산에서 태어나 1988년 서울대 정치학과를 졸업했다.
1988년 계간 『문학과 사회』 겨울호에 「노점 사내」를 발표하면서 작품활동을 시작했다.
장편소설 『담장과 포도넝쿨』 『시간 속의 도적』 『목마들의 언덕』 『크레파스』 『웃음』,
소설집 『가면 지우기』 『연인에게 생긴 일』이 있다.

변명이 될 수 있을지 모르겠지만, 그 여름 내 나이는 겨우 스물한 살이었다. 나는 알 수 없는 젊음의 열병에 사로잡혀 남도지방을 여행하고 있었다. 한 도시에서 우유배달로 몇만원을 움켜쥐면 다른 도시로 옮겨가 새로운 풍물을 구경하였고, 돈이 떨어지면 식당종업원이나 당구장의 볼보이로 침식을 구하였다. 운이 좋을 때면 음악다방의 견습 디제이 일을 얻어 뮤직박스에 들어앉을 수도 있었다. 그럴 때면 하루 종일 헤드폰을 끼고서 씨씨알이나 다이어 스트레이츠를 듣곤 했다. 이유는 한 가지, 현재의 나를 벗어나고 싶다는 것이었다. 아니 그래야 한다는 것이었다. 이십일 년의 삶을 버텨오는 동안 나는 단 한 차례도 내 두 어깨에 지어진 기대들로부터 자유로워져본 적이 없었다. 나는 마치 동물원의 돌고래처럼 좁은 수영장을 돌며 약속된 재주나 부려대는 삶에 절망하고 있었던 것이었다.

그녀를 만난 것은 그렇게 돌아다닌 도시들의 어느 한 골목 룸살롱에서였다. 지하로 내려가는 계단 입구에는 꼬마 색전구들이 주렁주렁 매달려 반짝이고 있었고, 웨이터를 구한다는 조잡한 광고문이 붙어 있었다. 일자리가 필요하기도 했지만 보다 강렬하게 나를 끌어당긴 것은 어두운 계단을 타고 올라온 음악이었다. 그곳에서는 뜻밖에도 저니의 〈오픈 암스〉가 흘러나오고 있었다. '어두컴컴한 이곳에 당신과 나란히 누워 당신의 심장박동을 내 가슴으로 느끼며……' 나는 계단을 내려갔으며 룸살롱의 문턱을 넘어서서 실내를 돌아보았다. 아직 이른 시각인 까닭인지 홀에는 사람이 없었다. 한 명의 여급만이 무대 위에서 마이크를 붙잡고 노래 부르고 있었다. 아니, 노래 부르는 시늉을 하고 있었다. 노래와 음악은 모두 전축에서 재생되고 있었으니까. 그러나 그녀의 모습은 그저 시늉만 하고 있다고 말하기에는 너무 심각하고 진지했다. 그녀는 마치 저니라는 그룹을 끌어안고 그들의 심장박동을 모조리 느끼고야 말겠다는 듯 간절하게 두 팔을 벌리고 있었다.

내가 가까이 다가가도 그녀는 노래를 멈추지 않았다. 나는 그녀의 허벅지 앞 어디쯤에 멈추어 서서 그녀를 지켜보았다. 그녀는 놀랄 만큼 가느다란 몸매를 갖고 있었다. 그런데 그 몸매에서는 또 놀랄 만큼 강렬한 매력이 뿜어져 나오고 있었다. 아라비안 드레스를 입은 모딜리아니의 인형 같았다고나 할까. 그녀가 한 차례 팔다리를 휘저으면 옷자락 사이사이에서는 수십 가지 나비와 꽃의 향기들이 스며나왔다. 노래가 끝날 때까지 나는 그녀를 바라보는 것 이외의 일은 생각할 수 없었다.

"어떻게 오셨죠?"

마침내 노래가 끝났을 때 그녀가 물었다. 그녀는 그제서야 내 존재를 깨달았는지 당황하고 있었다. 나는 입구의 구인광고를 보고 들어왔노라고 대답해주었다. 그녀는 뜻밖이라는 듯 두 눈을 고쳐 뜨고 나를 훑어보았다.
"경험이 있으세요?"
"이런 곳은, 처음입니다."
"이런 곳은…… 아는지 모르겠지만 여긴 웨이터씨 월급이 없어요. 수입이라곤 팁이 고작인데 여름엔 손님도 많지 않아요."
"상관없습니다. 잠자리와 식사만 해결되면 됩니다."
그녀는 눈을 내리깔았다. 나는 그녀가 좋아지는 느낌이었다. 그녀는 말수가 적어 보였으며 그건 바로 내 취향이었던 것이다. 하지만 그 느낌은 한순간에 나를 불안하게 만들었다. 그녀에 비해서 나는 너무 왜소한 어린애라는 생각이 들었다.
"옥상으로 올라가보세요. 거기 안채가 있어요. 사장님을 만나서 말씀드리세요."
돌아서기에 앞서 나는 그녀와 몇 마디를 더 나누고 싶었다. 노래하는 모습이 너무 아름다웠다라든가, 〈오픈 암스〉는 나 역시 무척 좋아하는 노래다라든가, 혹은 그녀의 이름을 알고 싶다라든가. 하지만 나는 결국 아무 말도 꺼낼 수 없었다.
사장과의 면담은 간단했다. 사장은 옥상의 난간 앞에 놓인 의자에서 거리를 내려다보고 있었는데 그에게서는 세월의 비린내가 풍겼다. 어둡고 습한 세월을 지혜롭게 살아남은 사람에게서 맡을 수 있는 교활과 비겁의 냄새였다. 그의 이두박근은 두텁고 단단해 보였으며 두 눈가는 순종적으로 늘어져 있었다. 마흔이나 되었을까. 나는 그에게 일을 하고 싶다고 말했고 그는 심드렁히 아래 위를 훑어보았다. 몇 가지 질문 끝에 그는 내가 숙련된 웨이터는 아니지만 윤이 나게 요령이나 피워댈 위인도 못 된다는 사실을 알게 되었다. 그는 내게 주민등록증을 복사해오도록 지시했다.

그날 저녁부터 나는 그 룸살롱의 가족이 되었다. 내게는 옥상 안채의 왼쪽 끝방이 주어졌다. 절반은 헛간이고 절반은 마루 장판을 깔아놓은 그 방에는 겨울이면 두세 명의 웨이터들이 아늑한 살림을 차린다고 했다. 또 내게는 하루 두 끼의 식사가 제공되었다. 오전이 끝날 무렵에야 겨우 기지개를 켜는 그 집 식구들에게는 오후 한시쯤 먹는 첫 끼니와 다섯시경의 두번째 끼니가 전부였던 것이다. 두번째 식사가 끝나면 아가씨들은 몸단장에 들어갔고, 나는 지하실로 내려가 영업준비 작업에 들어갔다. 바닥을 쓸고 닦고, 테이블을 닦고, 냄새가 지독한 곳에다는 쑥을 태웠다. 그러느라면 맥주와 마른안주 배달부가 고개를 디밀었다. 나는 사장이 지시한 일정량이 매일 유지되도록 물건을 받았다.

"영업이 시원찮나봐요?"

배달부는 나를 탐색하듯 조심스럽게 물었다. 나는 역시 조심스럽게 대꾸해주었다.

"손님이 없어요. 여름이잖아요."

그가 돌아가면 이젠 계단 입구의 꼬마 색전구들에 전원을 연결시켜야 했다. 매일처럼 불을 밝혔지만 그 전구들은 또 거의 매일처럼 말썽을 부리곤 했다. 마지막 작업은 전축을 켜는 것이었다. 사장의 지시에 따라 나는 주현미나 나훈아의 음반을 올렸다. 아주 가끔은 블론디의 〈콜 미〉를 얹을 수도 있었다.

그 밖에도 몇 가지 일들이 없지는 않았다. 영업시간중에 나는 손님들의 룸으로 술과 안주를 날라야 했으며 달아난 아가씨들도 다시 불러주어야 했다. 그들이 돌아간 다음이면 바닥에 떨어져 짓이겨진 과일조각들을 치워야 했고, 소파 구석에 처박힌 팬티가 어느 아가씨의 허벅지를 미끄러져 나온 것인지도 고민해야 했다. 새벽 서너시쯤 영업이 끝나면 뒷정리를 하고 셔터를 내리는 것도 내 일이었다. 하지만 그 모든 일들의 총량은 대수로운 것은 아니었다. 하루 저녁 고작 두세 개의 룸이 찰 뿐이어서 한량처럼 뒷짐을 지고서도 해치울 수 있었던 것이다. 나는 그 정도의 일이라면 하루 두 끼의 식사와 잠자리가 궁색한 대접은 아니라고까지 생각했다. 계절은 아직 여름이었고, 내게는 서둘러서 가야 할 곳도 없었으니까. 여유로운 시간의 대부분을 나는 나의 모델 리아니를 관찰하는 데 할애하곤 했다. 그녀는 여전히 인상적이었고 향기로웠으며 말수가 적었다. 특히 나를 향해서는 아무런 말도 건네지 않았다. 나는 안타까이 그 침묵을 지켜보아야 했다.

며칠이 지나면서 그러나 나는 그곳에서의 생활이 생각처럼 평화롭기만 한 것은 아니라는 사실을 깨닫게 되었다. 갑자기 일이 많아졌다든가 사장이 나를 험하게 대했다든가 하는 따위가 아니었다. 몸을 파는 데 익숙해진 아가씨들과 함께 하는 삶이 어떤 것인가를 나는 미처 모르고 있었던 것이다.

옥상 안채의 구조는 너무 단순하여 아무런 상상력의 개입도 허락하지 않았다. 서쪽을 향하여 일렬로 세 개의 방이 늘어서 있었다. 오른쪽으로부터 사장 부부의 방, 아가씨들의 방, 그리고 내가 사용하게 된 헛간 겸 웨이터씨의 방이 있었다. 그러니까 내 방은 북쪽 끝에 위치한 셈이었다. 사장 부부의 방 오른쪽으로는 주방과 간이샤워장이 설치되어 있었다. 그와 같은 일자형 구조는 모든 사람들에게 공평하게 일몰을 구경시켜준다는 장점은 있었지만 계절별로 달라지는 한반도의 기후와는 아무런 조화도 이루지 못했다. 남동쪽에서 불어오는 여름 바람은 그곳에서는 완벽하게 차단되고 있었다.

일자형 구조의 또 한 가지 단점은 어느 누구에게도 사생활을 보장하지 않는다는 것이었다. 방을 나서면 나는 언제나 벌거벗은 일군의 아가씨들을 맞닥뜨려야 했다. 물론 그건 계절 탓이었겠지만, 그녀들은 옷 입기를 좋아하지 않았다. 밤시간의 짙은 화장과 몸단장을 보상받기라도 하겠다는 듯 낮시간만큼은 자연으로 돌아가길 원했다. 팬티와 브래지어 차림으로 드러누워 김수희를 들었고, 고스톱을 쳤다. 그녀들은 또 희뿌연 비닐 한 장으로 만들어진 간이샤워장에서 아무렇지도 않게 물을 끼얹기도 했는데 그럴 때면 그나마 팬티와 브래지어마저 붙어 있질 않았다.

다행스럽게도 나의 모딜리아니는 다른 아가씨들과는 달랐다. 특별한 경우가 아니면 나는 그녀가 속옷 차림으로 돌아다니는 모습은 볼 수 없었다. 그녀는 짤막한 핫팬츠라도 입는 편이었고, 사타구니를 벌린 채 대청바닥에 널브러지는 일도 없었다. 샤워장을 향할 적에도 커다란 타월로 가슴에서 허벅지까지를 감쌌고, 그 타월로 비닐 칸막이를 가리는 것도 잊지 않았다. 하지만 나를 가장 힘들게 만든 것은 바로 그녀였다. 다른 아가씨들은 설사 칸막이를 열어두고 샤워를 해도 눈길이 가지 않았지만 그녀가 등장하기만 하면 나는 똥 마려운 강아지처럼 시선 둘 곳을 찾지 못하는 것이었다. 괜스레 줄담배를 피기도 했고 난간 앞에 서서 거리를 내려다보기도 했다. 물 소리는 또 왜 그리 크게 울렸던지. 아가씨들이 함께 고스톱을 치자고 청할 때마다 내가 사색이 되어 거절했던 것도 사실은 그녀 때문이었다. 그토록 자연스러운 풍광 속에서 나는 감히 그녀에게 다가갈 용기가 없었던 것이다.

닷새가 지나지 않아 한 가지 해결책이 찾아졌다. 그건 그 세상을 벗어나는 것이었다. 아침에 눈을 뜨면 나는 곧장 거리로 나섰다. 대략 아홉시나 열시경이었는데, 그 시간이면 그녀들은 모두 개구리처럼 두 다리를 벌리고 잠에 빠져 있었다. 나는 골목골목을 누비기도 했고, 교회나 유치원의 마당에서 나무 그늘을 찾기도 했다. 근처에 강이나 개울 따위가 있었다면 좋았겠지만 아쉽게도 그런 건 찾아지지 않았다. 오후 한시쯤, 첫 끼니 시간이 되면 나는 옥상으로 올라갔다. 식사가 끝나면 다시 살그머니 빠져나와 나만의 거리로 돌아갔다.

"자넨 밖에 여자친구라도 만들어둔 모양이지?"

한번은 밥숟가락을 놓자마자 신발을 신는 나에게 사장이 말했다. 그는 벌써 식사를 끝내고 두어 명의 아가씨들과 고스톱판을 시작하고 있었다. 이제는 누구도 내게 고스톱을 청하지 않고 있었다. 나는 그저 멋쩍게 웃어주고는 밖으로 나갔다.

그러나 바깥 거리를 헤매고 다니는 동안도 내 생각은 여전히 그곳 옥상 위의 작은 세상에 머물러 있었음은 아무도 알지 못했다. 나는 내 삶이 처음 맞닥뜨린 기묘한 세상의 사람들에게 매료되어 있었다. 그들에게는 삶이 순간순간의 장면들로만 이루어져 있었다. 아무런 과거나 미래도 없었고, 계획도 없었다. 시간이라는 것 자체가 실종되고 없었다. 적어도 그렇게 보였다. 함께 누워 김수희를 열창할 친구가 있으면 좋았고, 화투가 있으면 좋았고, 밤시간을 책임지고 팁까지 안겨줄 손님이 있으면 좋았다. 다른 건 아무런 의미가 없었다. 나는 십여 년의 교육으로 복잡하게 뒤엉킨 내 교양을 원망했다. 그리고 그녀는, 나의 모딜리아니는, 내 생각을 그곳에 묶어두는 수문장이었다. 그녀가 떠오를 때면 나는 괜히 얼굴이 붉어졌다. 그녀가 그곳에 어울리는 사람이라고는 선뜻 인정할 수 없었다. 하지만 다른 한편으로는 그곳을 가장 화사하게 밝히는 인물이 바로 그녀 같기도 했다. 그녀는 그곳이 곧 세상이며 세상이 바로 그런 곳임을 내게 가르쳐주려는 사람 같았다. 나는 몽상 속에서 조금씩조금씩 그녀에게 다가갔지만 그녀는 오히려 멀어지고 있었다. 그녀는 두 팔을 벌렸지만 그건 나를 향한 것이 아니었고, 내 간절한 눈빛을 싸늘한 침묵으로 외면하곤 했다. 나는 스스로가 경멸스러워질 지경이었다. 그때까지 여자와 잠을 자본 일이 없었다는 사실은 또 얼마나 수치스레 여겨졌던가. 그런 생각들에 빠져 있었으니 내가 낮시간을 옥상의 작은 세상에서 보낸다는 것은 요원한 일이었다.

단체 피서가 결정된 것은 두 주일이 지난 어느 날이었다. 아침인지 점심인지 모를 식사를 마친 자리에서 사장은 사흘 후인 일요일부터 이박 삼일간 바캉스를 갖겠노라고 선언한 것이었다. 장소는 대천해수욕장이라고 했다. 아가씨들은 환호성을 울렸고 사장은 산타클로스처럼 흐뭇한 미소를 머금었다.

"어때. 자네도 함께 갈 텐가?"

그가 내게 그렇게 묻지만 않았더라면 아마 나는 당연히 함께 가는 줄로 생각했을 것이었다. 우린 한가족이었으니까. 하지만 불쑥 던져진 그 질문이 나를 불확실하게 만들었다. 나는 머뭇거리며 이마를 문질렀다.

"글쎄요, 이박 삼일간이라구요……."

사장은 나를 바라보았다. 사장뿐 아니라 그 자리에 모인 모든 눈들이 내게 모여들고 있었다. 어색한 침묵이 찾아왔다. 나는 시선을 떨어뜨리고 목덜미의 땀을 닦았다. 그들의 눈길이 내게 요구하는 것은 무엇이었을까. 그들은 내가 함께 가길 원했을까, 그렇잖으면 빠져주기를 원하는 것이었을까. 어정쩡히 시선을 들다가 나는 그녀, 모딜리아니와 눈길을 마주쳤다. 그녀는 보일 듯 말 듯 코웃음을 짓고는 고개를 돌렸다. 그건 아주 짧은 순간의 작은 일이었지만 내 기운을 꺾기에는 충분했다. 나는 그들이, 혹은 적어도 그녀는, 나의 동행을 원치 않는다고 생각하지 않을 수 없었다. 하기야 젊고 발랄한 아가씨들의 피서에 덜떨어진 총각 혹 하나가 붙어 보기 좋을 일도 없지 않겠는가.

"사실은 따로 하고 싶은 일이 있습니다."

사장은 여전히 의중을 알 수 없는 눈빛으로 고개를 끄덕거렸다.

"좋도록 하게."

그때부터 이틀 동안 그들은 드물게 부산했다. 음식도 장만했고 피서에 필요한 물건들도 샀다. 수영복을 입어보고 서로 품평회를 여는가 하면 선글라스를 끼고 평상에 눕기도 했다. 선탠로션을 바르고는 부지런히 몸을 굴려대었다. 마치 그날을 위하여 일 년을 기다려온 사람들 같았다. 나는 그 부산함에 끼지 않은 게 다행스러웠지만 가끔은 아쉬운 기분이 들기도 했다. 그들과 어울려 함께 부풀어올라보는 것도 나쁜 일은 아니었을 텐데…… 그런 곳 그런 분위기에 서라면 좀더 자연스럽게 모딜리아니와 가까워질 수도 있을 텐데. 낮시간을 늘 거리에서 보내었던 탓에 나는 그녀에게 말을 건넬 기회를 잡기가 쉽지 않았던 것이다.

따로 하고 싶은 일이 있다던 얘기도 빈말은 아니었다. 그들이 떠나자 나는 곧장 두어 블록 떨어진 길모퉁이의 화실을 찾아갔다. 하릴없이 거리를 배회할 적이면 나는 곧잘 그 화실 앞에서 아폴론과 시저의 소묘들이 나붙은 창유리를 올려다보곤 했다. 그러면서 익숙하게 목탄을 움직이는 내 모습을 그려보곤 했다. 심경의 평화와는 무관히 그 무렵 나는 내 삶에서 무언가가 결핍되어 있음을 절실히 느끼고 있었던 것이다. 화실 원장은 친절한 영혼의 소유자였다. 오랫동안 그림을 벗해온 사람은 모두 저렇게 될까 싶을 정도로 깊고 잔잔해 보였다. 서울을 떠나온 이후 처음으로 나는 내 형편을 설명했다. 많은 말을 하지 않아서 그는 나를 이해해주었다. 그곳에서 그림을 배우고 싶다는 부탁도 기꺼이 들어주었다. 나는 이전의 도시에서 식당종업원 일로 벌었던 마지막 비상금 이만원을 꺼냈다. 그는 그 돈으로는 어차피 한 달치 수강료도 되지 않으니 넣어두라고 말했지만 나는 제발 받아달라고 우겼다. 그는 내 자존심을 생각해선지 받아주었다. 하지만 그 후 한 달 반 동안 그가 내게 베풀어준 배려는 아무리 많은 돈으로도 계산할 수 없을 만큼 고마운 것이었다.

그 이박 삼일 동안 나는 잠시도 화실을 떠나지 않았다. 아그리파와 아리아스와 줄리앙을 그렸다. 투구를 쓴 여인도 그렸다. 그 중에서도 특히 나를 사로잡은 것은 줄리앙이었다. 그 얼마 전에 나는 스탕달의 위대한 소설 『적과 흑』을 읽은 터였고, 줄리앙 소렐이라는 위선적인 영웅에 흠뻑 젖어 있었던 것이다. 줄리앙이라는 석고상이 과연 그 소설의 줄리앙인지 어떤지는 확인할 길이 없었지만 나는 아마 그럴 것이라고 믿기로 했다. 원장은 내가 그 공간을 마음껏 사용할 수 있도록 허락해주었다. 틈틈이 데생 방법도 가르쳐주었고, 4B연필을 움켜쥔 지 겨우 서너 시간이 지난 초보생이 감히 줄리앙을 그리도록 허락해주었다. 밤이 깊어 달빛도 사라지면 나는 화실 한 귀퉁이의 골방에서 새우잠을 잤다. 몸은 피곤했지만 내 영혼은 한없이 행복했다. 몇 달 만에 비로소 나는 가족을 그리워했고, 꿈속에서 그들을 만났다. 서울에 두고 온 친구들도 생각했다. 물론 그 언저리에는 언제나 모딜리아니의 가녀린 조상도 걸쳐져 있었다.

그들이 피서지에서 돌아왔을 때 나는 한결 건강해져 있었다. 내 삶의 이지러진 모퉁이에서는 파릇한 새싹이 돋아나고 있었고, 나는 다시 세상을 사랑할 수 있을 것만 같았다. 정확히 무엇인지는 알 수 없었지만 세상에는 돌고래쇼보다 아름답고 의미 있는 방식의 삶도 존재할 법해 보였다. 또 나는 그녀에게 보다 솔직한 관심을 가질 수도 있을 것 같았다. 그녀는 여전히 냉정했지만 그게 그녀에 대한 나의 호감을 가로막을 이유는 없지 않겠는가.

그날 밤엔 손님이 일찍 끊어졌다. 두 개의 룸에 두 팀의 남자들이 들어왔지만 일찌감치 돌아갔다. 자정이 넘어서자 이제 더이상의 손님은 찾아올 것 같지 않았다. 아가씨들은 가게 맞은편의 라면집으로 밤참을 먹으러 가기도 했고 홀의 테이블에서 화투패를 떼기도 했다. 나의 모딜리아니는 무대 위에서 전자오르간을 만지작거리고 있었다. 조심스럽게 몇 개의 건반을 눌러서 〈오픈 암스〉를 연주하고 있었다. 그녀는 곧잘 엉뚱한 음을 눌렀지만 몇 번의 시행착오를 거쳐서 정확한 음을 찾아내곤 했다. 언젠가 나는 우연히 그녀의 꿈을 엿들은 적이 있었다. 연수라는 아가씨와 나른한 잡담을 나누는 중이었는데, 그녀는 피아노를 배워 교습소를 여는 게 소망이라고 말했다. 그래서 아이들을 가르치며 아이들처럼 살고 싶다고. 연수라는 아가씨는 깔깔거리고 웃었지만 나는 괜히 눈물이 돌았었다.

〈오픈 암스〉가 가까스로 절반에 다가갈 즈음 나는 무대로 올라가볼 생각을 했다. 건반에 매달린 그녀는 가장 소박하게 무장해제된 모습이었고, 그런 그녀에게 말을 붙인다면 적어도 찬서리는 맞지 않으리라 기대한 것이었다. 화투패에 열심인 두 명의 아가씨들을 곁눈질해보며 나는 슬금슬금 무대 쪽으로 다가갔다. 그런데 내가 거의 무대에 다다랐을 때, 계단 쪽이 소란스러워졌다. 몇 명 남자들의 구둣발 소리가 쿵쾅거리며 내려왔다. 나는 재빨리 입구로 달려가 공손하게 허리를 굽혔다.
"어서 오십시오!"
들어선 남자들은 모두 다섯 명이었다. 하지만 그들은 예사롭지 않았다. 다른 손님들은 들어서기가 무섭게 구석진 밀실과 아가씨를 찾았는데 그들은 홀의 한가운데 테이블을 차지하고 앉았다. 그것도 모두 함께 앉는 게 아니라 한 남자만 앉았고 나머지는 양쪽으로 갈라섰다. 영화 속의 호위무사들처럼. 패를 떼던 아가씨들은 조용하게 기가 죽었다. 모딜리아니만이 여전히 무대 위에서 오르간 건반을 눌렀다. 그러나 그녀의 연주에서도 작지 않은 동요가 느껴졌다. 나는 일단 다섯 개의 물수건과 메뉴판을 들고 앉은 남자에게로 갔다.
"주문하시겠습니까?"
"맥주 가져와."
남자는 씹어 뱉듯 말했다. 그의 나이는 고작해야 나보다 너덧 살 위로 보였다.
맥주와 기본안주를 테이블에 내려놓고 나는 다시 입구로 돌아가 섰다. 무언가 심상찮은 일이 벌어질 조짐이었지만 내가 할 수 있는 대비라고는 그것뿐이었다. 앉은 남자는 맥주를 들이켰고 그의 왼쪽에 선 남자는 열심히 잔을 채웠다. 패를 떼던 아가씨들은 여전히 화투를 나누고 있었지만 그건 그러고 싶어서 하는 몸짓이 아니었다. 패라도 계속 떼지 않으면 더 무서운 일이 벌어지리라 두려워하는 모습들이었다. 모딜리아니는 벌써 몇번째인지 '그래서 난 이제 당신에게로 왔어요'라는 부분을 연주하고 있었다. 고장난 레코드처럼, 커졌다 작아졌다 부르르 떨리기도 하는 소리로. 설사 앞으로 십 년쯤 피아노를 치지 않더라도 그녀는 그 부분을 완벽하게 기억할 것이었다. 난 차라리 음악을 크게 틀어버릴까도 생각했지만 좀더 지켜보기로 했다.

그렇게 얼마가 지났을까. 앉은 남자가 불쑥 맥주병을 집어던졌다. 두 아가씨들이 앉은 테이블을 향해서였다. 맥주병은 다행히 그녀들을 비켜 지나가 벽면에 부딪혔다. 유릿조각과 술이 사방으로 튀었고 아가씨들은 비명을 질렀다. 남자는 그녀들에게 욕지거리를 퍼부었다.

"야이 쌍년들아. 손님이 오셨는데 거기서 그렇게 화툿장이나 만지작거리고 있을 거야? 그게 네년들 직업이야? 발딱 일어나서 가랑이를 벌리란 말이야."

나는 청소도구를 들고 맥주병이 깨어진 곳으로 갔다. 유릿조각들을 쓸어 담고 밀걸레질을 했다. 그러는 사이에도 남자의 욕지거리는 멈추지 않았다. 그러자 왼쪽에 서 있던 남자가 다른 한 명에게 눈짓을 보냈다. 지시를 받은 남자는 무대 위로 올라가더니 모딜리아니에게 공손하게 허리를 숙였다. 그는 아마 그녀를 자신의 보스에게로 모셔가려는 모양이었다. 그러나 모딜리아니는 그에게 눈길조차 주지 않았다. 별수 없이 그는 자리로 돌아왔고, 왼쪽의 남자는 앉은 남자에게 결과를 알렸다. 전자오르간은 계속 '그래서 난 이제 당신에게로 왔어요'를 연주하고 있었다.

"야, 너, 이리 와봐."

마침내 내 차례가 되었다. 앉은 남자가 나를 불렀다. 사정은 알 수 없었지만 나는 내가 해야 할 일 정도는 알 것 같았다. 유릿조각들을 쓸어 담다가 얼핏 나는 사장을 보았는데 그는 출구 밖 벽에 몸을 숨기다시피 하고 있었다. 내 눈길과 마주치자 손가락 하나를 입술에 붙이고는 사라져버렸던 것이다.

"맥주 맛이 이게 뭐야. 이 새끼야, 누가 널더러 병뚜껑을 따래. 김빠진 맥주에다 물까지 타서 내놓는 걸 내가 모를 줄 알아?"

그는 나를 타작하기 시작했다. 뺨을 갈기고, 주먹으로 명치를 때리고, 구둣발로 허벅지를 찍고, 술이 꽤 취했음에도 불구하고 그의 손찌검은 매서웠다. 게다가 그의 부하들은 내가 웬만큼 멀어지려 하면 다시 밀어다 두목 앞에 세웠다. 나는 아픈 소리를 내지 않기 위해 입술을 깨물어야 했다. 한 벌뿐인 내 셔츠와 바지는 엉망이 되고 말았다. 내가 세 번째인가 쓰러져 무릎을 꿇었을 때 모딜리아니의 목소리가 들렸다.

"그만 돌아가세요."

그녀의 목소리는 작지만 단호했다. 나를 때리던 남자는 손길을 멈추고 그녀를 바라보았다. 그들은 잠시 눈전쟁을 벌이는 듯했다. 남자는 사뭇 진지하게 눈동자에 힘을 주었지만 그녀 시선의 투명한 벽을 무너뜨리지 못했다. 그녀가 말을 이었다.
"그만 돌아가세요. 그리고 분명히 기억하세요. 다시 한번 여길 찾아오면 전 죽어버리겠어요."
그녀는 무대에서 내려와 홀을 가로질러 나가버렸다. 그것으로 사건은 종결되었다. 그녀가 사라지자 다섯 남자들은 썰물처럼 빠져나간 것이었다. 그제서야 기지개를 켠 두 아가씨들의 불평을 통해 나는 그들이 그 도시 뒷골목 회장님의 아들 일행이라는 사실을 알 수 있었다.
잠시 후 현장에는 없었던 한 아가씨가 나타나 사장의 전갈을 전했다. 그날 영업은 그것으로 끝이라고 했다. 아가씨들은 모두 옥상으로 올라가버리고 나는 셔터를 내렸다. 홀을 정리하고 셔츠에서 뜯겨나간 두 개의 단추를 찾는 데는 이십여 분이 걸렸다. 하지만 나는 아직 잠자리에 들 형편이 아니었다. 단벌 유니폼인 셔츠와 바지를 다음날 다시 입으려면 미리 빨아두어야 했던 것이다. 옥상의 불은 모두 꺼져 있었다. 셔츠와 바지를 벗어 들고 나는 조용히 간이샤워장으로 향했다. 소리나지 않게 물을 붓고 비누를 풀고, 비누가 옷자락으로 스며들기를 기다리며 담배 한 개비를 물었다. 그런데 그때 어디선가 두런거리는 말소리가 들려왔다. 아가씨들이 잠자는 가운뎃방으로부터였다. 그녀들은 누군가를 흉보고 있었다.
"그래가지구야 어디 가서 밥이라도 빌어먹겠어? 자기가 무슨 영화 주인공이나 되는 줄 아는지."
"원래 동작이 굼뜨잖아. 맥주 한 병 갖고 오는데도 온갖

폼을 다 잡고 황소처럼 느릿느릿하니."
"거기서 그렇게 인상 쓰면서 맞고만 있을 처지냔 말이야? 죽는 시늉을 하며 빌어야지…… 처음부터 그랬어. 웨이터가 조금만 분위기를 맞췄더라도 그렇게까지 험악하진 않았을 거야."
"누가 아니래. 사장님은 어쩌자고 저런 달팽이를 채용했는지 몰라."
그녀들의 굼뜬 달팽이가 누구를 가리키는 것인지는 뻔한 일이었다. 나는 아주 조용히 일어나 계단을 내려갔다. 살롱의 깜깜한 홀을 지나 주방으로 들어갔다. 그리고 그 한구석에 쪼그리고 앉았다. 두 뺨으로는 눈물이 흘러내리고 있었다. 그 몇 달 동안 많은 일들을 겪었지만 눈물이 흐르기는 처음이었다. 나름대로는 그녀들을 성의껏 대했고 그녀들에게서 호의적으로 받아들여지기를 기대했는데 뜻밖에도 그녀들은 모든 비난을 내게 퍼붓고 있었던 것이다.
계단을 내려오는 조심스런 발소리가 들린 것은 몇 분이 지나지 않아서였다. 홀 입구의 작은 불이 켜졌다. 나는 숨을 죽였다. 그러나 발소리는 결국 내가 쪼그리고 앉은 주방까지 찾아오고 말았다. 나는 모딜리아니의 어색한 시선을 올려다보아야 했다. 그녀는 한숨을 내쉬고는 주저앉았다. 우리는 두어 걸음 사이를 두고 비스듬히 마주보게 되었다. 나는 너무 창피해서 눈물을 닦을 생각도 들지 않았다. 한참 만에 그녀가 퉁명스레 말했다.
"룸도 많은데 하필이면 주방 구석에서 이러고 있어요?"
그 말을 듣자 나는 문득 웃음이 나왔다. 그녀도 장난스럽게 웃었다. 그제서야 나는 눈가를 문지르고 담배에 불을 붙일 수 있었다. 그녀도 내게서 담배와 성냥을 건네받고는 기다랗게 연기를 내뿜었다. 그녀는 그날 밤의 일을 사과했다. 그런 사태가 발생한 것은 전적으로 자기 때문이었노라고. 나는 그런 일은 마음에 두지 않아도 좋다고 말했다. 그러자 그녀가 덧붙였다.
"여기 아가씨들이랑 사이 좋게 지낼 생각은 포기하세요. 웨이터씨랑은 코드가 틀리니까요."
"제가 뭘 잘못했습니까?"
"여긴 워낙 폐쇄적인 곳이라 외부에서 들어온 사람들과의 관계는 두 가지밖에 없어요. 친구가 아니면 적이 되는 거죠."
"친구가 되려면 어떻게 해야 하나요?"
"간단해요. 이십사 시간을 몽땅 함께 사는 거예요. 혼자서 일찍 일어나지도 말고, 거리로 산책을 나가지도 말고, 고스톱판이 벌어지면 웃통을 벗고 끼어들고, 아가씨들 팬티가 드러나 보인다고 눈길을 돌리지도 말고……."
"바캉스도 함께 가구요?"
"바캉스도 함께 가구요."
"하지만."
"알아요. 댁 같은 사람에게는 그처럼 끔찍한 고문이 없을 테죠. 그러니까 포기하라는 거예요."
그녀는 내 눈을 빤히 쳐다보더니 담배연기를 빨아들였다.
"학생이죠?"
나는 더이상 그녀에게 끌려다닐 수만은 없었다.

"그 남자랑은 어떤 관계인지 물어봐도 될까요?"

"아무런 관계도 아니에요."

그녀는 여전히 장난스럽게 웃으며 고개를 저었다.

"그럼 이상하군요. 아까 그 사람이 술을 마시는 동안 계속 '그래서 난 이제 당신에게로 왔어요'라는 부분을 연주했었잖아요?"

"그래서 난 이제 당신에게로 왔어요? 그게 뭐죠?"

"오픈 암스의 가사 말입니다."

"난 가사의 뜻은 몰라요. 그냥 따라서 흥얼거릴 뿐이에요."

나는 그녀를 이끌고 무대로 올라갔다. 전자오르간의 스위치를 넣고 그녀가 고장난 레코드처럼 되풀이했던 부분을 들려주었다. 그랬더니 그녀는 두 눈을 동그랗게 떴다.

"피아노를 칠 줄 아는군요!"

"엉터리예요. 기타를 조금 치는데 그 지판을 피아노 건반으로 어설프게 옮길 정도죠."

"아주 엉터리는 아닌 것 같은데요. 부탁이에요. 저도 좀 가르쳐주세요."

"남을 가르칠 정도는 아니에요."

"부탁이에요. 네?"

내 얄팍한 실력으로 그녀를 가르친다는 건 예의에 어긋나는 일이었다. 하지만 열의에 찬 그녀의 두 눈을 보며 무작정 거절한다는 건 더 무례한 일 같았다.

이튿날부터 그녀는 내 제자가 되었다. 친구를 갖고 싶었던 내게 그건 좀 엉뚱한 선물이었다. 하지만 아무튼 대단한 일이었다. 나는 그녀를 가까이서 느낄 수 있게 되었고 그녀와 제법 다정한 대화도 나눌 수 있게 되었던 것이다. 더구나 우린 모두 사람들 눈에 띄는 걸 원하지 않았기에 영업이 끝난 후라든가 아침 이른 시각을 이용하곤 했는데, 어둡고 조용한 공간 속에서 그녀와 단둘이 호흡을 맞출 적이면 나는 내 여행이 시작된 이유는 바로 그 순간에 있지 않았나 생각할 정도였다. 그녀는 성실하고 예민한 제자가 되어 스승의 가르침에 귀를 기울였다. 나는 각각의 장조가 세 개의 화음코드를 가지고 있으며 각 장조의 나란한 조라고 불리는 단조들이 또 세 개씩의 화음코드를 갖고 있음을 설명해주었다. 따라서 대부분의 노래는 여섯 개의 화음 속에서 이루어지노라고, 그 여섯 개의 화음들이 어떻게 서로 연결되며 빠져나가는가를 느낄 수 있게 되면 노래를 이해하는 건 훨씬 쉬운 일이 되노라고, 그녀는 신기한 듯 눈동자를 굴렸다. 건반들을 누르며 화음의 움직임을 느끼려 애썼다.

오래지 않아 그녀는 두 손을 모두 사용해서 오르간을 칠 수 있게 되었다. 왼손으로 삼박자의 왈츠리듬을 누르며 〈오픈 암스〉의 시작 부분을 연주할 수 있게 되었다. 그녀는 스스로의 진보에 감격해서 눈물을 흘렸다.

"맙소사. 이젠 정말 악기를 연주한다는 기분이 들어요. 이 보답을 어떻게 하죠?"

물론 내게는 보답 같은 건 필요 없었다. 그녀와 시간을 함께 보낼 수 있다는 사실만으로도 나는 충분히 행복했던 것이다. 그녀 역시 그 점을 모르지는 않았을 것이었다. 하지만 그녀를 제자로 삼은 이후로 내게는 현실적인 반대급부가 돌아오지 않은 것도 아니었다. 언제부턴가 그녀는 술손님이 나갈 적이면 그들의 어깨를 붙들며 코먹은 소리를 앙앙거리곤 했다. "웨이터씨 수고하는데 팁 조금만 주고 가. 응 오빠." 그러면 더러는 오백원이나 천원을 그녀에게 건네주었다. 그녀가 그러자 다른 아가씨들도 가끔씩 나를 챙겨주었고, 덕분에 나는 이삼 일에 천원쯤의 팁은 만질 수 있게 되었다. 그 돈으로 이백원짜리 라면 야식을 사 먹을 수도 있게 되었고 이틀에 한 갑씩 청자담배도 사 필 수 있게 되었다.

두세 주가 지나면서 사람들은 우리 관계를 눈치 채게 되었다. 특별한 관계가 있었던 건 아니지만 아무튼 그녀와 내가 함께 오르간을 친다는 사실을 알게 되었다. 그들은 그 사실을 유쾌해하지 않았다. 더러는 드러내놓고 빈정거리기도 했다. 사장은 내게 무거운 헛기침을 했고, 의심 많은 그의 아내는 부엉이 같은 눈으로 나를 노려보았다. 나는 그녀에게 오르간 교습을 좀더 조심스럽게 해야 하지 않겠는가 물었다. 차라리 공개적으로 초저녁의 손님 없는 시간을 이용한다거나. 다른 사람들 눈에 대단한 비밀이라도 있는 것처럼 행동할 필요는 없지 않겠는가. 하지만 그녀는 개의치 않았다. 오히려 더 빈번하게 교습을 요구했다. 영업이 끝난 새벽마다, 그리고 이른 아침 눈을 뜨자마자. 심지어는 몸을 가누지 못할 정도로 취한 새벽에도 그녀는 나를 끌어다 오르간 앞에 앉히곤 했다. 그때는 미처 알아차리지 못했지만 그녀는 아마 나보다 많은 것을 내다보고 있었던 듯했다. 우리의 은밀한 교습이 머지 않아 끝날 운명이며 또한 다시는 돌아오지 못할 운명이라는 것을, 그때 이미 그녀는 감지하고 있었던 게 아닐까.

어느 날 아침 교습이 진행되고 있었을 때 그녀는 내 나이를 물었다. 내가 스물한 살이라고 대답하자 그녀는 피식 웃었다. 자기가 두 살 위니 누나인 셈이라고 말하더니 서로 말을 놓는 건 어떻겠느냐고 물었다. 물론 둘이 있을 때만. 나로서는 거절할 이유가 없었다. 우리는 멋쩍게 말을 텄다. 그리고 그녀가 다시 물었다.

"그런데 넌 어쩌자고 이런 바보짓을 시작한 거야?"

"바보짓이라니?"

"떠돌이 무전취식객 노릇 말이야."

난 그녀에겐 무어든 솔직해지고 싶었다. 그래서 한숨을 쉬었다.

"내 삶이 어디로 가고 있는지 도무지 알 수 없었어. 구태여 어딘가로 가야만 하는 것인지도, 삶이 시작되자마자 난 좁다란 계단을 오르고 있었거든. 끝이 없이 이어진, 게다가 오르는 것말고는 아무런 다른 일도 생각해낼 수 없는 계단을."

"그게 그렇게 불만이었어?"

"숨통이 조여들었어…… 다른 방식의 삶이 있을 거라 생각했어. 매일처럼 한두 개씩 정해진 계단을 오르는 것말고."

그녀는 고개를 저었다.

"누구나 그런 회의에 젖어들 때가 있겠지. 하지만 세상엔 어차피 두 가지 종류의 삶밖에 없어. 매일처럼 한두 개씩 정해진 계단을 오르는 것, 아니면 미끄럼을 타고 한없이 추락하는 것. 물론 두번째 것은 아주 짧게 끝나기 마련일 테고. 그 둘 이외의 무엇이 또 있다면 한결 낭만적인 세상이 될 수도 있겠지만."

"겨우 두 살 위라고 세상을 다 산 사람처럼 얘기할 필욘 없잖아. 그런데 그 미끄럼을 타고 한없이 추락하는 삶이라는 건 어떤 거지?"

내 질문에 그녀는 빙그레 미소지었다. 그리고는 다시 오르간 건반 위에 손가락을 얹었다. 그것으로 끝이었다.

그 무렵 그녀는 내 삶의 전부라고 말할 수 있었다. 오르간 교습 시간은 삼사십 분에 불과했지만 나의 하루하루는 그 시간을 위하여 존재하고 있었다. 그 밖의 시간들에도 사정은 마찬가지였다. 그녀가 아름답게 치장한 밤시간이면 나는 충성스런 시종이 되어 그녀를 모셨다. 그녀의 부름에 공손하게 고개를 숙였고, 그녀가 담배를 물면 재빨리 성냥불을 켰다. 화실에서 이젤을 앞에 두고 앉았을 때면 또 나는 언제쯤이면 감히 그녀를 그릴 수 있을까 하는 꿈에 젖어들곤 했다. 만약 누군가가 다시 내게 계단을 오르는 것과 미끄럼을 타고 추락하는 것 이외에 어떤 삶이 세상에 존재하는가를 물었다면 나는 망설이지 않고 이렇게 대답했을지도 몰랐다. 그녀를 생각하면 어김없이 찾아오는 내 가슴의 두근거림 같은 삶이 어딘가에 있을 거라고.

그같은 시간은 그러나 길게 지속될 수 없는 법이었다. 어느 새벽 내가 홀을 정리하고 있었을 때 사장이 들어섰다. 그는 두어 차례 무거운 헛기침을 한 다음 내게 더이상 홀을 청소할 필요가 없노라고 말했다. 그의 아내가 나를 내보내기로 결정했다는 것이었다. 나는 이유를 물었고 그는 불경기를 탓했다. 요즘 같은 형편에는 한 명이라도 식구를 줄여야 하노라고, 아내가 그렇게 말했노라고. 물론 그건 진짜 이유가 아니었다. 매일처럼 넓은 홀을 청소하고 술손님 시중을 드는 대가로 내가 축내는 것이라곤 비어 있는 방의 먼지 약간과 하루 두 공기의 밥뿐이었으니까.

사장의 결정을 전해 들은 모딜리아니는 담담하게 고개를 끄덕였다. 예감하고 있었다는 듯. 어쩌면 그녀는 나보다 먼저 그 사실을 알고 있었을지도 몰랐다.

"잘됐어. 어차피 네가 오래 있을 곳은 아니야."

그녀의 무덤덤한 반응은 나를 슬프게 했다. 그런 기색을 감추려고 나는 용감하게 말했다.

"맞아. 사실 너무 오래 있었어. 진작 떠났어야 했는데…… 그런데 네 오르간 교습은 어떻게 하지?"

"상관없어. 네가 섭섭해할까봐 얘기하지 않았지만 요즘 난 오르간에 싫증을 느끼던 참이야. 늘지도 않고, 별로 소질도 없는 것 같고."

"무슨 소리야. 넌 정말 열심이었잖아."

"그러는 척했지. 그래 이젠 어디로 갈 거야? 다시 더 남쪽으로 내려갈 거야? 여수나 해남으로?"

"글쎄. 어디로든 가게 되겠지. 하지만 어쨌건 넌 피아노를 계속해야 돼. 아이들을 가르치면서 아이들처럼 살고 싶다고 말했잖아. 만약 싫증을 느꼈다면 강사가 엉터리여서일 거야. 난 원래 누구를 가르칠 실력은 못 되거든."

"알았어. 생각해볼게. 남 걱정만 하지 말고 너도 열심히 살아. 나 같으면 이젠 서울로 돌아가고 싶을 거야."

이틀 후 나는 그곳을 나왔다. 들어갈 때처럼 작은 가방 하나를 둘러메고서. 배웅하는 사람들의 표정을 어떻게 읽어야 할지 나는 알 수 없었다. 후련함, 섭섭함, 무관심, 질투 등등이 미묘하게 조금씩 섞여 있었다. 하지만 그곳을 나와서 내가 곧바로 그 도시를 떠난 것은 아니었다. 나는 그림을 배우던 화실로 들어갔다. 사정 이야기를 들은 원장은 내게 화실에 머물면서 그림 공부를 좀더 하라고 말한 터였던 것이다. 형편이 허락하는 대로 언제까지든지. 뿐만 아니라 그는 어느 틈엔지 나의 일자리까지도 알아봐주었다. 그가 자주 드나들던 카페의 여주인에게는 열 살배기 아들이 하나 있었는데 그는 재빨리 그녀를 설득하여 나를 놓치기 아까운 가정교사로 만들어준 것이었다. 보수가 많은 일은 아니었지만 끼니를 때우고 담배를 사 피기에는 모자라지 않는 벌이였다. 나는 원장에게 감사하며 열심히 그림을 그렸다.

 그렇게 지나가는 하루하루가 편안하기만 한 것은 아니었다. 룸살롱을 나오기는 했지만 화실은 그곳에서 불과 세 블럭 떨어진 곳에 위치해 있었고, 내 가슴속에는 여전히 모딜리아니의 모습이 담겨 있었다. 눈을 질끈 감고 오 분만 걸으면 나는 그녀를 만날 수도 있었던 것이다. 실지로 나는 밤늦은 시각 몇 차례 그쪽으로 걸음을 옮긴 적도 있었다. 계단 입구의 꼬마 색전구들이 보일 즈음이면 가슴을 쿵쾅거리며 멈추어 서곤 했다. 행여 그녀의 모습이 보일까 기다랗게 목을 뽑곤 했다. 실지로 한 번은 그녀를 본 적도 있었다. 가느다란 허리에 물빛 원피스를 휘날리는 뒷모습이었다. 나는 두 주먹을 불끈 쥐었다. 그러나 그뿐, 나는 결코 그녀에게 다가갈 수가 없었다. 이유는 알 수 없었다. 특별한 일이 있었던 것도 아니고, 어색한 이별을 나눈 것도 아니었는데.

그녀를 그리겠노라고 결정한 것은 그렇게 십여 일이 지난 저녁이었다. 내 가슴속에는 아직 제법 선명한 그녀의 인상이 남아 있었고, 그게 사라지기 전에 화폭에다 옮겨보고 싶었던 것이다. 나는 어서 밤이 오기를 기다렸다.

마침내 자정이 되고 화실에는 아무도 남지 않게 되었을 때 나는 화판을 뒤집었다. 뒷면에는 내가 새로 준비해둔 새하얀 종이가 붙어 있었다. 조명을 어둡게 하고 우두커니 앉아 나는 그녀를 생각했다. 그녀의 눈빛을 생각했고 기다란 목과 어깨를 생각했다. 그녀는 금세라도 손에 잡힐 듯 그곳에 있었다. 그러나 시간이 흐를수록 그 모습은 모호해졌다. 얼굴의 중심은 어디에 있으며 가로와 세로의 비율은 어떻게 되는가 따위를 생각할수록 그녀의 윤곽은 더 흐려졌다. 나는 새삼 사물을 투시하는 내 직관의 보잘것없음에 절망하였다. 나는 도무지 그녀에게 다가가는 방법을 알 수 없었다. 그녀는 선명하고 구체적인 존재였지만 동시에 가까이 다가갈수록 사라지는 안개와도 같았다. 나는 그녀라는 거대한 늪에서 좌초하고 만 느낌이었다. 그렇게 두 시간이 지났을 때 종이에는 겨우 예닐곱 개의 선이 그어져 있을 뿐이었다. 그건 물빛 원피스를 입고 하늘거리던 그녀의 뒷모습을 닮아 있었다. 혹은 꽃다발을 묶은 나비리본을 기다랗게 세운 모습 같기도 했다. 나는 바닥으로 내려와 몸을 눕혔다. 새우처럼 꼬부리며 잠에 빠져들었다.

시간이 얼마나 지났을까. 다시 눈을 떴을 때 내 앞에는 그녀 모딜리아니가 앉아 있었다. 나는 얼른 일어나 허벅지를 꼬집었다. 꿈이 아닌 듯했다. 그녀가 빙그레 웃었다. 그녀는 두 무릎을 팔로 감싸 안고 그 위에다 턱을 얹고 있었는데 맥주 냄새가 풍겼다.

"언제 왔어?"

"금방."

그녀는 결코 금방 온 모습이 아니었다. 나는 두 시간 동안 끙끙 앓은 결과가 겨우 나비리본을 닮은 예닐곱 개의 선이었다는 사실에 안도했다.

"많이 마셨어?"

그녀는 목을 젖히며 화사하게 웃었다.

"조금. 하지만 말짱해. 오늘 무슨 일이 있었는지 알아?"

"무슨 일이 있었어?"

"알아맞혀봐."

그녀가 자랑스럽게 얘기할 일이 어떤 것일까 고민해보았지만 알아낼 수 없었다. 내가 고개를 흔들자 그녀는 실망했다는 듯 삐죽이 입술을 내밀었다.

"오픈 암스를 완주했어. 두 손으로, 한 곳도 틀리지 않고."

"정말 그랬단 말이야? 축하해."

나는 더할 수 없이 기뻤다. 룸살롱을 나오던 날 그녀가 오르간 연습을 그만둘 것처럼 보였던 까닭에 더욱 그러했다. 그녀는 등뒤에서 소줏병을 꺼냈다.

"한모금 할래?"

술을 잘 못했지만 나는 용기를 내어 몇 모금 마셨다. 목구멍이 싸아해졌고 이젠 꿈이 아니라는 느낌이 확연해졌다. 그녀가 말했다.

"언젠가 미끄럼을 타고 추락하는 삶이 어떤 거냐고 물었었지?…… 그건 간단해. 계단에서 발을 잠깐 헛디디면 그렇게 돼. 계단 밖은 온통 식용유가 흥건한 미끄럼이거든."

"식용유가?"

"그래. 뭐 다른 종류일 수도 있겠지. 재봉틀기름이라든가 참기름이라든가. 재밌는 얘기 하나 해줄까? 한 여자아이가 있었어. 그앤 삶이 자기에게 요구하는 집착들이 싫었어. 그앤 그냥 구름 속에서 술래잡기하듯 살고 싶었는데 그렇게 살도록은 허락되지 않은 거야. 그애가 찾아낸 타협은 그러는 척하자는 거였어. 집착하는 척, 정말 그러지 않으면 살 수 없을 정도인 척. 하지만 쉬운 일은 아니었어."

나는 다시 불확실해졌다. 꿈이 아닌 게 분명한지. 그녀의 눈빛은 바닷가의 노을처럼 아스라해지고 있었다.

"가장 끔찍했던 건 다른 사람들의 집착마저도 받아들여야 한다는 사실을 깨달았을 때였어. 친구와 가족, 특히 엄마의. 엄마는 그애에게 항상 선명한 존재가 되기를 요구했어. 학교에선 공부 잘하기를, 그래서 두드러지기를, 학교를 그만두었을 땐 엄마의 미용실에서 미용 기술을 익히기를, 그래서 훌륭한 기술자가 되기를, 손에 잡히는, 그래서 엄마가 다른 사람들에게 우리 딸은 무엇무엇이요라고 내세울 수 있는 존재가 되기를. 그 집착은 지칠 줄 모르고 이어지는 거야. 점점 더 단단하게. 여자앤 가능하면 흐릿한 존재로 남고 싶었는데. 게다가 장난 삼아 만난 남자애는 한 달이 지나지 않아 장래를 떠들어대기 시작했어. 결혼하고, 아이를 셋쯤 낳고, 큰애는 법관을 시키고, 둘째는 의사를 시키고, 막내는 바이올리니스트가 어떨까. 그리고는 글쎄 뭐랬는지 아니? 함께 늙어 백발이 되면 서로의 머리를 염색해주자는 거야. 맙소사, 벌써 두 사람이 아교로 접착이라도 된 것처럼 말이야. 그앤 달아나지 않을 수 없었어…… 지루하지?"
"아니."
나는 진심으로 대답했다. 그녀는 소줏병을 기울였다.
"그런데 그건 집을 떠나서도 달라지지 않았어. 점원으로 들어간 양품점의 여주인은 그애를 친딸처럼 대했어. 십 년이고 이십 년이고 함께 일하다가 자기가 죽거든 가게를 이어가달라고 부탁했어. 그앤 여주인을 좋아했지만 그런 생각은 견딜 수 없었어. 양품점 옆에는 오래 된 세탁소가 있었고 그곳에는 붙박이장처럼 들어앉아 하루 열 시간씩 양복을 다리는 남자가 있었는데 어느 날 그 남자가 이십칠 년째 그 일을 계속하고 있다는 얘기를 듣고 그애는 점원일을 그만뒀어…… 그리고 몇 가지 일을 더 거치다가, 술 따르는 여자가 되었어."
"집착이랑 제일 거리가 먼 일 같아서?"
"글쎄. 그렇게 생각했겠지. 하지만 그것도 사실과는 달랐어. 술집에는 또 수많은 남자들의 집착이 기다리고 있었거든. 남자들은 툭하면 무릎을 꿇고서는 함께 살자고 애원하는 거야…… 그래서 두 번이나 동거도 해보았지만 사정은 더 나빠질 뿐이었어."
"그런 애가 왜 오픈 암스라는 노래는 좋아했을까? 두 팔을 벌린다는 건 누군가를 껴안고 싶다는 얘긴데?"
"그런 뜻인 줄 알았으면 좋아하지 않았을 거야. 그앤 그게 껴안았던 사슬을 풀고 자유롭게 한다는 뜻으로 생각했거든…… 오늘 밤엔 참 바보 같은 이야기를 많이 했구나. 그만 가서 자야겠어."

그녀는 비틀거리며 일어섰다. 대화가 중간에서 뚝 잘라진 느낌이었지만 나는 그녀를 붙들 수 없었다. 그녀는 집착을 혐오했으며 오고 싶으면 오고 가고 싶으면 떠나는 자유인이었던 것이다. 내가 할 수 있는 일이라곤 그녀를 부축하여 계단을 내려가 평지에 안착시키는 것뿐이었다. 그러나 그러고서도 그녀는 여전히 비틀거렸다. 거리 쪽으로 두어 걸음 옮기다가 문득 그녀가 고개를 돌렸다.

"여자랑 자봤니?"
"아니."

그녀는 눈살을 찌푸렸다. 어쩐지 그녀를 실망시킨 느낌이 들어 나는 얼른 덧붙였다.

"옛날 여자친구가 펠라티오를 해준 적은 있어."

그녀는 고개를 저었다.

"난 그건 좋아하지 않아. 숨이 막히거든…… 그런데 이상하지. 네가 다시 찾아오지 않으리란 걸 알고 있었는데도 그게 자꾸 섭섭했어…… 잘살아."

나는 아무런 대꾸도 할 수 없었다. 그녀를 끌어안고 싶다는 생각으로 두 다리가 떨리고 있었다. 그녀는 휘적휘적 밤거리 속으로 사라졌다.

화실로 올라온 나는 다시 이젤 옆에 쪼그리고 누워 잠을 청했다. 오랜 노력 끝에야 잠을 이루었다. 그리고 꿈을 꾸었다. 꿈속에서 나는 다시 룸살롱의 웨이터가 되어 있었다. 그 도시 회장님의 아들이라는 사람이 찾아와 그녀 앞에 무릎을 꿇고 동거를 애원했다. 그녀는 냉담하게 오르간을 두드렸다. '그래서 난 이제 당신에게로 왔어요……' 그러다가 그녀가 말했다. "다시 한번 찾아오면 전 죽어버리겠어요." 다음 장면에서 회장님의 아들은 다시 홀을 들어서고 있었다. 그는 또 무대 위의 그녀를 향해 무릎을 꿇었고, 그녀는 정성 들여 〈오픈 암스〉를 완주했다. 연주가 끝나자 그녀는 화실로 나를 찾아왔다. 우리의 대화는 현실과 똑같았다. 현실에서처럼 이야기를 자르고 일어난 그녀는 밤거리를 지나 룸살롱의 홀로 내려갔다. 그녀는 천장의 샹들리에 새끼줄을 묶고 동그란 고리를 만들었다. 그리고는 대롱대롱 매달렸다. 그녀의 시신은 냉담한 미소를 머금고 있었고, 주변으로 맥주 냄새를 풍기고 있었다.

잠이 깼을 때 창밖 아침 거리로는 비가 내리고 있었다. 하늘은 어두컴컴했고 나는 오한을 느꼈다. 나는 그게 꿈이 아니었음을 확신하고 있었다. 그저 꿈이었다고 말하기에는 너무 선명하고 생생했던 것이다. 나는 그곳으로 가보아야 한다고 생각했다. 가서 그녀에게 무슨 일이 있었는지를 확인해보아야 한다고. 그러나 한 시간쯤 어깨를 떤 다음 내가 취한 행동은 가방을 꾸리는 것이었다. 친절했던 화실 원장을 위해 나는 가까스로 종이쪽지 한 장을 남겼다.

'살아 있다는 게 더이상 두렵지 않게 되면 다시 찾아뵙겠습니다.'

삼십 분 후 나는 그 도시를 벗어나고 있었다. 행선지도 알 수 없는 여름 버스의 덜컹거림 속에서 나는 두 팔을 감싸 안고 떨고 있었다. 제발 모든 게 꿈이었기를 빌면서. 새벽의 꿈도, 그녀의 방문도, 내가 그 도시에 잠시 머물렀던 기억도, 모두 우중충한 날의 짧은 꿈이었기를 빌면서. 변명이 될 수 있을지 모르겠지만, 그 여름 내 나이는 겨우 스물한 살이었다.

바다에서

김인숙

1963년 서울에서 태어나 연세대 신문방송학과를 졸업했다.
1983년 조선일보 신춘문예에 「상실의 계절」이 당선되어
작품활동을 시작했다.
제28회 한국일보문학상을 수상했다.
장편소설 『핏줄』『불꽃』『'79 - '80 겨울에서 봄 사이』
『긴 밤, 짧게 다가온 아침』『그래서 너를 안는다』
『시드니 그 푸른 바다에 서다』『먼 길』과
소설집 『함께 걷는 길』『칼날과 사랑』이 있다.

J에게서 전화가 왔다. 그녀가 여보세요, 했을 때 수화기 속에서는 웃음소리부터 들렸다. 가슴이 와락 흔들렸다. 꽤 오랜 시간이 흘렀는데도 그녀는 J의 웃음소리를 잊지 않고 있었나보다. 그녀는 느슨히 잡았던 수화기를 고쳐 쥐고 너, J구나, 라고 했다. 다시 웃음소리가 들렸다. 십오 년 전, J를 처음 만났을 때와 똑같은 웃음.

J가 전화를 걸고 있는 곳은 미국이었다. J가 미국으로 이민 갔다는 사실을 알고 있었음에도 그녀는 그렇게 가까이 들리는 웃음소리와 목소리가 넓은 바다를 건너, 그녀로서는 한번도 가보지 못한 나라, 미국에서 건너오는 것이라는 게 믿어지지가 않았다. 아, 가까운 것은 여전히 웃음소리뿐이로구나. J와의 거리가 새삼스레 까마득한 기분이었다.

그녀가 J를 마지막으로 본 것은 아마도 오 년이나 육 년쯤 전의 일이다. J가 미국으로 떠나고 그녀가 또다른 나라로 떠나고, 그렇게 복잡다단한 먼 거리 이동을 하기 전에도 그들은 한동안 만날 수가 없었다. J가 미국으로 이민을 갔다는 것을 알게 된 것도 J에게서 직접 들은 것이 아니라 다른 친구를 통해서였다. 나, 비행기 타. 그런 말을 하려고 전화를 걸었을 때 친구는 기가 막혀 하면서 J는 미국 갔다, 라고 했다. 그녀는 놀라서 한동안 말을 이을 수가 없었다. 가슴속에서 뭔가 커다란 뭉텅이 하나가 쑤욱, 빠져 달아나는 느낌이었다. J는 어쩜 내겐 한마디도 하지 않고 그렇게 먼길을 떠나버릴 수가 있었을까. 내가 저를 얼마나 좋아하는지 잘 알 텐데.

전화를 끊고 나서도 그녀는 한동안 가슴속에서 무언가가 달아나버린 느낌을 지울 수가 없었다. 그러나 그건 J에 대한 그녀의 맹목적인 애정 때문만은 아니었다. 그것은 오히려 그녀 역시도 며칠 후면 비행기를 탈 거고, 그 비행기를 다시 타고 되돌아올 날짜가 언제일지 알 수 없다는 불안감 때문이었을 것이다. 그녀는 J를 이해하기 위해 애썼다. 그녀 역시도 친구들을 만나 일일이 작별인사를 하고 싶은 기분은 전혀 없었기 때문이었다. 그날, J의 소식을 전해준 친구에게 전화를 걸었던 것도 작별인사가 목적이었던 것은 아니었다. 아마도 처리하지 못한 다른 일 때문에 전화를 걸었다가 그냥 끊기가 미안해서 한번 해보는 말처럼 했던 말이었을 것이다. 나는 떠난단다, 라고.

그런데 J는 이미 떠나버렸다고?

J가 떠난 것은 고작 일 주일이나 열흘쯤 전의 일이었다고 했다. 그녀에게 J의 소식을 전해준 친구가 아주 오랜만에 J에게 전화를 걸었을 때, J는 '나 내일 미국 가'라고 말하더라고 했다. 친구가 그렇게 불쑥 전화를 하지 않았더라면 J는 아무도 모르게 그렇게 훌쩍 떠나버릴 생각이었던 건지.

아니, 아마 그렇지는 않았을 수도 있다. J에게는 그녀나, 그녀에게 소식을 전해준 친구보다도 더 많이 친한 친구들이 있었을 것이다. 그들이 대학에 들어간 이후, J에게는 그런 친구들이 있었다. 물론 그녀에게도 그런 친구들이 있었던 것처럼. 그러나 그녀는 간혹 J가 이야기하는 J의 대학친구들에게 질투를 느꼈었고, 그건 J의 이민 사실을 알았을 때에도 마찬가지였다. J는 어떤 친구에게 작별인사를 했을까.
어쨌든 그렇게 말없이 떠났던 J가 그녀에게 전화를 걸어온 거였다. 그것도 미국에서. 열몇 시간이나 나는 시차를 뛰어넘어. 거기는 지금 한밤중이라고 말하면서.
"우리집 전화번호는 어떻게 알았어?"
J의 웃음소리가 끝났을 때 그녀는 겨우 그런 말을 묻고 있었다. 한심하기는. 몇 년 만에 그렇게 다정하게 웃어주는 J에게 그녀는 그런 말밖에는 할 게 없었을까. J는 신문을 보았다고 했다. 그곳에까지 배달되는 한국 신문. 거기에 그녀의 사진과 기사가 났더라고. 얼마나 반갑던지 그 신문을 오려놓고는 아는 사람마다 얘가 내 친구라고 자랑하고, 그리고는 신문사에 전화를 걸고 다시 출판사에 전화를 걸어 그녀의 전화번호를 알아냈더란다. 그러자면 시차를 맞추는 일이며 비싼 전화요금까지 꽤 번거로웠을 텐데.
그러나 그녀는 J의 이야기를 들으면서 홀로 상상한다. 그녀가 다른 나라에서 살고 있었을 때 그녀 역시 비슷했었으니까. 우연히 빌려다본 연속극 비디오에 그녀가 얘, 쟤, 하고 부르던 후배가 난데없이 탤런트로 등장했을 때, 그녀는 그의 이야기를 꺼내지 못해 안달이 났었다. 그건 유명인을 알고 있다는 자부심과는 전혀 다른 것이다. 그건 그리움이고…… 또 일종의 사무침인 것이다.

J도 그랬을까. 이제, 먼저 이민 가 있던 언니 집에서 독립해 서서히 자리를 잡아가고 있다고 말을 하는 J. J가 늘 오빠라고 불러서 그녀 역시도 오빠라고 부르게 된 J의 남편 이야기를 물었을 때, 여기서 하는 일 뻔하지 뭐, 하면서 또 활달하게 웃는 J. 뻔한 일이라는 게 뭔지도 모르면서 야, 나도 다른 나라에서 살아보니까 그런 데서는 그런 일이 최고더라, 라고 말하는 그녀. 그러나 J가 그녀의 기사와 사진이 난 신문을 가위로 오리고 있을 때, 그녀는 J의 손끝에 배어 있었을 그리움을 짐작한다. 그 사무침을.

J의 이야기를 한다…… 그녀가 J와 함께 보냈던 십대의 마지막 시간들. 그리고 이십대의 몇 순간들. 그러나 삼십대가 된 이후로는 전혀 만나지 못했던 J. J의 이야기를 한다…….

J가 스물한 살이고 그녀 역시 스물한 살이었을 때, J와 그녀는 새벽버스를 타고 있었다. 각기 다른 대학에 입학한 이후로는 통 만나지지 않던 J. 다니는 학교와 살고 있는 집의 거리가 아주 멀기는 했지만, 그런 물리적인 거리보다 더 많이 멀던 J와 그녀의 간격. 그러나 스물한 살의 어느 날 그녀가 불현듯 바다가 보고 싶어졌을 때 그녀는 이제 J와의 사이보다 더 가까워져 있는 많은 친구들을 다 제쳐두고 J에게 전화를 걸었다.

"우리 바다 보러 가자."

J와 그녀는 오래 전에도 그렇게 바다를 보러 떠난 적이 있었다. 기억하기로는 열일곱 살의 겨울. 그해 초여름쯤에 캐나다에서 전학을 왔던 J는, 그곳에 두고 온 애인 때문에 늘 마음이 아팠었다. 그때 바다에 가자고 했던 건 J였다. J는 바다를 사이에 두고 떠나온 애인을 좀더 가까이 만나기 위해, 늘 바다를 그리워하고 있었던 것이다. J가 떠나온 곳은 태평양을 건너야 닿을 수 있는, 눈 덮인 캐나다의 북부 지방. 그러나 열일곱이었던 그들은 차마 동해로는 떠날 엄두를 내지 못해, 고작 찾은 바다가 인천 연안부두였다. 연안부두의 바닷물이 돌고 돌아 태평양을 건너 캐나다까지 가려면 얼마나 오랜 시간이 필요할까. 그러나 아랑곳없이 J는 연안부두의 자갈더미 위에 주저앉아 하염없이 바다를 바라보고 있었다. 겨울바람이 몹시 매웠던 기억. 그리고 그런 J의 모습이 사무치게 아름다워 보이던 기억.
 열일곱 살에 처음 만난 J를 그녀가 그렇게 선뜻 좋아해버렸던 것은, 아마도 J에게 애인이 있었기 때문일 것이다. 남자친구도 아닌 애인. 목덜미가 버석버석할 정도로 빳빳하게 풀을 먹인 흰 칼라, 검은 제복 속의 그녀는 J의 연애에 숨이 막혀버릴 지경이었다. J가 보여준 사진 속의 남자는 얼마나 잘생겼던지. 적어도 그는 스포츠 머리에 여드름이나 듬성듬성 나고, 멋대가리 없는 티셔츠 하나만 받쳐입으면 그게 폼 나는 외출복인 줄 알던 그녀의 주변 남자아이들과는 달랐던 것이다. 사진 속의 그는 '남자아이'가 아니라 분명한 '남자' 였다. 이듬해 여름, J를 만나러 한국까지 날아온 그를 보게 되었을 때, J에 대한 그녀의 존경심은 이제 어찌할 수 없을 지경이 되어 있었으리라. 아아, 그녀는 말할 수 없이 J가 부러웠다.

하긴 부러운 것이 그뿐이었으랴. 한동안 J의 세계는 그녀에게는 경이였다. J의 집에 처음 놀러 갔을 때, J의 집은 그녀가 한번도 가보지 못한 고급 맨션 아파트였다. 엘리베이터를 타고 쭈욱 올라가 철제 현관문을 열면 느닷없이 펼쳐지던 그 넓은 거실. 거기에는 중앙난방으로 잘 데워진 온기가 있었고, 바다표범의 박제가 있었고, 침대가 있는 J의 방과 그 침대 옆에는 J의 것인 스키가 놓여 있었다. 그리고 알 수 없게 향긋하던 냄새.

그녀는 나중에야 그 냄새가 밀폐된 아파트 특유의 그닥 향긋할 것도 없는 난방 냄새라는 것을 알게 되었지만, 당시로서는 그 냄새조차 그녀에게는 경이였다. 그녀가 살고 있는 집에는 그런 냄새가 없었다. 한겨울 아랫목을 까맣게 태울 정도로 온돌이 잘 들던 안방에서도 풍겨나는 냄새라고는 노릇노릇하게 이불이 구워지던 냄새뿐이었다. 그 냄새는 그녀에게 향기롭지 않았을 뿐더러, 그녀의 구질구질한 삶의 흔적으로만 여겨졌다. 아주 많은 하숙생들이 있던 집. 술집 마담과 마흔이 넘은 고시생과 연애편지 쓰는 것밖에는 관심이 없던 덜 자란 고등학생이 있던 집.

열일곱 살이었던 그녀는 그 집이 행복하지 않았다. 넓은 마당과 그 마당 한가운데에서 철철이 만발하던 꽃들에도 불구하고, 그녀는 그 집의 남루함에만 눈을 돌렸다. 열입곱 살이었던 그녀는 그녀의 방이 필요했고, 그녀의 침대와, 그녀의 책상과 그리고 그녀 홀로 들을 수 있는 카세트 레코더가 필요했었던 것이다. 그리고 언젠가는 다가와줄 것 같은 운명적인 사랑에의 기대 따위들. 그러나 J는 그녀가 가지지 못한 모든 것을 갖고 있었다. 중앙난방의 '맨션' 아파트와, 침대가 있는 자기 방과, 스키. 그리고 무엇보다도 그렇게 잘생긴 애인을!
　당시 J와 친해지고 싶었던 그녀의 마음은 거의 연정이었으리라. 그리고 그런 J는, 그녀의 간절함에 대한 보답으로, 담배를, 연애의 비밀을, 술 마시는 법을 알려주었다. 그러나 그랬음에도, J는 그녀에게 탈선의 교사가 아니었다. J가 얼마나 순진하고 순결한 여자였던지를, 어떻게 설명할 수 있을지.

　라크라는 빨간색 포장의 일본 담배가 있다. 양담배가 금지되어 있던 시절. 그러나 라크 담배라는 것이 중요하다. 라크 담배의 필터 끝에 살짝 물을 적신 후 그것을 힘주어 빨면 필터 끝에는 그가 사랑하는 사람의 이니셜이 새겨진다. 절대로 라크 담배여야 할 것.
　J의 방에서 빨간 포장 라크 담배를 컵 속의 물에 적시며, 그녀는 J에게 묻는다.
　"그러니까 너는, 그런 것도 해봤니? 그러니까…… 마, 마리화나 같은 거."
　얼굴이 달아오르는 J.
　"네가 만일 마, 마약에 관해서 묻는 거라면…… 그, 그건 나쁜 거야."
　나쁜 것은 하지 않는 J. 나쁘지 않은 것은 서슴없이 사랑할 수 있는 J. J는 라크 담배 필터 끝에 새겨진 자기 애인의 이니셜을 확인하고, 그녀가 짝사랑에 빠져 있던 어떤 남자의 이니셜도 확인하고 그녀의 목을 끌어안고 속삭인다.
"모든 사랑이 이루어지기를."

다시 스물한 살의 바다 이야기를 한다. 초겨울이었던 그날 새벽, J와 그녀는 한계령을 넘어 속초로 가는 시외버스를 타고 있었다. 이제 대학생인 J와 역시 대학생인 그녀는, 같은 자리에 어깨를 맞대며 앉아 있었지만 그러나 J와 그녀의 거리는 차 안과 차 바깥처럼 멀었다. J는 그녀가 J를 처음 만났을 때처럼 예쁜 여대생이었지만, 그녀는 거친 단발에 남루한 청바지 차림이었다. J 같은 옷을 입으면 안 된다고 믿었던 시절이었다. 말하자면 형식이 내용을 규정한다는, 철학 에세이류의 구절들을 암송하던 시절. J는 그렇게 변해가는 그녀가 낯설고 그녀 역시 그렇게 변해가는 자신이 낯설었다. J에게 자기 자신을 설명할 재간이 없었던 것이다. 고작 한 해나 두 해쯤 전만 하더라도 J와 그녀는 이름난 여자 대학 앞의 즐비한 옷가게에서 가장 짧은 미니스커트를 골랐었다. 매니큐어가 가득 담긴 바구니 안에서 빨간색과 파란색과 흰색의 매니큐어를 고르기도 했었다.
그런데 어느 날 갑자기 변해가는 그녀를, J는 어떻게 감당해야 할지를 모르는 눈치였다. 그녀가 만나는 남자들은 J로서는 도저히 용납할 수 없는 '밥맛'의 포장을 하고 있었고, 그 남자아이들의 곁에 있는 그녀 역시 마찬가지였을 것이다. 그러나 순결하고 순진한 J, 한번도 그녀에게 그런 내색을 해본 적은 없다.

"난 그냥…… 네가 하는 일이니까 믿어. 네가 그러고 다니는 걸 보면 아마 데모란 나쁜 게 아닌 걸 거야. 내가 걱정한다는 거냐 아니?"

J의 말은 언제나 진심이었다. 드문 경우지만 말하는 것마다 진심인 사람이 있다. 교활함이나 자기 포장 따위는 전혀 배워본 적조차 없는. 그 표정으로부터 그대로 속이 드러나는. J는 그런 여자였다. J는 그녀를 믿고 그녀가 한다니까 무슨 이유의 데모인지도 모르지만 어쨌든 그게 옳다는 걸 믿고, 그래서 걱정이 되고…… 그것으로 전부였다. 그 이상도 그 이하도 아닌. 그러나 표정을 감추지 못하는 J는, 믿을 수는 있어도 이해할 수는 없는 모양이었다. 왜 이 아이는 옷차림에 전혀 신경을 쓰지 않을까. 왜 이 아이는 아름다운 것들보다 고통스러운 것들에 대해서만 얘기하려고 할까? 왜 이 아이는 달콤한 칵테일보다 소주를 더 좋아하는 것처럼 말할까. 하느님, 맙소사! 이 아이는 어쩌자고 이 사람 많은 카페에서 값싼 담배를 꺼내 피울 수가 있을까!

그러나, 고백할 수는 없었지만 이해할 수 없는 건 그녀 역시 마찬가지였다. 그 시절에도 그녀는 열일곱 살 그때처럼 J가 부러웠다. 이제 새로 생긴 애인과 워커힐 산책로를 드라이브했다고 말하는 J가, 싼값에 산 건데 괜찮지, 라고 묻는 J의 니트 셔츠가, 그리고 날이 갈수록 자연스러워지는 J의 화장법이.

순결하고 순진해서 내색을 할 수 없는 J와, 설명할 수 없어서 내색할 수 없는 그녀가 바다를 보러 가는 여행은 어쩐지 어색했다. 대화는 자주 끊기고, 바라보는 시선도 자꾸 엇갈리고, 생각은 더 멀리 가 있었다. 그러나 J는 이번에도 그냥 그녀를 믿는 모양이었다. 이 아이는 바다에 가고 싶은 이유가 있는 거야. 이런 아이들에게는 그런 이유들이 있겠지, 하면서.

J와 그녀, 속초에서 내리자마자 커피를 타가지고 갔던 보온병을 비우고 그 안에 소주를 채웠다. 술을 거의 못하는 J였지만, 바닷가에서는 소주 한잔쯤이라는 낭만이 있었고, 삶이 견딜 수 없이 두려웠던 그녀는, 그 삶으로부터 도망칠 수 있는 구실이 필요했었다.

대학교 이학년 말에 처음으로 시위대열에 끼어보았던 그녀는, 훌라송 하나 제대로 따라 부르지 못한 채 그 시위를 끝냈지만 그러나 그녀는 그 순간이 너무나 좋았었다. 시인이 말했던가. 운동보다는 운동가요를 더 좋아했노라고. 그녀는 그 시 구절을 이해했다. 그녀 역시 타도해야 할 적보다도 타도해야 할 그 무언가가 있었던 그 젊음이 좋았으니까. 분명히 그랬을 것이다. 그녀는 그 치열하던 시위의 순간보다 그 자리에서 무사히 살아남은 뒤 소위 동지들과 함께 하는 술자리가 좋았고 그 술자리의 처절한 무용담이 좋았고 느닷없이 막걸리 잔 위에 엎어져 울음을 터뜨리는 그들의 울음소리가 좋았다. 좋은 것이 너무 많아서 힘들고 괴로운 것에는 눈도 돌아가지 않던 시절. 새로 태어남에 대한 거의 세뇌적인 자부감. 의심이 허용되지 않는 확신. 절대선의 의미로서의 자기 헌신. 그러나 그런 순간들의 낭만은 언제까지 허용되는 것은 아니었다. 그녀는 등을 떠밀려 선배가 되었고, 후배보다 더 철학 구절들을 모르는 얼치기였던 데다가, 선배가 되었음에도 끊임없이 시위 이후의 술자리가 더 좋았다.

그녀가 열흘간의 구금 생활을 했던 것이 그해 가을의 일이었다. 지금은 그 가두시위의 이슈조차 기억이 나지 않는데, 어쨌든 얼치기였던 그녀는 도망가는 재주조차 제대로 익히지 못해 사복경찰에게 허리를 붙잡히고 말았다. 버스를 타려다가 그대로 나동그라져 바닥에 자빠졌을 때는, 이미 어쩔 수 없는 신세였고, 영등포 경찰서로 연행이 된 뒤 두어 차례 뺨을 맞고, 그리고 다음날인가 다다음날쯤에 열흘간의 유치 명령을 받았다.

80년대에 열흘 정도 유치장 생활을 해보았다는 것은 전혀 얘깃거리조차 되지 못하는 일인 데다가, 그런 식으로 붙잡혀 들어간 곳에서 일어나는 일들은 이미 너무나 많이 알려져 있다. 예컨대 대학을 다니다 들어왔다는 전경 하나는 아침마다 유치장 벽에 붙은 유치 규칙을 큰 소리로 낭독하게 하는데, 이 친구 사투리가 심해서 '의' 자를 끝끝내 '으' 자로 발음하면서도 그들이 그의 '으' 자를 흉내내면,

"'으'가 아니라 '으'다! 그것도 못하나!"

그러면서 전기봉을 휘둘렀다던가, 그런 식의 일화를 말하는 것도 더이상 흥미가 없는 일일 것이다. 그러나 그 열흘은 그녀에게는, 특별했다. 그 열흘은 마치 남의 십 년 옥살이만큼이나 특별했고, 그 특별함을 잊을 수가 없는 그녀는 그 열흘의 이야기를 언젠가는 한번쯤 해보고 싶었다. 실제로 몇 년 전에 단편 하나에 그 이야기를 쓴 적이 있기도

했었다. 그때에도 그녀는 아마 자신의 얘기를 하고 싶었을 것이다. 그러나 그녀는 끝내 화자의 입을 빌려, 그 이야기를 삽화식으로 넣을 수밖에 없었는데 그 이유는, 끝끝내 그녀가 말할 수 없었던 어떤 부분에 관한 자기 통제 때문이었을 것이다. 유치 생활을 닷샌가 일 주일쯤 했을 때의 일이었다. 경찰서장의 호출이 있다고 해서 고무신 끌고 수갑 차고 경찰서장실엘 올라갔더니 지도교수님이 와 계셨다. 그는 아마도 이 녀석이 소설은 안 쓰고 웬 유치장, 그러셨던 모양이었다. 커피를 한 잔 마시고 있는데 지도교수님 옆에서 서장이 불쑥 그녀의 앞으로 책 한 권을 내밀었다.
"자네 이제 보니까 굉장히 유명한 친구더군. 나도 이 책을 아는데, 사인 좀 해주지."
그녀가 굉장히 유명한 친구라는 건 사실이 아니었지만, 그 책이 그녀가 썼던 최초의 장편소설이었던 것만큼은 분명한 사실이었다.
그때 그녀가 그 책에 사인을 했던지 안 했던지는 기억이 없다. 기억하고 싶지가 않아서였을 것이다. 경찰서장실에서 다시 유치장으로 돌아왔을 때, 무슨 흉한 일이 있었을까 걱정하는 친구들 곁에서, 그녀는 죽고 싶었다. 80년대에 바칠 수 없던 그녀의 소설 때문에. 그러나 그녀가 하고 싶은 일은 유치장에 갇히는 일보다는 소설을 쓰는 일이었기 때문에. 그런데도 그것을 말할 수 없었고, 인정할 수도 없었으며, 심지어는 수치스러웠기 때문에.
그러나 문제는 열흘간의 유치 생활을 끝내고 다시 학교로 복귀했을 때가 더 심각했다. 그녀는 이제 두려움 없이 시위대열에 참여할 수가 없었고, 최루탄 한 방 터지는 소리에도 다리가 떨렸으며, 다시는 다시는…… 그녀가 원하지 않는 어떤 일도 당하고 싶지가 않았다. 그리고 정말로 소설을 쓰고 싶었다. 절대로, 경찰서장이 사인해달라고 내밀 수 없는 소설을. 그러나 물론 그녀는 그 누구에게도 그런 얘기를 할 수가 없었고, 하지 않았다.

최근 들어 그녀는 소설 쓰는 일을 업(業)이라고 생각한다. 그리고 이제 와서 이 업의 문을 닫으면, 자신이 할 수 있는 일은 무엇일까를 생각한다. 문학을 전공하지는 않았지만, 전공에 관해서는 가나다라조차도 잘 알지 못하는 그녀이다. 어린 시절 그녀가 원했던 일은 방송국의 프로듀서가 되는 것이었지만, 이제는 아주 한적하고 아름다운 해변에서 성수기와 비수기가 매우 뚜렷한 카페의 여주인이 되고 싶다는 생각을 한다. 고된 여름을 보낸 뒤, 거의 아무도 찾아주지 않는 한겨울의 카페를 지키는 일. 가을 내내 테이블 위에 쌓인 먼지를 아주 가끔씩, 젖은 걸레로 닦아내는 일. 그러다가 문득 바다를 바라보는 일.

그러나 그녀는 자신이 갖고 있는 이러한 희망이 어린 시절에 이루지 못한 프로듀서의 꿈이나 다를 바가 없다는 걸 안다. 그녀는 카페를 열기 위해 도시의 집을 떠나지도 않을 것이며 한적한 해변을 찾지도 않을 것이다. 그녀의 남은 인생은 어쩌면 지난 십 년간 그녀를 지켜왔던 그 완고한 일상의 반복일지도 모른다.

그러나 그렇다면 여전히 그녀에게 남은 것은 현업의 유지

뿐인 것일까. 그러한 생각은 그녀를 비참하게 만들지만 또한 안도하게 만들기도 한다. 한때 그녀는 소설 쓰는 일이 그녀에게 있어서만큼은 신성적인 의미이기를 바랐던 적이 있다. 이 세상에 존재하는 그 수많은 소설들. 그렇지 않은가? 소설은 이미, 너무나 많다. 어떤 열성적인 독자라도 이 세상에 존재하는 소설 모두를—싸구려들을 대부분 제외한다고 치더라도, 그 나머지의 소설조차도 다 읽을 수는 없을지도 모른다. 그런데도 그녀가 그 수없이 많은 소설 더미 위에 자신의 소설을 더 얹어놓으려고 드는 것은, 그것이 세상을 빛나게 하리라는 기대보다는 자신을 사랑하는 방법이 되리라고 믿었기 때문이다. 쓸 수 있는 것이 있기 때문에 쓰는 것, 기록할 수 있기 때문에 기록하는 것, 생각할 수 있기 때문에 생각하는 것…… 그녀는 그것이 그것을 읽는 사람들과의 대화의 방법이 되리라고 믿었다. 그 대화가 세상을 살찌게 하지는 못할지라도, 적어도 그녀와 세상 사이의 교통의 수단은 되어줄 것이며, 교통할 가치가 있는 세상은 아직…… 아름답다.

그러나 그 시절, 소설을 쓰는 일은 그녀에겐 가혹한 일이었다. 신춘문예에 당선을 한 뒤, 누군가에게 진지하게 토로한 말이지만 그녀는 신춘문예 당선이라는 게 백일장 장원하는 것과 전혀 다를 게 없는 일인 줄로만 알았었다. 상 받고 박수 받고 그래서 신나고, 그러면 끝나는 것. 남는 것은 오직 짜릿하게 쓰고 싶은 상금뿐인 것. 그러나 신춘문예에 당선을 한 뒤 그녀는 작가가 되었고 책을 내었고 수많은 사람들이 그녀를 비난했다. 그녀는 갑자기 길을 잃었고 그리고는 겁이 나기 시작했다. 그러한 두려움은 심각한 우울증과 더불어 사람들이 모두 다 그녀를 알아볼지도 모른다는 대인공포증 같은 걸로도 나타났는데, 그녀가 '운동'이 아니라 '데모'를 시작했던 이유는 어쩌면 무리 속으로 들어가고 싶은 강렬한 충동 때문이었을지도 모른다. 그녀를 감춰주고 그녀를 보호해줄 수 있는 무리.

그러나 데모를 시작한 뒤, 그녀의 세계는 너무나 선명하게 양극화되어버리고 말았다. J가 속해 있는 세계. 거기에는 그녀가 이제껏 성장해왔고 그녀를 오만하게 만들었던 모든 추억이 있었다. 세상의 절반 이상을 알아버렸다고 믿었던 시절들의 추억. 그러나 그녀가 새로 알게 된 또하나의 세계는 이제까지 그녀가 알아왔고 믿어왔던 세계를 부정하게 만들었다. 혐오하고, 유치하게 생각하게 만들기도 했다. 그리고 그녀를 부끄럽게 만들었고 그 부끄러움 때문에 자주 울게 만들었다. 그랬음에도 그 시절, 그녀를 그래도 끈질기게 사랑해주었던 친구는 오직 J뿐이 아니었을까. 그녀가 열흘간의 유치 생활을 하고 있는 동안 그녀를 면회와주었던 J는 생리대 속에 담배를 넣어 차입해주었었다.

"나는 네가 소설을 써서 유명하게 되고 부자도 되었으면 좋겠더라. 그래서 내 친구가 누구누구라고 자랑 좀 하고 다니게."

언젠가 J가 그녀에게 했던 말. 그녀는 J가 그녀를 자랑스러워하고 있다는 걸 알았다. 속이 투명한 J. 거짓말 같은 건 도무지 할 줄 몰라서, 그녀를 자랑스러워하고 있다는 것조차 그대로 드러내 보이는 J. 그러나 그녀는 J를 이해해보려고 한 적이 없었다. 아마도 이해해야 할 아무것이 없다고 생각했을 것이다. 부정한 세상과 권력에 대해서도, 데모를 하는 일에 대해서도, 그리고 그 시대에 소설을 쓴다는 것이 무엇을 의미하는 것인지에 대해서도 아무것도 알지 못하는 J…… 늘 일이등을 다투었던 성적에도 불구하고 부모님만 아니었다면 절대로 대학에 들어갈 생각이 없던 J. 이루어야 할 것은 오직 사랑뿐이라고 생각하던 J.

그녀는 J를 사랑했지만, 그러나 J의 세계를 들여다보려고 한 적은 한번도 없었다. 생각해보면…… 부끄러운 일이다. 그러면서도 가장 외로웠던 순간에는, J의 투명함에만 기대었으니…… 이 아이는 아무것도 묻지 않을 것이다, 그냥 나를 바라봐주고만 있을 것이라는, 마음 편한 계산.

J와 바다 여행을 떠났던 그 초겨울의 새벽, 바람이 찼던가. 기억나지 않는다. 그런 식의 여행에 들떠 있던 J의 얼굴만이 기억난다. 대여섯 시간이나 걸리던 버스 여행 동안, 그들이 무슨 말을 했었던가. 편가르기에 묶여 있던 그 시절, J와 그녀는 금을 사이에 두고 앉아 있었다. 어쩌면 거의 한마디도 하지 않았을지도 모를 일이다. 도대체 그 시절에 J와 그녀가 무슨 이야기를 할 수 있었겠는가. 그들이 함께 보냈던 십대, 그 십대에 바쳤던 위험한 탐험들, 그 짜릿한 경험들…… 그런 이야기들을 했었을까? 웃으면서, 그 시절의 누군가를 그리워하면서?

기억나는 것은 침묵뿐이다. 버스에서 내려, 아직 해수욕

장으로 탈바꿈하기 전의 속초 방파제 옆을 걸어 들어가 바위 위에 앉았을 때, 제법 거친 파도를 내려다보며 J와 그녀가 동시에 지키고 있던 침묵. 그러나 어쩌면 그녀는 물었을지도 모른다.

"J야. 너는 무슨 생각을 하고 있니?"

그리고 어쩌면 J도 그녀에게 물었을지 모른다.

"너는 무슨 생각을 하고 있니?"

대답을 해준 것은 아마도 바윗등에 부닥치던 파도의 거친 소리가 아니었을까. 아무것도 생각하지 말라고. 삶이란 흘러가다가 부딪치고, 부딪쳐서는 부서지지만 다시 한 몸으로 뒤엉켜 바다가 되는 것이라고. 바다, 바다를 생각하라고. J와 그녀는 그 깊은 바다를 바라보고 있었다. 보온병에 담은 소주 한 병이 단숨에 사라지는 동안 어느새 어둠이 기어오고 있었다. 그리고 그 어둠의 길이만큼 발치 바로 앞까지 대들 듯이 달려드는 파도. 어느새 고개를 들면 다시 바다 속에 편안히 누워 있는 파도, 파도를.

"내가 저 속으로 들어갈 수 있겠니?"

그녀가 묻고 J는 느닷없이, 우울하게 대답했다.

"글쎄."

그때 J의 목소리는 왜 우울했을까. 늘 속이 비치던 J. 마치 투명체 같아 진심만 드러내 보이던 J. 그런데 그때, J의 우울은 무엇이었을까. 그녀는 J가 그녀를 보고 있지 않다는 것을 알았다. J는 그녀의 목소리도 듣고 있지 않았을 것이다. J는 혼자였고, 혼자인 건 그녀 역시 마찬가지였다. 그러나 그건, J와 그녀 사이의 금 때문은 아니었다. 소주 한 병을 비우는 사이에 J와 그녀는 그들 사이의 금을 잃어버렸다. J가 그녀를 들여다보지 않고 그녀가 J를 들여다보지 않았으므로, 금은 아마 저 혼자 저만치서 홀로 존재하고 있었을 것이다. J와 그녀, 그리고 혼자 떨어져 있는 금.

"놀러 와라. 네가 놀러 오면 얼마나 좋겠니."
 미국에서 걸려온 J의 전화. 전화번호를 묻는 그녀에게 서둘러 자기 전화번호를 불러주다 말고 J는 놀러 오라고 말했다. J는 그녀가 자기에게 전화를 걸 일이 없을 거라는 걸 알고 있을까. 전화번호를 물으면서도 그녀는 아마 자신이 J에게 전화를 걸 일은 없을 거라고 생각하고 있었다. 그러나 J의 목소리는 끝끝내 활달했다. 전화를 끊기 직전에도 J는, 그녀 특유의 웃음소리를 내주었다.
 그녀가 J와의 바다 여행을 떠올린 것은 J와의 전화 통화를 끝내고 나서도 하루나 이틀쯤이 더 흘러서였다. 그 하루나 이틀, 까닭 없이 그녀는 몸이 아팠다. 방안에서 주방까지 가는 발걸음이, 거실에서 현관까지 가는 짧은 발걸음이 공중에서 붕붕 떠다니는 것만 같았다. 몸살 기운인가, 고개를 갸웃거리며 열린 거실 창을 닫으려던 그녀는 불현듯 날아온 비릿한 냄새에 잠깐 현기증을 느꼈다. 머리를 뒤로 젖힐 사이도 없이 코피가 주르륵 흘렀다. 몸살인 건 사실이었다. 자신도 모르는 사이에 그녀의 온몸을 달궈놓은 고열이 코피로 흘러버린 것이었다.
 그러나 손바닥 위로 뚝뚝 떨어져내리는 코피를 보는 순간, 그녀는 그 바다 여행을 떠올리고 있었다. 피에 대한 기억. 그렇다, 그런 것이 있었다. 스물한 살의 바다 여행에서, 그녀는 바다 속으로 뛰어들었었고, 아주 짧은 순간, 죽음이라는 것도 보았었다. 그녀가 바다 속에서 몸을 일으켰을 때 바위에 부닥쳐 찢긴 손등에서 손목에서 그리고 턱 끝에서 핏방울이 떨어져내리고 있었다. 그러나 그녀는 피를 훔칠 사이도 없이 바위를 기어올라왔다. 바윗등에도 핏방울이 뚝뚝 듣고 있었다.

J는, 그런 그녀를 가만히 내려다보고만 있었다. 높은 바위 위에 오도카니 무릎을 쪼그려 앉아서는, 저 아이가 끝끝내 이곳까지 기어오를까를 궁금히 여기는 듯 가만히 내려다보고만 있었다. 그 여행의 기억은, 그녀가 바다 속에 뛰어들었다는 것에 대한 것이 아니라 그녀를 내려다보던 J의 시선으로 남아 있다. J는 어쩌면 그렇게 가만히 내려다보고만 있었을까. 구해달라고 소리를 치던가, 아니면 스스로 구해보려고 뛰어들기라도 해야 하지 않았을까. 돌아오는 고속버스 안에서 그녀가 J에게 물었을 때, J는 이제 우울하지 않은 목소리로 대답했다.

"이상하지. 겁도 안 나고, 그냥 보고만 있게 되더라. 네가 살아서 나올지 죽어서 나올지, 그것만 궁금했어."

그때 그녀는 알았다. 그때, 바다에 빠졌던 것은 나만이 아니었구나. J도 같이 뛰어들었었구나. J도 같이 물 속에서 둥글게 회전을 하고, 바위에 찢겨 피를 흘렸구나. 도대체 왜, 나는 J는 절대로 바다에 뛰어들지 않을 사람이라고 생각을 했던가.

도대체 왜, 그녀는 그녀 이외의 어느 누구도 바다에 뛰어들지 않으리라고 생각을 했던가.

스물한 살, 바다 여행에 대한 기억의 환기는 몸살 기운보다 그녀를 더 열에 지치게 만들었다. 이불 속에 누워 뒹굴면서도 그녀는 전화기만 바라보았다. 그녀의 수첩에는 J의 전화번호가 있었다. 국가번호 1로 시작되는 미국의 전화번호. 그녀는 전화를 걸기 위해 늘 밤을 기다렸다. 그러나 J가 깨어 있을 시간보다 더 빠르게 다가오는 잠. 그런 잠의 꿈자리는 늘 뒤숭숭했다.

꿈속에서 그녀는 늘 어딘가로 떠나고 있다. 때로는 바다, J와 함께 갔던 속초의 방파제 옆, 또는 그녀가 한동안 살았던 저 남쪽 나라의 푸르른 바다, 또는 글 쓰는 사람이 된 이후 제일 먼저 달려갔던 어느 곳의 겨울 바다. 그곳으로 가기 위해 그녀는 들판을 지나고, 기차를 타고, 골목을 헤매기도 했다. 그러나 꿈속의 바다는 이제, 그녀를 받아들이지 않았다. 파도는 그녀에게 말하지 않고, 바다, 저 바다를 생각하라고 말하지도 않았다. 그곳, 어느 바다에도 J의 모습은 없었다.

그러나 꿈속에서의 그녀는 그 바다를 등져 돌아오지 않는다. 꿈이 깰 때까지, 또는 꿈이 바뀔 때까지 그녀는 하염없이 그곳 바다를 바라보며 서 있다. 언젠가 J가 불쑥 그녀의 곁으로 나타나 그녀에게 말할 것을 기다리고 있는 것일까.

"그때, 우리는 참 아름다웠어. 그렇지 않니?"

그녀는 J가 불쑥 그녀의 곁에 나타나 그녀에게 그렇게 말할 것을 안다. 너도 아니고 나도 아니고 이제는 '우리'인. 순결하고 투명한 J, 투명하게 그녀에게 말할 것을 안다.
 "내게로 놀러 오렴. 그러면 얼마나 좋겠니. 아직 아름다운 날들이 이렇게 많구나."
라고.

은항아리 안에서

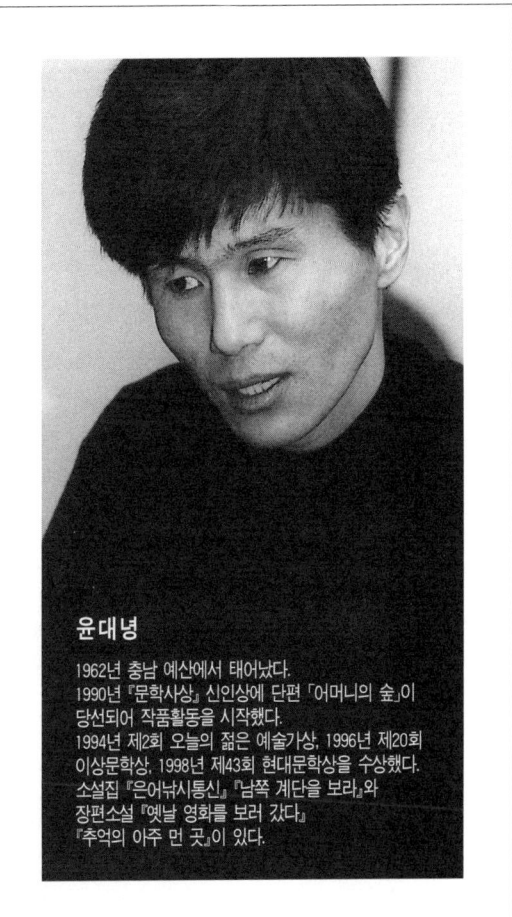

윤대녕

1962년 충남 예산에서 태어났다.
1990년 『문학사상』 신인상에 단편 「어머니의 숲」이 당선되어 작품활동을 시작했다.
1994년 제2회 오늘의 젊은 예술가상, 1996년 제20회 이상문학상, 1998년 제43회 현대문학상을 수상했다.
소설집 『은어낚시통신』, 『남쪽 계단을 보라』와 장편소설 『옛날 영화를 보러 갔다』, 『추억의 아주 먼 곳』이 있다.

첫서리가 내린 아침

나는 가을 고추처럼 얼얼한 얼굴로 은항아리 안에 앉아 있다.

항아리 속에는 홍당무와 대롱 끝이 뾰족한 싱싱한 대파와 잔멸치와 껍질이 얇게 부스러져 있는 양파와, 내 여인의 이마를 닮은 마늘과 간장과 콩기름병 들이 놓여 있다.

해서 항아리 안은 지금 단풍처럼 환하게 달아오르고 있는 참이다.

여인은 멸치를 우묵한 체에 넣어 물에 흔들어 씻은 다음 가스레인지를 켜고 프라이팬을 올려놓는다. 그런 다음 부엌칼을 거꾸로 잡고 도마에다 탁 탁 탁 마늘을 다지기 시작한다. 그러다 마늘 한쪽이 도마 밖으로 튀자 에고! 하며 확 붉어진 얼굴로 나를 돌아본다. 나는 천천히 바닥에 떨어져 있는 마늘을 주워 타원형의 흰 플라스틱 접시 위에 올려놓는다. 접시 위에는 썩이나 기울게 썰어놓은 파와 풋고추와

홍시 하나가 선연한 빛을 발하며 얌전히 놓여 있다.
 여인이 체에 담겨 있던 멸치들을 프라이팬 안에 가만가만 쏟아붓자 치이 소리를 내며 금세 젖은 비린내가 번져나온다.
 잠시 끊어졌다가 다시 이어지는 마늘 다지는 소리.
 이윽고 운두가 낮은 팬 안에서 멸치들이 고소한 냄새를 풍기며 익자 여인은 타원형의 접시 안에 있는 양념 채소들을 손끝으로 살살 긁어내듯 집어넣는다. 접시에는 홍시만 덩그러니 남는다. 여인은 팬 안에 간장을 찔끔찔끔 기울여 붓고는 설탕과 깨소금과 참기름을 섞어 넣고 손잡이가 긴 납작한 주걱으로 스걱스걱 휘젓는다.
 "그런데 색깔이 왜 이 모양이죠? 설탕을 너무 넣었나? 이 것 좀 봐요, 너무 까매."
 기우뚱 일어나 팬 안을 슬쩍 들여다보니 아닌 게 아니라 좀 까만 것 같다. 여인의 눈빛이 이내 흐려진다. 짐짓 볼이 부은 얼굴로 여인은 가스레인지의 불을 끄고 반찬통에다 멸치볶음을 한 젓가락씩 옮겨 담는다.
 그렇게 해서 일단 멸치볶음의 시간은 끝났다.
 그 다음은 무 생채와 콩나물국이다. 여인은 무를 반달 모양으로 토막낸 다음 칼날을 비스듬히 세워 조심스럽게 썰어 나간다. 칼날이 도마에 닿는 소리는 아직 서툴고 더디다. 그러나 두 개째의 반달 무를 썰 때부터는 제법 고른 소리가 난다. 또박, 또박, 또박. 소리만 듣고도 나는 결 고른 채가 도마에 쓰러지고 있다는 걸 알 수 있다. 흠, 하고 나는 헛기침을 하며 비닐봉지 속에 들어 있는 콩나물을 꺼내 플라스

틱 바가지에 담고는 대가리의 미끈거리는 껍질을 벗겨낸다.
 벽에 걸려 있는 원목시계가 아홉시를 가리킴과 동시에 주방 창문 안으로 햇살이 빗살무늬로 쏴아 몰려 들어온다. 그러자 식탁 위에 놓여 있는 질항아리 안의 국화가 노란빛으로 확 밝아진다.

 오늘은 반달이 뜨는 날이다. 생채를 만들기 위해 딱 반으로 쪼개놓은 무처럼. 날이 맑았으면, 하고 나는 속엣말로 중얼거린다. 여인은 아침 여덟시에 이곳 은항아리 계곡으로 왔고 저녁 여덟시가 되면 다시 서울로 돌아갈 것이다. 하루의 딱 반이다.
 "누가 여기다 은항아리란 이름을 붙여놓고 갔을까요?"
 콩나물 대가리의 껍질을 벗겨내다 말고 나는 싱크대 앞에 서 있는 여인의 뒷모습을 올려다본다.
 "옛적 웬 이름없는 과객이었겠지."
 "사람이란 참."
 사람이란 참? 무슨 뜻으로 하는 소린지 잘 모르겠다.
 "여기서 산을 하나 넘어가면 무드리라는 마을이 있어. 비가 오면 물이 들어오는 마을이란 뜻이지. 일제 때 놈들이 수입리(水入里)라고 바꿔놔 지금도 행정상으론 그렇게 부르고 있지만 말이야. 그 옆마을 이름은 무너미이고."
 "무너미요?"
 "비가 오면 물이 넘쳐 들어오는 마을이라고 하더군. 북한강과 남한강이 겹치는 곳이니 그런 마을 이름들이 생겼을 법도 하지. 양수리도 원래는 두무골이라 불렀다지 아마?"

여인은 두무골, 무너미, 무드리, 하고 웅얼웅얼 되받으며 바가지 안에다 무채를 옮겨 담고 깨소금, 고춧가루, 잘게 썰어놓은 파, 다져놓은 마늘, 찻숟가락으로 반쯤 되는 조미료를 뿌려 넣고 살살 버무린다. 그러고 나서 양념이 묻은 손으로 몇 가닥 집어 간을 본 다음 싸리 무늬가 박혀 있는 사기그릇에 담아놓는다. 다른 소리가 없는 걸로 봐서 이번에는 맛이 괜찮은 모양이다. 그러는 사이 밥통에서 쉭쉭 김이 올라오고 국그릇 안에서는 콩나물이 푹 익고 있다. 나는 국그릇 뚜껑을 열어 고춧가루를 넣고 왕소금을 넣는다.
"자꾸 열어보지 말아요. 콩나물국은 익기 전에 열어보면 비린내가 나니까요."
나는 세번째 국그릇 뚜껑을 연 참이다. 하지만 더이상 그럴 일은 없다.
"아 참, 된장찌개에 넣을 두부!"
나는 그제서야 콩나물 껍데기가 묻은 손을 수도꼭지에 대고 게으르게 씻는다.
"가는 길에 호박도 사왔으면 좋겠어요. 곤봉처럼 길쭉하게 생긴 작은 거요."
나는 신발을 꿰 신고 문을 열고 나와 채소가게로 간다. 호박과 두부, 두부와 호박, 하고 되뇌이며.

시월 초에 나는 타클라마칸 사막 안에 있는 미란이란 곳으로 가려다 이곳 은항아리 계곡으로 왔다. 왜 불쑥 길을 바꾸게 되었는지는 나도 모른다. 다만 지연의 시간을 보내고 있는 중일까? 이번에 또 사막으로 가게 되면 돌아나오기 힘들 거란 생각을 하고 있어서였는지도 모른다. 목탁을 들고 사막 한중간에 앉아 인계(印契)에서 불똥이 튈 때까지 숨을 죽이고 있을 작정이었으니 말이다. 혹은 나를 사막으로 가지 못하게 하는 무엇이 생긴 탓인지도 모른다. 나는 이제 누군가 나를 떠나지 못하게 만드는 사람이 옆에 있었으면 한다. 지쳐서가 아니다. 매양 헛것에 쫓겨 기어이 떠나게 돼도 거기서 또다른 곳으로 떠나가야 했기 때문이다. 그러고 나서 돌아오는 길은 가는 길보다 더욱 낯설고 시막이 아득했다.

올 여름에 나는 웬 낯모르는 여자가 노르드 곶에서 부쳐 온 사진엽서를 받았다. 노르드 곶. 아주 추운 곳이다. 그녀는 내게 세상의 끝에 와 있지만 아무것도 보이는 게 없다, 라고 써 보냈다. 허나 나는 내가 늘 없음의 있음에 홀려 떠나고 있다는 것을 알고 있다.

서른네 살이 돼 가본 사막에서 그걸 깨달았다.

"식탁이 창문 옆에 놓여 있어서 좋아요. 환하잖아요. 이제부터 식사는 밝은 데서 하는 습관을 들여요. 더군다나 혼자일 때는 말예요."

한겨울 밤에 캄캄한 방에 혼자 앉아 솥 바닥을 긁어먹던 때가 있었다. 삭망의 밤에 바위산에 숨어 사람의 뼈를 갉아대는 원숭이처럼. 부러 그랬을 리는 없다. 혼자서 환해봐야 더욱 견디기 힘들었기 때문이었을 것이다. 아닌 게 아니라 참으로 오랜만에 사람과 마주 앉아 밥을 먹는다. 식탁 위에는 금방 만든 생채와 두부조림과 멸치볶음과 김과 콩나물국과 아직도 뚝배기 안에서 부글부글 끓고 있는 된장찌개 들이 있다. 또한 김이 모락모락 나는 흰밥이 있다. 나는 노릇하게 구워진 꽁치의 칼집에다 젓가락을 대 속살을 집어낸다. 아직 녹지 않은 소금 알갱이가 이빨에 씹힌다.

얼음장 아래 붉은 집들

설거지를 끝내고 녹차를 마신 다음 여인과 나는 오목한 지붕테를 올려다보며 은항아리 안을 천천히 돌기 시작한다. 저수지로 올라가는 산문의 전나무숲에 까치떼가 내려앉고 있다. 어지러워요, 하며 여인은 가는 숨을 토해내며 내 팔소매를 붙든다. 안 그래도 빈혈기가 있는 여자다. 까치떼가 내려앉은 전나무숲 아래로 장닭 몇 마리가 바람에 쫓겨 허둥지둥 뛰어가고 있다. 아주 잠깐 시막이 흔들린다. 다시금 여인이 묻는다.

"어째서 하필 은항아리 계곡일까요?"

"조금 더 올라가면 저수지가 있어. 항아리처럼 생긴 산봉우리 아래를 두 갈래의 물줄기가 둥그렇게 싸 안고 내려와 생긴 작은 호수지."

여인은 고개를 갸우뚱거리며 단풍이 타고 있는 산을 휘황한 낯빛으로 바라보고 있다.

"그래도 은항아리는 아니잖아요."

"아니, 달이 밝은 밤에 하늘에서 내려다보면 항아리 둘레를 싸 안아 흐르는 물줄기가 은빛으로 반짝여. 그래서 봄에는 연둣빛이 스민, 여름에는 푸른빛이 도는, 가을에는 단풍에 물든, 그리고 겨울에는 투명하고 차디찬 은빛 항아리가 되는 거지."

여인은 아, 하고 희고 고른 치아를 드러내며 몽롱한 눈으로 나를 올려다본다.

"그래서 저수지엔 삼백육십오일 은항아리가 거꾸로 처박혀 있다고들 해."

달맞이꽃이 지천으로 피어 있는 저수지 둑께로 올라오자 염소떼가 흑두 같은 똥을 마구 떨어뜨리며 불쑥 나타난 사람 남녀 한 쌍을 피해 달아난다. 여인은 이런 말을 또 혼자 중얼거린다.

"염소떼를 보니 뜬눈으로 태몽을 꾸고 있는 것 같아요."

태몽. 그 말을 한 귀로 흘려 들으며 나는 둑 끝에 서 있는 노인네에게 아득히 눈길을 던진다. 그는 한 손에 낫을 들고 꼼짝도 않고 저수지를 향해 서 있다.

"저 노인네는 무얼 저렇게 들여다보고 있는 걸까."

여인이 어디요? 하면서 내 시선을 좇아 고개를 돌린다.

"정말 서서 죽은 사람처럼 보이네요."

나는 여인의 손을 잡고 저수지 둑을 완만하게 지나쳐 계곡 안으로 올라간다. 옆얼굴이 점점 밝아진다. 그제서야 나는 낫을 든 노인네가 보고 있는 것이 무엇인가를 알게 된다. 여인은 벌써 숨이 차 발걸음이 더뎌진다. 신발이 큰지 발걸음을 옮길 때마다 신발 밖으로 양파 같은 뒤꿈치가 다 나왔다가 도로 들어가곤 한다. 나는 게눈을 뜨고 저수지 안을 흘끗거리다 무심코 얼음장 아래 붉은 집들, 하고 뇌까린다.

"지금 뭐라고 했어요? 얼음장 아래 뭐요?"
"붉은 집들."
"그게 뭔데요?"
나는 여인의 어깨를 돌려 세워 저수지 안에 거꾸로 처박혀 있는 항아리 안을 보게 한다. 사방을 병풍처럼 둘러치고 있는 단풍의 무리가 물살마저 죽은 저수지 안에 적막한 빛으로 떨어져 있다. 단풍은 엊그제 급기야 산의 아랫도리까지를 다 먹어내려와 그야말로 절정인 상태다. 실눈을 뜨고 보면 물에 비친 단풍은 마치 바다 속의 산호숲 같다. 아니라면 붉은 갈대들이 수면을 찌르고 무성히 뻗쳐올라와 있는 것처럼 보인다. 얼마간 숨소리를 참고 항아리 안을 들여다보고 있던 여인의 몸이 한순간 기우뚱, 하고 앞으로 기운다. 나는 얼른 여인의 어깨를 가슴으로 바투 끌어당긴다. 여인은 한숨을 푹 내쉬며 이마의 촉촉한 식은땀을 닦아낸다.
"무섭네요, 한참을 보고 있으니 꼭 안으로 빠져들어갈 거 같아요. 지금 물 속에 있는 고기들은 기분이 어떨까요?"
저수지 둘레에는 단풍에 취한 물고기를 낚으려는 사람들이 점점이 떨어져 앉아 길게 휘어진 낚싯대를 드리우고 있다.

얼핏 돌아보니 낫을 든 노인네는 아직도 그 자리에 붙박여 있다.

"아홉 살 때던가, 한겨울의 어느 날 나는 할아버지와 종친회에 갔다가 저물녘이 되어 집으로 돌아오고 있었지. 내가 살던 마을에도 커다란 저수지가 있었어. 어떤 해이던가는 사람만한 가물치가 물가로 나와 동네 청년 하나가 사냥총으로 그걸 쏘아 잡은 적도 있었지."

사람만한 가물치, 하고 여인은 내게 몸을 기울여 귀를 활짝 연다.

"그날 얼음 언 저수지에 노을이 붉게 떨어져 있었어. 앞서 둑길을 걸어가던 할아버지가 문득 걸음을 멈추고 저수지를 물끄러미 내려다보더군. 그러더니 홀연히 그 안으로 걸어들어가는 거야. 영문을 몰라 나는 그냥 둑 위에 혼자 떨고 서 있었지. 조부는 얼음 위를 걸어 저수지 한가운데로 가더니 한참을 우두커니 서 있는 거야. 나를 돌아보는 일도 없이 말이야. 나는 차츰 무서워지기 시작했지. 그래서 하는 수 없이 할아버지의 뒤를 좇아갔지. 노을이 참으로 붉었어. 얼음 위를 걷고 있으니 얼굴이 숯불처럼 온통 벌게지는 거야. 할아버지 옆에 서서 나는 그가 이렇게 귀신처럼 중얼거리는 소리를 듣고 있었어."

"뭐라구요, 얼음장 아래 붉은 집들이라구요?"

"그래, 붉은 집들. 그러고 나서 이제 그곳으로 돌아갈 때가 된 것 같다고 하더군."

"얼음장 아래로요?"

"그래, 그러더니 뜬금 없이 얘야, 세상은 춥다. 그러니 옷을 두껍게 입고 살아야 한다, 라고 하더군."

"……"

"얼음 위를 지나 둑으로 올라가며 할아버지는 얼음장 아래엔 붉은 잉어들이 산다고 말했어. 그러니까 그날 할아버지는 잉어들이 사는 집을 보고 있었던 거야."

"잉어가 사는 집이라뇨?"

"왜 성씨들마다 탄생 설화라는 게 있잖아. 우리 집안의 시조는 잉어거든. 할아버지는 아마 그런 뜻의 얘기를 했던 것 같아. 아무튼 이듬해 봄이 와서 저수지의 얼음이 풀릴 때 할아버지는 조용히 세상을 떠났지."

"……"

"그래서 그런지 나이가 들어서도 내 눈에는 늘 얼음 속의 붉은 집들이 어른거려. 그러다 작년에 사막에 가서 예기치 않게도 저 무의 지평선 끝에서 불타는 집들의 환영을 보게 된 거야."

여인은 목에 쿡 가시가 박힌 소리로 대꾸한다.

"그러니 당신은 아무 때나 떠나지 않고는 못 배기는 사람인 거예요. 붉은 집들인가 뭔가에 홀려서 말예요. 항상 그랬듯이 다시 돌아오기 위해 떠난다는 구실을 잡고 말예요."

그래, 언젠가 나는 분명 그런 말을 한 적이 있다. 나는 너에게로 가기 위해 다시 너를 떠난다, 라고. 그리고 돌아오고 나면 옆에 있던 이는 매번 미당의 시 「신부(新婦)」에 나오는 "신부는 초록 저고리 다홍 치마로 겨우 귀밑머리만 풀리운 채 신랑하고 첫날밤을 아직 앉아 있었는데…… (나중에 돌아와서)…… 그 어깨를 가서 어루만지니 그때서야 매운 재가 되어 폭싹 내려앉아버렸습니다. 초록 재와 다홍 재로 내려앉았습니다"처럼 변해 말을 건넬 수조차 없었다.

나는 꾹 입을 다문 채 산호숲과 붉은 갈대들만 번갈아 보고 있다.

"당신은 바람을 너무 타서 까만 염소처럼 돼버린 사람이고 그것도 모자라 꽁지에다가는 빈 수레까지 달고 다니는 사람이에요. 그러니 어쩌겠어요."

빈 수레를 끌고 다니는 까만 염소. 어쩌다 잉어가 염소가 됐을까.

"혹시 떠나게 되면 초록 저고리 다홍 치마를 입은 신부와 함께 가도 좋겠지."

"아뇨, 저는 가지 않아요. 저는 단단한 도마와 대파처럼 파란 부엌칼만 한 벌 있으면 행복해질 수 있다고 믿는 여자예요. 그리고 얼굴이 하얀 아이 하나. 그런데 아이를 들쳐업고 손에 도마와 부엌칼을 들고 하필이면 모래뿐인 사막을 따라다닐 수는 없는 노릇이에요."

은항아리 안에 무를 토막내는 칼질 소리가 들려온다.
여인과 나는 그새 항아리 안을 반쯤 비껴 돌고 있다.

배추밭의 닭들

계곡 안쪽에는 십여 가구쯤 되는 마을이 있다. 마을로 들어서자 어디선가 소 울음소리가 들려온다.

"소의 눈을 본 적이 있어요. 너무나 순하고 맑아서 어쩐지 슬퍼 보이기까지 하는 눈이었어요. 초식동물들의 눈은 왜 한결같이 그런지 모르겠어요."

얼마 전에 여인과 나는 과천 서울대공원에 있는 동물원에

간 적이 있다. 리프트를 타고 동물원에 내려 해가 질 때까지 우리에 갇힌 짐승들을 물끄러미 바라보고 있었다. 그때 여인은 누(Nue)라는 초식동물을 보며 그런 말을 했다. 또한 하마와 기린을 보면서도, 하마도 초식동물인가, 라고 고개를 갸우뚱거리다가 나는 여인과 헤어져 집으로 돌아와 백과사전부터 찾아보았다. 하마는 분명 초식동물이었다. 하지만 눈이 맑아서 어쩐지 슬퍼 보이기까지 하는 하마?

배추밭에 이른다. 여인은 길 가다 우연히 반가운 사람이라도 만난 것처럼 환한 얼굴로 배추밭 안으로 뛰어들어간다. 여인의 뒤꿈치에서 청개구리 한 마리가 탁 튄다.

"땅에 심어진 배추는 정말 오래간만에 봐요. 암만 그래도 이렇게 잎이 싱싱하고 속이 꽉꽉 여물다니요. 부엌칼로 잘라 노란 속을 봤으면."

여인은 고랑 한가운데 쭈그리고 앉아 배추를 아기처럼 끌어안고 있다. 여인도 초식동물인가 보다. 아니, 여인은 지금 태몽을 꾸고 있는지도 모른다.

아까 집에서 생채를 만들 때 맡았던 깨 냄새가 코끝에 묻어나 눈을 들어보니 머리에 수건을 쓴 아낙네 하나가 배추밭 뒤에서 막대기를 들고 들깨를 털고 있다. 그러다 끄응 허리를 펴고 길게 산바라기를 한다. 아낙이 서 있는 깨밭둑엔 모과나무 한 그루가 서 있고 그 뒤로 시냇물 차게 흘러가는 소리가 들려온다.

배추밭에 있던 여인이 아낙에게로 다가가 말을 건넨다. 나는 시냇물 소리에 잔뜩 귀를 팔고 있는 중이다. 여인과 아낙은 생면부지로 만나 무슨 말을 저리 나누고 있는 걸까.

여인은 마치 시골에 사는 어머니에게 다니러 온 딸처럼 보인다. 여인은 낯선 사람에게는 좀처럼 말을 붙이는 사람이 아니다.

여인이 배추밭 고랑을 가로질러 돌아온다. 아낙이 뽑아준 배추 한 포기를 가슴에 안고. 길 옆으로 수탉 한 마리가 땅바닥을 부리로 쪼며 지나가고 있다. 그저 한 마리 수탉이었으면 싶은 때가 있었다. 저 자태만은 영예롭게 보이는. 부참히 외로웠던 스무 살들의 날들에, 제 몸의 상처를 부리로 쪼며 살던 그때. 그리하여 내세엔 수탉으로 태어나리라는 엉뚱한 생각을 곱씹기도 했다.

그때엔 나도 까만 염소의 형물에서, 빈 수레에서 놓여나게 되리라.

여인이 건네준 배추를 얼결에 건네받으며 나는 아낙과 무슨 얘기를 그리 주고받았는지 물어본다. 배추가 고추장 독처럼 제법 무겁다.

"얘기는 무슨 얘기요, 그냥 배추 한 포기를 달라고 했을 뿐예요."

"그랬더니 아무 말 없이 쑥 뽑아주든가?"

"이쁘다고 하니까 웃으면서 그냥 가져가래요. 아닌 게 아니라 이렇게 속이 꽉꽉 여문 배추 같았으면요. 이렇게 야무지게 일생을 살다 서리가 내릴 때를 알고 속으로 꼭 입다물 줄 알았으면요."

은항아리 안에는 그렇게 배추밭이 있고 지금 막 고랑으로 내려가 모이를 뒤지고 다니는 닭들이 있다.

논바닥의 거미줄

산곡의 해는 짧아서 오후 네시쯤인데 벌써 서쪽 산자락이 앏둑앏둑해지고 있다. 하루를 밝게 태우고 난 햇살이 건너편 산에 마지막 불을 싸질러대고 있다. 여인과 나는 은항아리 안을 삼분의 이쯤 돌아 추수가 끝나가는 논배미에 다다른다. 여인은 오늘따라 허리가 아프다며 논두렁에 풀썩 주저앉는다.

여인과 나는 북쪽을 향해 앉아 있고 그리하여 햇살의 기울기는 오른쪽에서 왼쪽으로 낮게낮게 쓸려가고 있는 중이다. 시나브로 논바닥에 사위어가는 햇살을 바라보며 내내 입 다물고 있던 여인이 저것 좀 봐요, 하며 내 어깨를 잡아 흔든다.

나는 여인이 가리키는 곳으로 눈길을 가져간다. 몰랐는데, 햇빛에 젖은 거미줄들이 논바닥을 가로로 온통 뒤덮고 있다. 거미줄들이 햇빛에 젖어 명주 그물처럼 흔들리고 있다.

"거미줄이라구요."

그래, 틀림없는 거미줄이다.

"놀라워라, 어쩌면 저렇게 길게길게 줄들을 쳐놓았을까요?"

"……저것들도 살기 위해서겠지."

"그렇죠? 저리 줄을 쳐놓고 있으면 피도 안 마른 살점들이 드문드문 묻어나겠죠? 그걸 위해 종일 꽁무니에서 줄을 뽑아내고 있는 거예요."
"그렇겠지."
"눈물겹네요. 사람들 사랑하고 사는 일처럼 말예요."
"그래, 저 아슬아슬한 줄에 닭이나 황소처럼 덩치 큰 것들이 걸려든다 해도 좀처럼 빠져나가기란 힘들 거라는 생각이 드는군."
"하지만 그것들은 또 줄에 걸려서도 나름대로 태몽을 꾸고 열심히 새끼들을 낳아 기르며 살겠죠?"
"그렇겠군, 저마다 제 몸이 가두어져 있다는 것을 알면서도, 그러다 곧 잡아먹히게 될 거라는 걸 알면서도 말이야."
"그게 또 우리네 산다는 일 아녜요?"
"……."
이윽고 해가 서쪽으로 다 떨어져버리자 거미줄도 눈에서 사라진다. 해도 여인은 논바닥에서 눈을 거두지 못한 채 오래오래 앉아 있다.

은항아리 안에 거침없이 늦가을 땅거미가 진다.

하루살이떼

여인과 나는 배추 한 포기를 가슴에 안고 길을 되짚어 내려온다. 여인은 자주 돌부리를 걷어차며 그때마다 에고! 하며 몸을 기우뚱거린다. 염소떼와 까치떼와 닭들도 이미 집으로 갔는지 눈에 띄지 않는다. 그러한데, 어디선가 모래알 같은 것들이 면상으로 사정없이 날아오고 있다.
"이건 또 뭐죠? 뭐가 이렇게 얼굴로 쳐들어오는 거죠?"
쳐들어온다, 란 말을 듣고 나서야 나는 부연 어둠 속에서 안개처럼 몰려오고 있는 것이 다름아닌 하루살이떼라는 것을 알아차린다. 이렇게 빈틈없이 날아드는 하루살이떼는 나도 본 적이 없다. 여인은 머리 위로 손을 휘휘 내두르며 캑캑 밭은기침까지 해댄다.
"지독해요, 눈을 뜨기가 힘들어요."
나는 허리를 낮게 구부린 채 여인의 팔을 잡고 발걸음을 서두른다. 자칫 길을 잃지 않을까 싶을 정도로 사위가 먼지 구덩이처럼 탁하다. 여인은 멈칫멈칫 끌려오느라 가쁜 숨을 헐떡이고 있다.
"이제 조금만 더 가면 저수지야."
여인과 나는 은항아리 안을 얼추 다 돈 것이다. 조금 전까지 보았던 낮의 풍경들이 꿈처럼 죄 지워지며 가슴 안짝으로 찬바람이 우 몰려든다. 눈에 보이는 것은 끝없이 몰려오는 하루살이떼뿐. 무심결에 사막의 먼지, 하고 내뱉다 나는 다시금 저 무의 지평선 끝에서 불타고 있는 집들의 환영을 목도한다. 내가 하는 소리를 들었는지 어쨌는지 여인이 이런 말을 숨가쁘게 토해낸다.
"우리도 이 하루살이떼 중의 하나란 걸 알아요."
"그건 내남없이 다들 마찬가지지."
"그래요, 우리는 다만 조금 긴 하루를 살다가는 존재들인데요, 당신은 어째서 하루의 반나절도 사랑하는 사람의 옆에 있을 수 없는 거죠?"
"당신은 배추같이 속이 꽉 찬 여자지만 나는 텅 빈 영혼을 가진 사내라서 그래."
"그렇다면 저를 마당에 들여놓지 말았어야죠. 당신은 이미 한 여자를 돌아갈 수 없게 만들어놨어요."
"돌아가지 말아! 나도 마당에 거미줄을 치고 살아볼 작정이니까."
"하지만 당신 그거 못하잖아요."
거기서 나는 우뚝 걸음을 멈추고 분분한 하루살이떼 속에서 와락 여인의 등을 끌어안는다. 그때 여인의 어깨 너머로 저수지 둑에 낫을 들고 서 있는 노인의 모습이 눈에 성큼 잡혀든다.
저 노인네는 무엇 때문에 아직까지 저기 서 있는 걸까.

은항아리 안에 먹물이 들어찬다.
먹물 한가운데를 비집고 손톱만한 반달이 돋아난다.

여인이 잠든 시간

거미줄에 걸린 하루살이의 사랑. 오늘 너와 나는 그런 사랑을 했다. 둘이 뜬눈으로 이런 꿈을 꾸기도 했다. 대문 밖의 텃밭을 일궈 무 배추를 심고 염소떼를 본 날 태몽을 꿔 열 달 후에는 유난히 이마가 흰 아이를 낳는다. 그리고 아침저녁으로는 온갖 양념을 한데 버무려 살점 같은 끼니를 준비하며 산다.

여인의 몸은 오늘 그믐이다. 계곡에서 돌아와 여인은 쌀쌀한 배를 문지르며 건넌방에 들어가 누워 있다. 나는 『동명일기(東溟日記)』에 나온다는 구절 하나를 책상의자에 앉아 뜻 없이 옹얼거리고 있다.

진홍(眞紅) 같은 것이 차차 나 손바닥 넓이 같은 것이 그믐밤에 보는 숯불빛 같더라.

여인은 이제 서울로 돌아가야 한다. 아침 여덟시에 왔다가 저녁 여덟시에 돌아가는, 하루살이도 안 되는 한갓 반나절의 사랑. 하지만 오늘 그대가 돌아가더라도 이내 또 만나게 될 것을 믿는다. 그 동안에 나는 사막에 가기도 하고 세상의 끝을 보러 떠나기도 하겠지. 하지만 내 반나절 안에는 그대 곁으로 속히 돌아오리란 것을 믿는다. 다만 하루 사이에 이토록 사무친 너와 내가 서로 얼굴 모르는 사람이 되지 않기를 바랄 뿐이다. 그래, 지금은 깊이 잠들어 있거라. 늦가을 배추처럼 속이 단단해지는 꿈을 꾸며. 그 동안 나는 너로 하여 떠나지 않는 법을 배우련다.

저녁 일곱시 반. 나는 슬며시 문을 열고 들어가 잠든 여인의 이마 옆에 앉는다. 여인은 오늘 은항아리 계곡으로 오기 위해 서리가 내리는 새벽 다섯시에 일어나 길을 나섰다. 튤립 모양의 스탠드 옆에 배추 한 포기가 화분처럼 놓여 있다. 여인은 홍시 같은 얼굴에 진땀을 흘리며 이불 속에 깊이 파묻혀 있다. 그믐의 몸으로 계곡을 한 바퀴 다 도느라 꽤나 힘들었을 것이다. 수건으로 얼굴을 닦아내려 하자 여인은 간신히 눈을 비벼 뜬다. 그러더니 대뜸 묻는다.
"여기가 어디예요?"
항아리 안이야, 라고 나는 나지막하게 속삭인다.
"아, 은항아리 안."
그러고 나서 여인은 허리를 틀어 몸을 일으킨다. 겨우 몸을 일으키다 덥썩 내 목을 끌어안는다.
그리고 운다.
"몸 구석구석에 죄 서리가 내린 것처럼 추워요."
밤에 깨게 되면 그게 어떤 잠이든 온 마음과 온몸이 추운 법이다. 하지만 여인은 지금 그 때문에 울고 있는 것만은 아니리라. 살다보면 때로 깨소금도 매울 때가 있나니, 이렇듯 서로를 완강하게 끌어안고 있어도 겨울 밤 식은 국을 혼자 먹을 때처럼 마음이 확 쓸쓸해질 때가 있나니, 저 도마에 난 칼자국들처럼 가슴 안짝이 다 팰 때까지 우린 또 얼마나 긴긴 날들을 외롭게 살아내야 하는 걸까.

상긴 배추 한 포기가 은항아리 안에서 울고 있다.

반달

여인과 나는 버스정류장에 우두커니 서 있다. 바람 잔 하늘에 별들이 무수히 몰려와 박혀 있다.

"정류장 앞에 나무들이 보여서 좋아요. 게다가 저기 반달도 떴네요."

정류장 앞산의 나무들. 서리가 두어 번 더 내리고 나면 마침내 너희 단풍들도 멸치볶음처럼 까매질 테지. 그 후 눈발 흩날리는 날들이 또 급히 찾아올 것이다. 나는 여인이 혼자인 듯 읊조리고 있는 노래를 무심한 척, 귀 기울여 듣고 있다.

푸른 하늘 은하수
하얀 쪽배에
계수나무 한 나무 토끼 한 마리
돛대도 아니 달고 삿대도 없이
가기도 잘도 간다
서쪽 나라로

서울로 가는 버스가 와서 발 앞에 멎는다. 버스 지붕 위에 반달이 비스듬히 걸린다. 아침 도마 위에 놓여 있던 무 토막 모양으로. 이윽고 버스가 출발하자 차창 가에 앉아 나를 내다보는 여인의 얼굴이 따박따박 칼질 소리를 내며 차츰 깎여나간다.

버스가 가고 하늘을 보니 달이 없다.

매양 그랬듯이 내일 밤 새벽에도 여인은 또 꿈에 쫓기다 까마득한 소리로 내게 전화를 걸어올 것이다. 나는 흔들리지 않게 지렁이처럼 느리게, 느리게 몸을 움직여 집으로 돌아온다. 어린 날, 노을이 타는 얼음 위를 지나 집으로 돌아가던 저녁처럼.
 한데 침침한 눈에 다시금 얼음장 아래의 붉은 집들이 보인다. 나는 짐짓 고개를 흔든다.

물이 넘어 들어오는 밤

 나는 은항아리 속에 누워 있다. 밤이 깊어도 여인에게서는 전화가 걸려오지 않는다. 배추 한 포기만 옆에 덩그러니 엎어져 있을 뿐이다.
 빨래판 무늬로 여인이 그리워진다. 뚜껑 없는 항아리 위로 국자 모양의 북두칠성이 흘러가고 견우성 직녀성이 흘러가고 그리고 내가 까마득하게 흘러간다.
 항아리 안이 무섭도록 고요해진다. 먼 데서 단풍 든 물이 넘어 들어오는 소리가 들려온다. 그러자,

 항아리 안에 숨죽이고 있던 낮의 짐승들이 밖으로 하나씩 기어 나가기 시작한다. 청개구리가 기어 나가고 닭들이 기어 나가고 소 돼지와 염소떼가 꾸물꾸물 줄지어 기어 나가고 마침내 하루살이떼까지 죄 밤하늘로 날아가버린다.

 은항아리 안이 명주빛 거미줄만 남고 텅 빈다.

서정시대

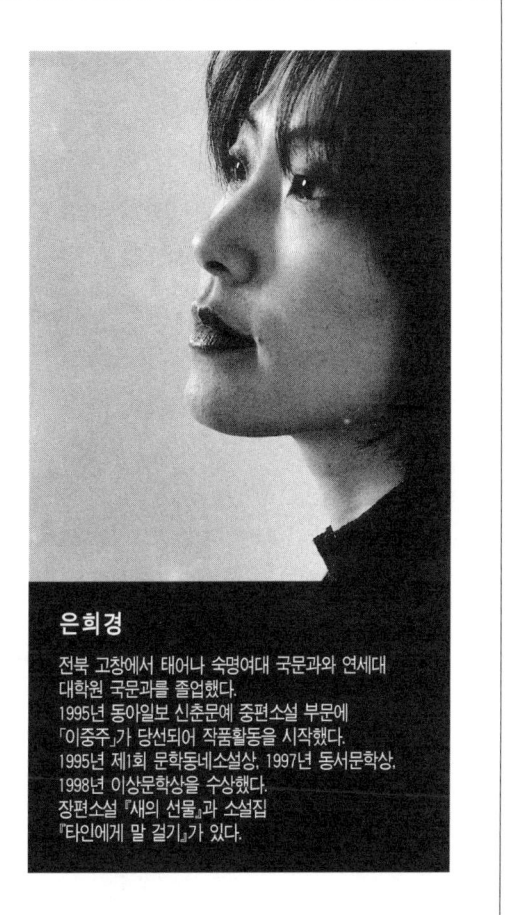

은희경

전북 고창에서 태어나 숙명여대 국문과와 연세대 대학원 국문과를 졸업했다. 1995년 동아일보 신춘문예 중편소설 부문에 「이중주」가 당선되어 작품활동을 시작했다. 1995년 제1회 문학동네소설상, 1997년 동서문학상, 1998년 이상문학상을 수상했다. 장편소설 『새의 선물』과 소설집 『타인에게 말 걸기』가 있다.

누군가 등을 가볍게 건드리는 기척이 느껴진다. 돌아보니 아무도 없다. 대신 어깨 위에 떨어져 있는 머리카락이 눈에 들어온다. 그것을 손가락으로 집어 들고 한참을 들여다본다. 나이가 들어가니 두피의 장력이 약해지는 것은 당연하다. 그까짓 머리카락 한 올 떨구는 일까지 일일이 느끼면서 사는 내가 과민한 것뿐이다. 나는 머리카락을 쓰레기통에 버린다. 그리고 나의 과민함에 대해 조금 더 골똘히 생각해본다. 과민함과 자의식. 자의식과 긴장. 긴장과 소심함, 진지함…… 정작 머리카락이 유난히 많이 빠지는 데에는 아무런 주의도 기울이지 않았다는 뜻이다. 내 머릿속은 언제나 수많은 분석으로 터질 듯이 복잡하지만 실제로 인생에 효용이 되는 것은 별로 없었다.

  내가 원형탈모에 걸렸다는 것은 며칠 안 가 드러난다. 거울 앞에서 머리를 빗던 나는 정수리께의 한 부분이 아무리 빗어도 검은색으로 덮여지지 않는다는 것을 깨닫는다. 그래도 별 생각 없이 습관적으로 빗질만 계속하고 있다. 한참 후에야 나는 오백원짜리 동전만한 그 빈터가 바로 머리카락이 몽땅 빠져버려 드러난 밋밋한 두피임을 안다.

얼굴을 바짝 거울 앞으로 들이민다. 두 팔을 쳐들어 머리 속을 이리저리 헤집어보는 내 손길은 몹시 다급하다. 원 세상에, 내 머리 속에 땜통이라니!

나는 울상을 짓고 허겁지겁 K에게 전화를 한다. 큰일났어. 머리 한복판에 땜통이 생겼는데 원형탈모인가봐. K의 대답은 미리 준비라도 하고 있었던 것처럼 거침없이 나온다. 뭐? 그럼 곧 대머리 되겠네? 거, 비 맞으면 딱딱 소리 나서 안 좋을 텐데. 박부장 알지? 박부장이 그러는데 자기 대머리 위에 빗방울 떨어지면 말야, 그 소리가 군대 벙커 위에 떨어지던 시끄러운 빗소리는 댈 바가 아니라더라. 참, 너 밥 먹었냐?

대답하는 내 목소리는 풀이 죽어 있다.

"왜?"

"회사 옆에 주꾸미 잘하는 집이 생겼는데 초고추장 맛이 죽여줘."

"……근데?"

"나와서 점심이나 사라."

그가 나를 위로하는 방식은 언제나 이렇게 방만하다. 그러나 고지식한 나는 그런 냉정하고 뻔뻔스러운 위로를 쉽게 받아들일 수가 없다.

"뭐야, 지금? 나는 심각해서 죽겠는데 말 몇 마디 해주고 결국 점심 한 끼 해결하자는 거였어? 인간이 어떻게 그러냐."

"야, 인간이니까 그런 거지. 인간이 뭐 대단한 건 줄 알아? 오디세우스도 사랑하는 부하들이 다 죽었는데도 밥부터 먹었고, 배가 부르니까 그제사 눈물이 나왔다잖아."

내가 늘 작은 일에 상처를 받는 것이 예민함보다는 진지함 탓임을 잘 알고 있는 그는 한마디 더 덧붙인다. 너도 이제 인생에 대해 서정적 태도를 버릴 나이가 안 됐던가?

나의 진지함은 기억력이 허락하는 한도인 여섯 살 때부터 시작된다. 어느 날 아침 눈을 뜨자 나는 나 자신이 인격자로 인정받고 있음을 알았던 것이다.

바로 전날까지 코흘리개 어린애였던 나는 그날도 전날의 연속인 줄로만 알고 식구들이 아침 밥상을 물린 뒤까지도 철없이 자고 있었다. 그러나 전날과 달리 부모님은 나를 깨우거나 꾸중을 하지 않았다. "아무개는 아직도 자나?" "놔두세요. 내년이면 학교 갈 애인데 제가 다 알아서 할 거예요"라는 대화로 나의 각성을 촉구할 뿐이었다. 그 상황에서 차마 눈을 번쩍 뜨지는 못했지만 나는 큰 충격을 받았다. 아, 어른이란 이렇게 갑자기 되는 거구나.

그때부터 세수하면서 목을 안 씻었다고 도로 우물가로 쫓아내고 밥을 흘리면서 먹는다고 야단치는 일도 없어졌다. 말끝마다 "차암, 너도 이제 어른이지?" 하면서 철없어도 되는 어린애로서의 권능을 완전히 박탈했다. 그것이 교육학자들이 '책임이론'이라는 용어로 정리한 바 있는, 아이들을 일찍 철들게 하기 위한 어른들의 획책임을 알 리 없는 나는 죄의식에 빠졌다. 내가 생각하기로 나는 아직 어린애에 불과했다. 그런데도 나를 과분하게 평가하고 믿어주시는 순진한 부모님들!

당시로서는 배운 게 별로 없는 나는 고지식했다. 그래서 부모님을 실망시키지 않기 위해 다소 부족하나마 어른 행세를 할 수밖에 없다고 판단했다. 나는 어른스럽게 생각하고 말하고, 삶이 별것 아님을 이해하는 데에 안간힘을 바쳐야 했다.

입학 적령에서 한 살이 모자란 데다 생일도 시월 말인 나는 정식으로 초등학교에 입학을 하지 못했다. 아버지가 손을 써서, 며칠 뒤 운동장을 가로지르는 아이들의 대오에 헐떡거리며 끼어들어 같이 뛰면서 학교 생활을 시작했다. 그때부터 나는 언제나 친구들보다 한 살이 어렸다. 병도 앓지 않고 재수도 하지 않고 군대도 가지 않은 내가 박사과정 시험에 응시했을 때는(비록 떨어졌지만) 장하게도 겨우 스물네 살이었다. 나는 내가 조숙하다는 것을 한번도 의심해본 적이 없을 뿐 아니라 내 인생의 비밀 중의 비밀인 그 사실을 누구한테나 은근히 털어놓았다. 진지한 조숙 속에 지금 내 머리통 한가운데에 박혀 있는 원형탈모의 땜통처럼 속이 내다보이고 우스꽝스러운 빈터가 있음을 알 턱이 없었다.

아버지는 달변과 과묵과 독설을 삼분의 일씩 나누어 가진 분이었다. 말썽쟁이 소년 시절 전기실험을 하겠다고 전봇대에 올라가 전선을 끊는 바람에 온 읍내를 암흑천지로 만들었다는 아버지는 사업을 하는 데에도 그 아이디어와 개척정신을 살려서 이층 건물에 초가지붕을 얹는다든지 하는 신선한 발상 및 근성으로 변변한 자본 없이 토건회사를 일으킨 청년 사업가였다. 읍내의 아스팔트 포장을 하고 경찰서와 군청을 짓는 건설의 역군으로서 감사패를 받는 모습이 종종

지방신문과 군청 게시판에 실리곤 했다. 하청업자인지라 갱영화에나 등장하는 '청부업자'라는 무시무시한 직함으로 불렸지만 기타로 뽕짝 반주를 애절하게 뜯는가 하면 〈러브 이즈 매니 스프렌더드 싱〉이나 〈새드 무비〉를 잘 불렀고 북도 잘 치는 낭만적인 '한량'이었다. 또 직접 사용하는 것을 본 일은 없지만 아버지의 책상에는 측량기구와 설계도, T자 같은 멋진 물건들이 갖춰져 있었다. 텔레비전도 동네에서 가장 먼저 샀다.

늘 바빴지만 아버지는 나와 동생에게는 언제나 자상하고 멋진 아버지로 인식되고 싶어했다. 특히 내게는 전혀 야단을 치는 일이 없었다. 공부 잘하라는 꾸지람도 '아빠는 초등학교 육 년 동안 시험에서 틀린 것이라고는 한 개뿐인데 그것도 일학년 때 받아쓰기에서 군밤을 구운 밤으로 잘못 써 실수한 것이다'라는 말씀을 수없이 되풀이하는 일로 대신했다. 그러고는 마지막에는 늘 '우리 아무개는 아빠의 자존심이다' '인간은 자존심으로 산다' '벼는 익을수록 고개를 숙인다' '너는 고개 숙이는 벼가 되어라' 등 소중한 인생의 금언을 곁들인 인격적 대화로써 나를 감복시키는 것이었다.

내가 아홉 살이 되던 해에 아버지는 변두리의 싼 땅을 사서 이층 양옥집을 지었다. 커다란 당산나무를 중심으로 이엉이 썩어가는 초가집이 몰려 있고 아이들이 아랫도리를 벗고 돌아다니는 가난한 동네에 처음 생기는 양옥이었다. 모름지기 아이들은 뜨는 해를 바라보며 자라야 한다는 아버지의 소신에 따라 우리 방의 창을 남향으로 냈고 입식 부엌과

지하실까지 만들었다. 마당에는 장미꽃 칠십 그루를 심고 이층에는 널찍한 서재와 가족 휴게실을 만들 계획이라고 했다. 동네 아이들은 우리가 부자라고 생각했다. 아마 우리집 마당에 우람한 덤프트럭이 하천 모래 따위를 가득 싣고 물을 질질 흘리며 들락거리고 또 조그마한 토막만 가져가도 엿장수가 입이 찢어질 만큼 엿을 듬뿍 주는 철근이 엄청나게 긴 똬리를 틀고 쌓여 있었기 때문일 것이다.

우리가 절대 부자가 아니며 아버지의 말 가운데 믿지 못할 말이 반 이상이라고 생각하는 회의론자 가운데 어머니와 외할머니가 있었다. 선운사나 내장사에 놀러 가자고 해서 온 식구가 소풍 준비를 다 해놓고 아버지만 기다리고 있다가 결국 밤이 이슥해져서 찬합을 풀고 그것을 저녁 대신 먹은 적이 한두 번이 아니었던 것만 봐도 그렇다는 것이다. 변산 옆의 채석강에 놀러 갔을 때 카메라를 멘 아버지가 사진을 찍게 그늘에서 나오라고 몇 번이나 채근하자 외할머니는 혼잣말을 하셨다. 그놈의 사진, 찍기만 하지 나오는 걸 당최 못 봤어. 그 말을 듣고 나는 아버지가 바쁘다는 것을 제대로 이해할 만한 어른은 세상에 나뿐이라고 생각했다.

우리가 그 집을 떠나는 오 년 후까지 결국 집은 제대로 꼴을 갖추지 못했다. 겉으로 봐서는 이층 양옥이었지만 일층에 방 세 개와 마루와 부엌만 내장이 되어 있을 뿐 나머지는 그냥 골조와 베니어판이었다. 나는 그 모든 것을 이해했다. 아버지 사업이 실패했기 때문인데 이해 못 할 게 없지 않은가. 인생이 어디 다 계획대로 되는 것인가.

언젠가 나는 유네스코라는, 이국적인 이름으로 보아 보나마나 훌륭한 일만 도맡아 할 게 분명한 단체로부터 상을 받게 되었다. '유네스코 주최 세계 어린이 미술전을 보고'라는 감상문 모집에서 이등을 했던 것이다. 나는 그 미술전이 열리는 전주에 가지 않았으므로 미술전을 보았을 리는 없었다. 그 미술전의 팜플렛을 보았다는 미술반 선생님의 막연한 설명만 듣고 지은 감상문이었다. 주최측인 유네스코에서 '학생과 지도교사는 전주에 올라와 시상식에 참석하라'는 연락을 받고 선생님은 나를 크게 칭찬했다. 보지도 않은 미술전을 보았다고 거짓말을 하게 하고, 그 거짓말로 상을 받게 되었는데 정직하지 않다고 꾸중하기는커녕 학교의 명예를 드높였다고 칭찬을 하는 어른들에게 나는 전혀 실망하지 않았다. 나도 그런 어른 중의 하나였기 때문이다. 오히려 '글이란 게 결국은 다 지어낸 거짓말 아니던가'라고 합리화함으로써 한 단계 앞서갈 정도였다.

  나는 어른스럽다 못해 조금은 타락하기까지 했다. 백일장에서 상을 탄 날이었다. 아버지는 사업상 '조양관' '관수정' 같은 '관'에 자주 드나들었는데 그날 기분이 좋은 나머지 지도선생님과 교감선생님, 그리고 나까지를 '관'으로 모셨다. 기생들이 나와서 '미스 아무개'라고 자기를 소개했다. 아버지는 옆자리에 앉은 기생의 성을 번번이 기억 못 했다. 선생님들과 한참 얘기를 주고받다가 옆자리를 돌아보며 "참, 뭐라고 했지? 미스 정인가 강인가" 하곤 했다. 내가 참다 못해 "아빠, 미스 장이라니까"라고 말해주었다. 좌중에는 웃음이 터져나왔다. 교육상 좋지 않은 분위기임을 불현듯 실감한 아버지와 선생님이 무안함과 후회를 감추려고 부러 웃음소리를 호방하게 내는 것도 모르고 나는 어른의 타락한 세계에까지 당당히 어깨를 마주한 게 만족스러워 함께 소리 높여 웃었다.

내게도 삶의 진실을 깨치게 해줄 시련이 없었던 것은 아니다. 사업이 커지면서 바빠진 부모님 대신 내게 맹목적인 가족애를 가르쳐준 외할머니가 매일 대야에 초록색 물을 하나 가득 토해내며 암으로 죽어갈 때, 내 고자질에 상처를 입은 남동생이 가출했을 때, 아니면 구둣발로 안방까지 들어온 남자들이 장롱과 텔레비전에 빨간 도장이 찍힌 딱지를 붙이고 가던 날. 그날 나는 언제나 '간조' 날이면 그랬던 것처럼 아버지가 한밤중에 오토바이를 타고 나타나 가죽점퍼 안주머니에서 신문지로 싼 돈뭉치를 척, 소리가 날 듯이 후련하게 꺼내주는 순간을 기다렸지만 며칠 전 나간 아버지는 끝내 오지 않았다.

트럭에 짐을 싣고 야반도주하듯 고향을 떠난 뒤, 낯선 도시에서 아버지는 외지에 나가고 어머니는 앓아누웠던 그 시절. 나는 열다섯 살이었다. 그 나이라면 불행을 느껴도 되고 어쩌면 약간 빗나가도 될 만큼은 문제의식도 있어야 했다. 그러나 나는 여전히 내 방식대로만 진지했다. 현실적인 고생에는 불행해하지 않았고 이제는 사춘기가 되었으니만큼 오직 '절대고독'과 '영혼의 오손'과 '치희의 상흔'과 '세련된 태타' 따위로만 고민할 뿐이었다. 사르트르와 칼 힐티와 토마스 울프를 억지로 읽으며 박계형보다 재미없다는 불온한 생각이 순간적으로 스치는 바람에 소스라쳐 놀라곤 했던 그 시절의 나는 용돈을 쪼개 정음사와 을유문고의 전집을 할부로 들여놓는 일로써 인생을 이미 지적인 일에 투자하며 살고 있다는 자부심을 느꼈다. 당연히 그런 나를 웃기게 생각하거나 역겨워하는 친구들이 있었다. 지금이라면 나도 마땅히 나 같은 애를 역겨워할 것이다. 그러나 그때 나는 그런 친구들을 의식할 때마다 우수어린 표정으로 먼 산을 바라보았다.

진지함은 내가 계속 삶을 철저히 오해하도록 도왔고 고지식함은 그 오해를 바꾸지 못하도록 벽을 쌓았다. 나는 스스로를 이지적이고 성숙한 여성이라고 믿었으며 이따금 나를 순진하게 보는 사람이 있는 걸로 보아 내가 제법 교활하기까지 하다고 생각했다. 타락을 감추고 세상을 속이는 데 대해 나는 원초적인 죄의식에 시달리기도 했다. 한때는 성당에 나가 열심히 기도를 했다. 그리고 이 모든 일을 너무나 진지하게 수행하다가 꽃샘추위가 살을 에던 날 여대 기숙사의 삼층에 짐을 풀고 열아홉 살의 대학생으로서 서울 생활을 시작했던 것이다.

원형탈모가 점점 심해져간다. 동전만하던 땜통이 화장품 병뚜껑 정도로 커졌다. 얼굴의 점은 세어볼수록 많아진다는데 이것도 내가 너무 들여다보는 바람에 더 커진 것은 아닐까.

그 동안 땜통은 나를 번번이 괴롭혔다. 술자리에서 나는 인생이 별거 아니라고 잔뜩 코웃음을 친 다음 냉소를 띠고 술잔으로 고개를 숙이는 순간, 머리 속의 벌건 땜통이 드러났음을 깨닫고 얼른 고개를 젖히곤 했다. 머리의 땜통을 흔들며 문학을 위해 혼을 불사르겠노라 열변을 토하는 꼴은 또 얼마나 장관일까, 하고 '작가와의 대화' 같은 행사장에서는 더욱 조심스러웠다. 거지 꼬마들이 나오는 코미디 프로그램을 보며 깔깔거리다가 그애들의 머리에서 내 것과 비슷한 땜통을 발견하고는 슬그머니 얼굴이 굳어져 곁눈으로 가족들 표정을 살핀 적도 있었다. 게다가 그런 내가 우스워 웃는 웃음을 참을 때의 우스꽝스러운 기분이란.

또 K에게 전화를 한다.

"있잖아, 대학 때 서클 같이 했던 남자한테 전화왔더라." "왜?" "신문에서 날 봤다고, 좋은 글 많이 쓰래. 다음주쯤에 만나기로 했어." "뭐하러?" "모르겠어. 그냥 한번 만나보고 싶더라구." "거 참, 별일이네." "그리고 말야. 나 오늘 김제로 문상 가기로 했는데, 머리 때문에 어떡하지?" "뭐 어때, 레만 호에 떨어진 보름달 같다고 생각할 거야." "장난이 아니란 말야. 머리 이래갖고 사람 많이 모이는 데 가도 될까?" "누가 니 머리통만 보냐?" "잘 보이고 싶은 남자도 몇 명 있다구. 땜통 때문에 이쁜 척할 수도 없잖아." "그건 그래. 내가 봐도 그건 영 안 되겠더라. 그럼 가지 말든가." "안 돼. 안 가면 인사가 아니야." "그럼 가." "누가 가기 싫어서 그러나? 머리 때문에 그러지." "그럼 안 가면 되잖아." "그렇게 간단한 게 아니래도." "뭐가 복잡하다는 거야. 가든지 말든지 둘 중 하나야. 나 지금 바빠. 끊어." "뭐? 자기 일 아니라 이거지?" "바빠서 바쁘다고 말하는데 애들같이 자기 일 남의 일은 또 뭐야?" "암튼 못됐어." "못됐다구?" "아니, 잘 됐어!"

내가 먼저 끊으려는데 전화기에서 그의 목소리가 새어나온다. 다시 전화기를 귀에 갖다 댄다. 정 마음에 걸리면 미장원에라도 가보든지. 나는 볼멘소리로 대꾸한다. 나도 바쁘니까 끊어! 이곳이 바로 미장원이라는 말은 하지 않는다.
미용사가 분무기로 머리에 물을 뿌리다가 호들갑스럽게 놀란다. 어머, 원형탈모신가봐요. 나는 대수롭지 않다는 듯이 대답한다. 그러게요. 생긴 지 한참 됐는데 머리가 날 생각을 안 하네요. 이런 손님들 가끔 있어요. 피부과에는 가보셨어요? 이제 가봐야죠. 시간이 별로 없어서. 무슨 말씀이세요. 여자는 피부하고 머리카락이 생명인데 아무리 바빠도 그렇죠. 몇 마디 더 나무란 다음 미용사는 드라이를 하기 시작한다. 어떻게 해드려요? 머리 빠진 데부터 가려야죠? 어머, 자세히 보니 더 크다. 손님, 빨리 피부과부터 가보세요. 그냥 두면 더 커져요. 미용사가 너무 걱정을 해주는 바람에 미안해진 나는 되레 그녀를 위로하듯 한마디 한다. 핀을 잘 꽂으면 안 보일 때도 있어요.
드라이를 마친 미용사가 헤어 스프레이를 가져온다. 헤어 스프레이를 뿌리면 머리가 빳빳하게 엉키므로 분명 땜통이 더 크게 드러날 것 같다. 나는 한껏 조심스럽게 미용사에게 내 견해를 말해본다. 미용사의 목소리가 높아진다. 아, 아녜요, 스프레이로 딱 붙여서 고정시키는 게 나아요. 미용사가 지금까지 보여준 애정을 배신할 수 없는 나는 불안한 마음으로 그녀의 의견에 따른다.
문상 떠날 대절 버스가 기다리고 있는 대학로. 내가 다가가자 버스 앞에 서 있던 몇 사람이 알은척을 한다. 다행히 머리에 대해서는 주의를 기울이지 않는 눈치다. 버스에 올라탄 나는 정수리 왼쪽에 있는 땜통을 조금이라도 덜 보이려고 왼쪽 창가 자리에 자리를 잡는다. 누구의 눈에도 띄지 않았으면 싶다. 그러나 눈치 빠르고 자상한 A가 나를 자기 자리로 부른다. 어디 머리 좀 봐요. 우리 마누라도 전에 이랬는데 곧 낫더라구. 나는 당장 손을 올려 가리고 싶었지만 그곳이 치부임을 그렇게 노골적으로 인정할 배짱은 없었기에 오히려 명랑하게 대꾸한다. 그랬어요? 그럼 불치병은 아닌 게 확실하네? 그런 다음에는 이런 때 얼굴이라도 붉어져 있으면 민망하다 싶어서 짐짓 창밖으로 고개를 돌린다.

옆자리에 앉은 B에게 나는 땜통 얘기를 꺼낸다. 숨기지 못할 바에야 조금 더 뻔뻔스럽게 나가는 편이 나을 것 같다. B는 이마를 찡그리며, 걱정되겠어요, 아프진 않아요? 하고 말해준다. 나는, 하하, 낫겠죠 뭐, 하는데 순간 겨드랑이에서 땀 한 줄기가 허리까지 흘러내린다. 헤어 스프레이를 하지 말았어야 했다. 아마 그랬어도 미용사는 그다지 실망하지 않았을 것이다.

어머니 생각이 난다. 어머니는 서울에 올라오면 언제나 친구들에게 이런 전화를 한다. 아이고, 아무개야. 나 지금 금방 도착해서 엉덩이 붙이자마자 너한테 전화부터 하는 참이다. 터미널에서 하려고 했는데 동전이 없어서 말야. 마침 전화카드도 없지 뭐냐. 카드 파는 데는 다 문을 닫았고, 야구르트라도 사서 잔돈을 바꾸려고 하는데 우리 딸 그것이 나 데리러 나왔다가 주차비 많이 나온다고 어찌나 잔소리를 하는지 그냥 와버렸어. 나 금방 도착해서 지금 신발도 한

쪽밖에 안 벗었단다…… 서울 온 지 사흘이 지나나 열흘이 지나나, 그리고 그 친구가 경자든 말자든 경순이든 금방 도착했다는 어머니의 말은 언제나 똑같다. 듣다 못한 내가, 엄마, 뭐 그런 일로 나까지 팔아가면서 그렇게 신경을 써요? 그분들은 엄마가 서울 도착하자마자 전화 안 했다고 실망하지 않아. 엄마 전화만 기다리느라고 전화통 앞에 붙어 있었던 것도 아니고. 그러나 어머니는 요즘도 여전히 똑같은 전화를 한다. 그런 어머니에게 신경질을 내려다가 나는 내가 왜 그 모습을 너그럽게 받아들이지 못하는지 이유를 깨닫고 씁쓸히 웃곤 한다.

버스가 상가에 도착한 것은 이미 날이 어두워진 뒤이다. 빈소에 절을 하고 저녁상을 겸한 술상 앞에 앉았을 때 나는 단단히 긴장한다. 술자리의 의기투합을 경계하자. 오늘만은 사해동포주의자가 되어서는 안 된다. 땜통을 허옇게 드러낸 채 술잔을 치켜들고 거나하게 떠들어대는 여자가 있다면 이 자리의 수많은 사람들에게 얼마나 잊지 못할 강렬한 인상을 남기겠는가. 나는 하나뿐인 여자동료인 B옆에 바짝 붙어 앉으며 입 속으로 연습한다. 저요, 술 별로 못 마셔요. 저요, 이 잔 그냥 받아만 둘게요.

그런데 저쪽 자리에서 누군가가 건너오더니 내게 술을 권한다. 나 전주 사는 아무개요. 어머, 안녕하세요. 저도 전주에서 고등학교 나왔어요. 나는 동창회에도 한번 나가지 않는 고등학교를 들먹인다. 고향이나 출신학교로 편가르는 것을 좋아하지 않는 나이지만 상냥함은 진지함의 한 변형인 것이다. 그래요? 나는 그 고등학교 오십이회인데. 그러세

요? 저는 그 여고 사십팔회예요. 그것이 그 밤의 시작이었
다.

선배가 권하는데 술을 안 마시겠다고 중뿔나게 구는 것은
여간 송구스러운 일이 아니다. 더구나 나한테 내숭이 있다
고 볼까봐 두려워진다. 초등학교 이학년 때 담임선생님은
내 통지표에 이렇게 썼다. '온순하고 극히 여성적이며……'
여덟 살 때 나는 극히 여성적이었던 것이다. '어른스럽다'
는 것과 함께 '여성답다'는 평판은 나를 진지하게 만든 또
하나의 '원형탈모'였다. 나는 술잔을 거절하지 않고 받기
시작한다. 그리고 얼마 지나지 않아 나는 내 머리 속의 땜
통을 까맣게 잊는다. 누군가 인생이나 문학, 혹 사랑에 대해
말할 때마다 끼어들어 한마디씩 거들고 논평을 하기 시작한
다. 인물평에는 특히 적극적이다. C씨가 잘생겼다구요? 그
게 뭐 잘생긴 거예요? 순 소녀 취향이지. 소녀에도 여러 가
지가 있는 거예요. 총각 선생님을 세상의 전부로 알고 존경
하는 철부지 소녀가 있는가 하면 자기가 나이 들어가는 것
을 결코 인정할 수 없는 딱한 늙은 소녀도 있어요. 그런 소
녀들은 미소년을 좋아하죠. 만약 C씨가 그런 각종 소녀들의
환호성을 별 생각 없이 받아들일 수 있는 단순한 사람이었
다면 그저 그런 바람둥이가 되었을 거고 인생은 그럭저럭
평화로웠겠죠. 하지만 인생은 그보다는 훨씬 짓궂고 복잡한
거예요. 삶은 C씨에게 소녀의 환호성을 의식할 만큼의 자기
도취도 주었지만 한편 그것을 대단찮게 생각하고 심지어 그
것으로만 자기의 존재 증명이 되는 것을 경멸하도록 약간의
자의식도 주었단 말예요. 그는 보통은 자기의 미모를 의식

하지만 미모가 사람의 완성을 보장해주지 않는 것을 알고 있는 정도의 통찰을 가진 집단 속에서는 자신의 미모를 불편해할 줄도 알지요. 그러나 속마음은 또 안 그럴걸요. 그는 자기에게 환호하는 소녀들의 머릿속이 함량미달인 것과 그들의 환호성이 자기의 본질과는 별 관련이 없는 이미지에 의한 것임을 알지만 어쩐지 그 환호성 없이는 허전하게 되어버렸거든요. 소녀의 환호를 받는 다른 미소년, 혹은 우상을 질투하기까지 하죠. 하지만 그렇다고 C씨를 비난할 수 있나요? 인간이란 불완전한 존재잖아요. 누구에게나 약점과 흠은 있는 거죠. 저도 사실 C씨를 좋아해요. 저도 소녀 취향인가봐요. 참, 저만 너무 길게 말했나요?

내게 오는 술잔은 자꾸 많아진다. 술이 들어갈수록 나는 사람들이 참 친절하다고 생각한다. 열변을 토할 때마다 땜통이 끄덕끄덕 흔들리고, 다들 그걸 보며 웃음을 참고 있으리라는 생각은 전혀 떠오르지 않는다. 좋은 밤이다.

나의 소녀시대는 꽤 길었다. 열아홉 살에야 두말할 필요도 없다.

기숙사에 들었던 첫날, 같은 방 식구인 이학년의 뒤를 따라 식당에 간 나는 난생 처음 식판이라는 데에 밥을 먹었다. 이학년이 높은 목소리로 반찬 타박을 했다. 이 정구지 쫌 바라, 꺼시만쿠로 에빗다야. 그녀의 젓가락은 부추나물을 헤집고 있었다. 내가 자란 전라도에서 '솔'이라고 한껏 점잖게 부르는 부추를 경상도에서는 테니스 코트처럼 발랄하게 부르는 모양이었다. 이곳에서는 모든 게 다르구나. 이제

나는 혼자서 새로운 생활을 배워나가야 한다. 나는 낯선 생활에 대한 불안과 다짐을 삭이기 위해 숨을 크게 들이쉬었다. 그때 이학년의 친구 하나가 식판을 들고 옆에 와 앉더니 나를 보고 쿡 웃었다. 너거 방 일랑년이가? 어, 착하게 생겼제. 그래, 일랑년이라고 얼굴에 써가 다니네. 하더니 자기들끼리 귀엣말을 하고는 다시 킥킥거리는 것이었다. 방으로 돌아와서 이학년이 말했다. 니, 그 알라 같은 머리삔 좀 뺄 수 없나? 인자 막 가아가 일랑년들 미팅 주선할라 하는데 니 보고 중학생 같다고 끼줄 건지 말 건지 갈등 생긴다 안 하나.

나는 얼굴을 붉히며 핀을 뺐다. 촌티를 벗으려면 퍼머부터 하라는 둥 파트너에게 '쫄리지 안 하고 소치지 안 하려면' 반드시 굽이 높은 구두를 신어야 한다는 둥 미팅 때의 옷차림에 대해 한참 동안 충고를 늘어놓고 이학년이 방에서 나간 뒤 거울 앞에서 다시 핀을 꽂아보았는데 아무리 봐도 핀을 꽂는 편이 깜찍해 보였다. 드디어 미팅을 하는 날 '숙다방'의 계단을 올라가며 얼른 주머니에서 핀을 꺼내 머리 양쪽에 꽂았음은 물론이다.

내 파트너는 검은 남방셔츠 단추를 두어 개 풀고 구석자리에 비스듬히 앉아 담배를 피우고 있던 서울 남학생이었다. 흰 얼굴과 시니컬한 말투, 반항적인 표정. 고2 때 휴학을 하고 보컬그룹을 만든 적도 있다는 그가 종로통에서 재수를 할 때도 수업 팽개치고 파고다 아케이드에 가서 악기 구경을 하는 것이 더 좋았다고 말할 때 나는 기껏 두 살 많은 그에게서 엄청난 인생의 방황과 깊이를 느꼈다. 그가 말했다. 어제는 말예요. 학교 잔디밭에 누워 있다가 강의에 안 들어갔어요. 왜요? 하늘이 너무 파랗더라구요. 나는 침을 꼴깍 삼켰다. 그 동안 내가 대학생활에서 발견한 문제점이라고는 학교에 오면 뭘 어떻게 하라고 일일이 가르쳐주는 사람이 없다는 것 정도였다. 왜 조회와 종례가 없는 것인지 불편했다. 그러니 대학 강의를 시시하게 여기는 사람을 멋있게 보지 않을 수 없었다.

나는 그가 고등학교 때의 여자친구와 헤어진 이야기를 각별한 이해심을 갖고 들어주었다. 그에게 걸맞는 여성으로서의 성숙함과 지적 깊이를 보여주려고 얼마나 애썼는지 모른다. 애프터를 신청하지 않을까 내심 조마조마했던 나는 그가, 내일 전화해도 돼요? 하고 묻자 이마를 약간 찡그리며, 뭐, 그러세요, 라고 시큰둥하게 말하고는 탁자 밑에서 떨리는 두 손을 힘껏 맞잡았다. 49국에 7079. 그가 자기 전화번호를 적어 건네줄 때에는 먼저 땀이 밴 손바닥을 청바지에 문질러야 했다.

애프터는 일 주일 뒤였다. 모자가 달린 토끼 무늬의 스웨터를 입고 나는 또 머리핀으로 모양을 냈다. 그는 삼십 분이나 늦게 왔다. 그는 미안해하며 미팅을 하느라고 늦었는데 억지로 한 미팅이라고 해명을 했다. 이해심이 많은 내가, 미팅을 한 것은 아무렇지도 않다, 나와 미팅을 한 느낌이 좋아서 미팅을 또 한 게 아니겠느냐, 그러니 또 미팅을 한 것은 나를 좋아한다는 뜻이다, 라고 말해주자 그는 너털웃음을 터뜨렸다. 그를 만족시켰다는 사실이 대견해서 나도 따라 웃었다.

나의 안타까움은 그가 너무 어둡다는 데 있었다. 걸핏하면 휴학하겠다고 말하는가 하면 자기는 변두리 술집에서 드럼을 두드리다 마감했어야 할 인생이라고 자조적으로 말하곤 했다. 얼굴도 점점 더 창백해지는 것 같았다. 매일 밤 헤드폰을 끼고 듣는다는 딥 퍼플의 〈솔저 오브 포츈〉을 빼고도 그가 좋아하는 음악은 죄다 〈에피타프〉 〈에이스 오브 소로우〉처럼 음산하거나 우울한 곡이었다. 그를 보고 있으면 이따금 한숨이 나왔다. 왜 나를 통해서 인생의 기쁨을 찾으려 하지 않는지, 스스로 구원의 여성으로서의 태세를 완전히 갖추었다고 생각하는 나는 그것이 안타까울 따름이었다.

기숙사 생활이 즐거운 이유 중 하나는 삼백육십오일 내내 도마에 올리고도 남을 만큼 사람이 많다는 점이다. 일학년 중에는 누가 제일 예쁘다, 이학년 중에는 누구다. 근데 누구는 청강생으로 들어왔고 누구는 남자관계가 복잡하다, 매일같이 아홉시 점호시간 직전에야 헐레벌떡 뛰어들어오는데 바래다주는 남자가 늘 바뀐다 등등. 세련되고 머리 나쁘고 끼 많다고 꼽히는 일학년 중에 혜란이라는 애가 있었다. 혜란은 나를 기숙사에 바래다주고 돌아가는 그를 본 다음부터, 내 파트너가 멋있는 걸로 보아 친구도 괜찮겠더라며 소개팅을 주선하면 응할 용의가 있다고 말하곤 했다. 나는 그를 위한 기분전환이 될지도 모른다 싶어서 그 일을 적극 추진했다.

더블데이트를 하기로 한 날 혜란은 달랑거리는 귀고리를 달고 목이 파인 티셔츠에 스카프를 맸으며 펄시스터즈 같은 판탈롱 바지를 입었다. 팔에는 청카바까지 걸쳤다. 나는 약간 불안해져서 블라우스에 달린 분홍색 리본을 몇 번이나 바로잡았지만 혜란이같이 경박한 애에게 주눅들 것은 없다고 생각했다. 우리 두 쌍은 '지지배배'라는 경양식집의 붉은 등 아래 마주 앉았다. 웨이터가 오자 나는 언제나처럼 주스를 주문했다. 그러나 혜란은 노블 와인을 시켰다. 혜란은 계속 노숙하게 굴었다. 화제도 주로 남녀의 사랑에 관한 이야기로 이끌어갔고 간간이 콧소리와 웃음을 섞을 줄도 알았다. 남자 둘의 시선은 혜란에게만 쏠렸다. 나를 상대해주는 것은 그들 셋이 함께 건배를 하면서 형식적으로 내 주스 잔을 건드릴 때뿐이었다.

혜란의 제안으로 조금 후에는 팔씨름이 시작되었다. 혜란은 제 파트너의 손목을 살짝 잡더니 '아야야!' 하면서 어이없이 싱겁게 져버렸다. 반면 나는 얼굴까지 벌게져가며 있는 힘을 다해 아슬아슬한 접전을 벌였는데, 내가 너무나 열심히 하는 걸 보고 파트너가 슬며시 힘을 빼주어서 결국 그의 손등을 바닥에 메꽂기에 이르렀다. 그러나 모두들 그 승리를 장하게 여기기는커녕 웃음을 참는 눈치여서 나는 여간 억울한 게 아니었다.

그때부터 나는 등받이에 기댄 채 아무 말도 하지 않았다. 그러자 그가 나를 힐끗 쳐다보며 말했다. 왜, 재미없어요? 그럼 우리, 성냥개비 수수께끼 해볼래요? 그럼 그렇지. 나는 그가 나를 배려하는 데에 조금 마음이 풀려 탁자 쪽으로 몸을 숙인 채 그의 희고 긴 손가락이 성냥개비를 이리저리 늘어놓는 것을, 무슨 문제가 나올지 너무 궁금하다는 표정을 지으며 성심성의껏 쳐다보았다. 그는 성냥개비로 도형을 만드는 데 번번이 실패했다. 앞에 놓았던 것을 다시 들었다 놓았다 하면서 몇 번이나 도형을 고쳤다. 수수께끼 문제가 잘 떠오르지 않는 모양이라 나는 안타까워하며 응원의 뜻으로 더욱 얼굴을 탁자에 바짝 가져다가 집중하는 모양을 보였다. 이윽고 고개를 번쩍 든 그가 내게 말했다. 하, 참! 얼굴 좀 저리 치워봐요. 콧김 때문에 성냥이 자꾸 흩어지잖아요.

기숙사 점호시간이 가까워졌으므로 우리는 그곳을 나왔다. '삼강 분식' 앞을 지나가다가 그가 말했다. 이대로 들어가면 저녁 굶을 텐데 뭘 좀 먹고 가죠. 분식집에 들어가자 혜란은 제멋대로 내 것까지 포함하여 유부국수 네 그릇을 시켰다. 다 먹고 나서 입을 닦는데 혜란의 파트너가 내 얼굴을 똑바로 보며 놀리듯 말했다. 거기, 앞니에 고춧가루 큰 거 꼈어요. 거울 좀 보세요. 순간 나는 당황했다. 부산애인 혜란이가 어색한 서울 억양으로 거들었다. 정말이야, 얘. 거울 줄까? 내가 낮게 말했다. 고춧가루 같은 건 안 끼었어. 어머, 그걸 어떻게 알아? 재미있어죽겠다는 혜란의 목소리. 나는 국수그릇을 가리키며 안간힘을 다해 말했다. 여기 고춧가루가 없는데 어떻게 이 사이에 고춧가루가 들어간다는 거야? 다음 순간 그들 셋은 웃음을 터뜨렸다. 너 머리 좋다 얘. 혜란의 말에 그가 뭐라고 동의하는 말을 던졌지만 내 귀에는 웃음소리만 들릴 뿐이었다.

그러나 내게는 남자를 이해하는 일에는 얼마든지 가진 재능과 시간을 동원하는, 진지함이라는 이름의 순정이 있었다. 며칠 지나지 않아 나는 그를 이해했다. 그가 나를 우습게

볼 리는 없어. 지난달 내가 집에 내려갈 때는 전주에 같이 가주겠다며 자기 집에 들러서 옷까지 갈아입고 나왔었잖아. 기차표를 사지 못해 서울역에서 배웅만 하고 돌아갔지만 말야. 그리고 명동의 '몽셸통통'이다 '오비스 캐빈'이다, 무교동 '약속'이다 좋은 데는 열심히 데려가고 음악 테이프도 선물하고 얼마나 잘해줬는데. 아마 곧 연락할 거야. 한 달쯤 지난 뒤까지도 나는 그의 전화를 기다렸다. 신입생들은 문무대 들어가느라고 머리를 다 깎았다는데 아마 그런 모습을 내게 보이기 싫어서 연락 안 하는 걸 거야. 머리가 좀 길면 전화하겠지. 그러나 그에게서는 연락이 오지 않았다. 나는 대학 생활이 석 달이나 지나간 것을 알았고 불현듯 엄청난 삶의 시련을 겪었음을 깨닫게 되었다.

하지만 실연을 괴로워할 시간은 그닥 없었다. 바빠졌기 때문이다. 교내 신문사에 들어간 나는 총장 퇴진 운동이다 뭐다 멋모르고 어깨에 힘을 주느라고 바빴고 잔디밭에 앉아서 '이 어두운 시대에 문학을 하겠다는 일이 나약한 선택이 아니겠는가'라며 주제넘은 백수의 탄식을 하느라 바빴고 '뜻 있는 사람'들끼리 모여 『문학과 예술의 사회사』를 스터디하느라 바빴고 나중에는 어떻게 하면 그 모임에서 빠질까 궁리하느라고 바빴고 그런 틈틈이 미팅을 하느라고 바빴던 것이다.

바쁜 내가 다시 나의 진지함의 돛을 연애풍 쪽으로 돌린 것은 그해 가을이었다. 상대는 애향심을 빌미로 만나서 독서를 구실로 친목을 도모하는 한 서클에서 알게 된 남학생이었다. 여학생들의 관심을 한 몸에 받고 게다가 그것을 자기 스스로 충분히 의식하고 있는 그에게 약간 아니꼬운 마음을 품었던 것이 그에 대한 첫 관심이었다. 그는 그대로 자기가 '난 여자에 대한 원칙이 뚜렷해요. 첫째 명랑, 둘째 솔직, 셋째 겸손……' 하는데 내가 넷째까지 듣자마자 "뭐야, 그럼 나잖아?"라고 말하는 걸 보고는 마음속으로 '저런 발칙한……' 하면서 나를 똑바로 쳐다보게 되었다고 한다. 그와 나는 얼마 후 비밀 데이트를 시작했다. 우리의 만남이 비밀스러웠던 것은 순전히 남자 쪽 사정이었다. 눈에 띄는 수려한 용모와 총명으로 고등학교 때 이미 스캔들의 주인공이 된 전력을 가진 그가 이러쿵저러쿵 입방아에 오르내리는 것을 원치 않았기 때문이다.

〈뻐꾸기 둥지 위로 날아간 새〉를 함께 본 날 그는 '인간과 자유'에 대한 철학적인 식견을 유감 없이 보여주었다. 경복궁 벤치에 나란히 앉아서는 흔히 쓰는 말이지만 미처 어원까지는 몰랐던 '미증유', 그리고 제갈공명이 큰 뜻을 위해서 사사로운 정을 버렸다는 '읍참마속'의 고사 같은 것을 들려주기도 했다. 그렇게 똑똑하고 포부가 큰 사람이 고등학생 때 소설까지 썼다는 말을 듣고 나는 그의 다양한 재능에 감탄하지 않을 수 없었다. 그러나 다음날 서클 모임에 가서는 나에게 눈길 한번 주지 않는 그를 향해, 저는 『사람의 아들』에 대한 아무개씨 의견이 지나친 독단이라고 생각합니다 어쩌고 해가면서 시치미를 떼고 독서토론을 해야 했다.

점점 그의 애매한 태도에 불만이 쌓여갔다. 나는 그에게 소중한 존재가 되고 싶었고 또 당연히 그것을 세상에 자랑하고 싶었던 것이다. 그런 와중에서 서클 여학생 하나가 그에 대한 연정을 주체하지 못해 내게 상담을 해온 일도 곤혹스럽기 짝이 없었다.

여자관계를 둘러싼 소문과는 달리 그는 여자의 마음을 사로잡는 재능 혹은 성의가 별로 없는 사람이었다. 덤덤한 성격이었다. 한번 만나면 몇 시간이 지나도록 한 자리에만 앉아 있었으므로 일어날 때는 다리가 펴지지 않아 한참 주물러줘야 했다. 규칙적으로 내게 전화를 하고 약속을 잘 지키고 친절했지만 나는 뭔가가 부족했다. 나는 열아홉 살이었고 지금 첫사랑을 하고 있다고 생각하는데 몇 달째 영화를 보고 차를 마시고 바래다주는 일만 되풀이될 뿐 달콤하다거나 애틋한 일은 전혀 일어나지 않았던 것이다. 용기를 내서 물어본 적이 있다. 모르겠어요, 내가 아무개씨의 서클 동료인지 여자친구인지 데이트 상대인지 아니면 애인인지. 그는 문어체로 건조하게 대답했다. 만약 내가 그 결정에 의사표현을 할 수 있다면, 마지막 번호에 표를 했으면 어떨까 싶은데요.

한 이 주일 만에 그를 만난 적이 있었다. 일 주일에 두어 번씩 만나도 가까워지지 않는다 싶었는데 오랜만에 만나니 더욱 서먹했다. 그가 무슨 얘기인가를 했다. 그러나 '세실다방'의 음악이 너무 시끄러워 잘 들리지 않았다. 우리의 대화를 방해하는 그 시끄러운 음악은 〈눈으로 말해요〉라는 노래였다. 나는 웃으며 그 노래 제목을 그에게 말해주었다. 뭐라구요? 시끄러워서 안 들려요! 눈으로 말해요, 라구요! 네? 이 노래 말예요, 권태수의 〈눈으로 말해요〉예요. 무슨 말 하는 거예요? 내 말 안 들려요? 안 들리는데요! 짧은 침묵이 흐른 뒤 사태를 수습하는 데 보다 적극적인 내가 다시 입을 열었다. 그 동안 어떻게 지냈어요? 그는 대꾸하지 않았다. 제길, 되게 시끄럽네, 라고 혼잣말을 하더니 짜증을 참는 얼굴로 찻잔만 노려보았다. 우리는 둘 다 입을 다물었다. 조금 후에 자리에서 일어났다. 거리로 나와서도 그는 말이 없었다. 그의 예민함에 나도 약간 피로를 느꼈다.

'숲새'라는 경양식집에서 돈까스를 다 먹는 동안에도 그는 별로 말이 없었다. 웨이터가 접시를 치우자 담배를 피워 물며 그가 무겁게 입을 뗐다. 그 동안, 고마웠어요. 스피커에서는 〈스프링 섬머 윈터 앤 폴〉이 터져나왔다. 그는, 서로에게 인연이 있다면 만난 것이 우연이듯이 또 언젠가 우연히 만나게 될 것이다, 라고 말했다. 그 말이 멋있었기 때문에 나는 그를 이해했다. 그리고 돌이킬 수 없는 일에 미련을 갖지 않는 대범한 모습을 보여주기 위해서 더욱 명랑하게 떠들고 팝송의 제목을 아는 체하고, 그가 기숙사까지 바래다주는 길에 하늘을 올려다보며 별의 수를 맞춰보기까지 했다. 밤엔 룸메이트와 함께 〈오텀 리브스〉란 명화극장을 보며 울었다.

약 사흘 동안 나는 살기가 싫었다. 이불을 뒤집어쓰고 〈더 새디스트 씽〉과 〈디 엔드 오브 더 월드〉만 들었다. 이따금 일어나서 창밖을 보며 중얼거리기도 했다. 왜 저 새들은 여전히 노래 부르고 있을까. 세상이 끝났다는 것을 모르는 걸까. 다행히 사흘 뒤에 그에게서 편지가 왔다. 나를 보내고 나서 포장마차에 가봤지만 취하지 않았고 강바람을 쐬도 시원찮더라는 내용이었다. 물론 우리는 다시 만났고 제법 다정한 사이가 되었다. 손도 잡았다. 기숙사 앞 공원에서였다. 그날 내 19세 일기를 그대로 옮기면 다음과 같다.

어두운 허공에 기댄 그의 얼굴은 조금 허전했다. 그가 담배를 피워 물었다. 남자가 성냥을 그어 담배에 불을 붙이는 모습은 언제나 보기 좋다. 더구나 두 손을 모아 얼굴 가까이 붉은빛을 쥘 때면 난 꼭 그 사람이 이 지상에서 가장 아름다운 생각을 하고 있을 거라는 착각을 하곤 한다. 그는 담배에 불을 붙이고 아직 타고 있는 성냥을 발밑으로 던졌다. 난 남자들이 담배를 붙이고 나서 성냥을 미련 없이 버릴 때 배신감을 느껴요. 내가 말하자 그는 가볍게 웃었다. 그의 담배가 타들어가는 동안 우리는 그네에 몸을 기대고 나란히 하늘을 보았다. 한 개비의 담배가 재로 바뀌는 시간 동안, 자못 별인 듯 서로를 조용하게 의식하는 그 순간이 나는 조금 행복했다. 담배를 거칠게 비벼 끄며 그가 '갑시다'라고 말했다. 그런데 '네' 하고 대답하려던 내 목소리가 목에서 얼어붙었다. 갑자기 그가 내 손을 잡은 것이다. '난 세상에서 손처럼 예민한 게 없다는 걸 처음 알았다.'

솔직하자면 '손처럼 거추장스럽고 무거운 게 없다는 걸 처음 알았다'고 써야 했다. 멋 부려서 쓴 문장일 뿐 사실 나는 너무나 거북해서 기숙사를 향한 걸음이 나도 모르게 빨라졌던 것이다. 그 역시 '자못 별인 듯' 조용히 담배를 피우고 있었지만 이 여자와 어떻게 자연스럽게 손을 잡을까 하는 궁리 때문에 머릿속이 그리 조용하지 않았으리라는 것도 짐작이 가는 일이었다.

겨울이 되면서 우리는 자주 만났지만 고작 손을 잡았다는 것을 빼고는 맨 처음 만났을 때보다 그다지 진전된 점이 없었다. 이런 식이었다. 그가 전화를 한다. 내일 좀 볼 수 있을까요? 내가 대답한다. ……뭐, 그러죠. 그가 사려 깊고 예의 바르게 말한다. 아니 뭘, 무리해서 그러지는 말고요. 나는 웃으며 '무리 안 해요' 라고 대답하고, 그러면 그는 '알았어요. 다시 전화할게요' 라고 끊는다. 나는 끊어진 전화통에 대고 소리친다. 내 참, 좋아하는 사람을 안 만나는 게 무리면 무리지, 만나는 게 어떻게 무리가 되냔 말이다.

눈이 많이 오는 날 우리는 서울역 앞을 걷고 있었다. 길이 미끄러워서 나는 몇 번이나 넘어질 뻔했다. 엉금엉금 걸음을 옮기며 한사코 입을 앙다물었지만 한번은 어어어, 하며 두 팔을 내젓다가 엉덩방아를 찧기 직전에야 겨우 중심을 잡을 수 있었다. 이십 분쯤 그렇게 사투를 벌였더니 도저히 못 보겠던지 겨우 그가 이렇게 한마디 했다. 괜찮다면, 내 팔을 잡아도 좋습니다, 라고.

어찌 됐든 팔을 끼는 바람에 부쩍 가깝게 느껴서인지 그날 그는 백화점에서 내게 장갑을 사주었다. 우리 둘이 너무나 어색해했으므로 판매원 아가씨는 장갑을 골라주고 포장을 하는 내내 한 손으로 웃는 입을 가리고 있었다. 물론 나는 그 겨울이 다 가도록 털실로 된 그 손가락 장갑을 죽자 살자 끼고 다녔다. 우리는 언제나 '랑' 자에 불이 꺼져 있는

'명랑 여관' 앞을 지나고 붉은 십자가가 두 개 있는 '복자 교회' 앞길로 해서 삼사십 분씩 걷곤 했다. 아는 사람을 만날까봐 떨어져 걸었지만 좀 어두운 곳에서는 팔짱을 끼는 일도 있었다. 서로 말을 놓기로 하고서는 십 분이 넘도록 심하게 싸운 사람처럼 한마디 않고 터벅터벅 걷기도 했다. 그 겨울 어쩌면 우리는 더욱 가까워질 수도 있었다. 12월 31일 그 춥던 날, 스무 살이 되기 하루 전날, 그때 내가 조금만 덜 진지했어도 말이다.

공원 벤치라는 것이 한겨울에는 좋을 게 하나도 없었다. 더구나 연못을 끼고 있는 공원이라 바람이 사방에서 몰아쳐 우리의 무릎은 달달 떨렸다. 망년회다 송년회다 떠들썩한 시내를 두고 그런 을씨년스러운 곳에서 떨고 있는 미욱한 커플은 우리말고는 없었다. 연말 분위기를 내느라 연못 한가운데 있는 전각을 빙 둘러서 작은 등이 달려 있었지만 그저 춥다는 생각뿐이었다. 그런데도 일어나고 싶지는 않았다. 그가 옆에 있다는 이유만으로.

아마 나는 또 별이라든지 연못이라든지 아니면 무슨 한 해의 마지막이라든지에 대해 감상적이고도 진지한 잔소리를 지껄이고 있었을 것이다. 한참 얘기를 하는데 벤치 옆자리의 그가 꽤 오랫동안 아무 대꾸도 하지 않고 있음이 느껴졌다. 나는 고개를 돌려 그를 쳐다보았다. 그런데 그도 나를 보고 있었다. 나는, 왜요? 하려다가 갑자기 얼굴이 굳어졌다. 그가 천천히 한 손을 들어 내 뺨을 감싸는 것이 아닌가. 내 몸은 구석구석 갑자기 신경이 바짝 긴장하며 옴짝달싹 못 하게 얼어붙었다. 그러나 다음 순간 나는 경황중에도 구원의 여성으로서의 내 신분에 대한 자각이 들었다. 체통을 잃어서는 안 된다. 첫키스 정도에 벌벌 떠는 것은 순진한 애들이나 하는 유치한 짓 아니던가. 그리하여 나는 긴장을 억누르며 애써 또박또박 말했던 것이다. 아무개씨, 이러면 앞으로 어색해서 나 어떻게 보려고 그래요. 거부하는 게 절대 아니었다. 그냥 나는 긴장하는 모습을 보이고 싶지 않았을 뿐이었다. 그러므로 내 말을 듣자마자 그가, 아 참! 그렇지, 하면서 얼른 손을 내리고 다시 연못 쪽을 향해 고쳐 앉는 걸 보고 오히려 어리둥절하고 그리고 허전해졌던 것이다.

  결국 우리는 흐지부지 헤어졌다. 어느 날 헤아려보니까 한 달 가까이 그에게서 연락이 오지 않고 있었다. 나는 우리가 왜 헤어졌는지 정확히 알지 못한 채 그 사실을 받아들였다. 둘 다 고지식하고 진지하고 점잖고 자존심 강해서, 그래서 결정적인 계기를 만들지 못했던 거라고 짐작했지만 어디까지나 짐작이었다. 후회도 없지 않았다. 운명적인 첫키스가 이루어지려는 긴장된 순간 거기에 대한 논평을 해가며 잘난 체하다니 얼마나 어리석은 짓인가!

  그 겨울이 지나고 나는 이학년이 되었다. 또 바빠지기 시작했다. 월요일 여섯시를 기다려 텔레비전 만화영화 〈캔디〉를 봐야 했고 세종문화회관 앞의 집회에도 기웃거려야 했고 나와는 별 상관없는 연고전이니 남의 학교 축제니 실없이 쫓아다녀야 했고 대학합창대회에 대비한 노래연습도 해야 했고 이 년에 걸친 짝사랑도 해야 했고 충청도로 봉사활동 가서 제방도 쌓아야 했고 손가락 두 개가 없는 선생에게 기타도 배워야 했고 립그로스와 실크 블라우스를 사러 다녀야 했고 〈모제〉와 〈버캐뷸러리 2000〉을 배우러 학원에 다녀야 했고 국문과 친구 여섯 명과 함께 '날빛'이란 모임을 만들어 시를 쓴답시고 몰려다니다가 문집 두 권을 내고 또 우리끼리 문학상을 만들어 내가 받아야 했고 〈록키〉와 〈빠삐용〉과 〈라 미네즈〉와 〈취권〉 같은 영화 및 〈에쿠우스〉와 〈돼지꿈〉 같은 연극을 봐야 했고 논장 서적에서 은밀히 노란 표지의 『리얼리즘 인 아우어 타임스』를 사다가 불온한 '학습'을 받아야 했고 가족들과 밤낚시를 가야 했고 텔레비전에서 열심히 읽어대는 김대중 공소장을 들어야 했고 동해와 부산과 제주도를 여행해야 했고 김민기와 조동진과 전영의 노래를 불러야 했고 해변 시인학교에도 가야 했고 휴교령이 내린 날 맥주 두 잔 반을 마셔야 했고 정독도서관에서 과제물 처리로 여름을 보내야 했고…… 이쯤 바쁘다보니 나는 어느덧 대학을 졸업할 때가 되어 있었다.

그 사이 그를 전혀 만나지 못했던 것은 아니었다. 그가 군대 가기 전 나를 찾아왔었다. 그때 그는 말했다. '나한테 아무개씨가 필요 없을 것 같았어요? 아니에요.' 나는 아무 대답도 하지 못했다. 한번 상처를 받았던 사람이 믿고 받아들이기에는 그의 말투가 너무 건조했다. 그리고 그때 내게는 속 썩이는 남자가 하나 있었다. 콤플렉스 많고 똑똑했던 그 남자는 그와는 실패한 첫키스를 성공시켰다는 점에서 당시 나에게 중요한 존재였다(일학년 때 겪은 첫키스의 실패를 설욕할 기회는 어이없게도 사학년이 되어서야 찾아왔던 것이다). 나는 끝내 그가 적어준 번호로 전화를 하지 못했다. 손색 없는 첫사랑으로 소중하게 간직하는 것. 거기까지가 그와 허락된 인연일 듯싶었다.

몇 년 후 또 한 번 그를 만난 일이 있다. 서울역 앞 지하 건물의 화장실 앞에서 우연히. 그때 나는 출장 가는 애인을 서울역으로 배웅 나왔던 길이었다. 애인이 화장실에서 나오기를 기다리고 서 있는데 누군가, 아무개씨 아녜요? 해서 쳐다보니 바로 그였다. 유행가 가사에나 있는 일인 줄 알았는데 정말로 첫사랑과 우연히 재회한 내 가슴은 마구 뛰었다. 애인이 화장실에서 늦게 나왔으면 싶었고 영원히 안 나와도 상관없을 것 같았다. 그는 약간 익살스러운 표정을 지으며 '우선 볼일을 좀 보고 나와서 얘기하자'고 말한 다음 화장실 쪽으로 걸어갔다. 마치 교대라도 하듯이 그의 어깨를 스치며 애인이 나왔다. 그리고 조금 후 그는 나와 함께 서 있는 애인을 보고 당황했고 내가 어색하게 소개를 하자 그답게 짧고 교양 있는 인사를 마친 뒤 사라졌다. 일껏 애틋한 마음으로 단 하루 떠나는 출장길을 배웅 나왔던 나는 그날 몇 번이나 눈을 흘겨가며 시시콜콜 애인을 트집잡아서 결국 화나게 만들었고 다음날 돌아오자마자 두 손을 모아 싹싹 빌어야 했다.

그러고도 세월이 꽤 흘렀다. 내가 그와 함께 겨울을 보낸 것도 이십 년 전의 일이 되었다. 이따금 나는 그를 생각했다. 늦가을 덕수궁 앞을 지나거나 바바리 코트를 입은 잘생긴 남자를 보면. 그리고 누군가 첫사랑에 대해 물었을 때, 삶이 고단하고 꾀죄죄해서 쓸쓸할 때와 내가 아주 늙어버렸다는 생각이 들 때, '날카로운 첫키스의 추억'이란 구절이 떠오를 때마다. 그때 열아홉 살 때 첫키스에 실패하지 않았다면 내 첫사랑은 완성되었을까, 하고.

이 나이가 되면 대학생 때 같은 서클에 있었다는 것만으로 아무런 용건 없이 선뜻 남자친구를 만나게 되는 걸까. 십몇 년 만의 어색한 만남인데, 게다가 머리 속에는 원형탈모로 땜통까지 있으면서…… 그러나 약속 장소에 먼저 도착해 자리를 잡고 앉으며 나는 불현듯 깨닫는다. 지금 만날 남자친구는 내 첫사랑과 친한 친구였다는 것을. 그랬구나.

얼마 기다리지 않아 남자친구가 나타난다. 예전에도 동안이었던 그는 인상이 크게 바뀌지 않았다. 조용한 것인지 냉소적인 것인지 어쨌든 대학생 때는 어딘지 소극적으로 보였는데 나이가 들어서 여유 있는 표정이 되었다. 내게 던지는 말씨도 활달하다. 야아, 아무개 너는 하나도 안 늙은 것 같다. 더 예뻐졌는데?

안 늙기는 왜 안 늙어. 나는 구구하게 설명한다. 언뜻 봐서 그렇지 자세히 보면 주름살이 얼마나 많은데. 내가 젊어 보이는 것은 진짜 안 늙어서가 아니고 스타일이 그래서일 뿐이야. 나도 정장 같은 것 입으면 제 나이 다 들어 보여. 내가 체격이 작고 정장이 안 어울려 그냥 캐주얼하게 입으니까 분위기가 그래서 좀 젊어 보이는 거라구. 예뻐지다니, 이 나이에 말이나 되냐? 그건 있어. 확실한 내 일을 갖고 몰두하다보니까 인생에 좀 자신감이 생긴 것 같아. 그때부터 남 의식 별로 안 하고 표정도 밝아지고, 그 덕분에 전보다 생기 있어 보이는 걸 거야.

그러고는 제풀에 급히 입을 다문다. 그냥 해본 인사치레일 텐데 무슨 심각한 사안이라고 이렇게 일일이 분석해가며 진지하게 진실을 규명하고 있는 것인지! K라면 "안 늙었다구? 그럼 요새 늙는 사람도 있나?" 하거나 "다들 젊어지는데 나만 그대로 안 늙고 멈춰 있어서 큰일이야"라고 간단히 능칠 것이다. 꼭 K가 아니라 그 누구라도 마찬가지이다. 나도 자연스러운 분위기에서는 농담에 적극적으로 응전하는 편이다. 그러나 조금이라도 긴장하면 이처럼 남몰래 두 주먹을 불끈 쥐고 농담에까지도 정면대결을 하려 드는 것이다.

남자친구와 나는 점심을 먹고 자리를 옮겨서 차를 마신다. 나는 첫인사에서의 진지한 대응을 사과하는 뜻으로 계속 농담만 해댄다. 그럭저럭 우리는 옛친구답게 허물 없이 옛날이야기를 하게 된다. D는 어떻게 됐어? E를 좋아했었잖아. D 그 자식, 군대 가서까지 매일 하루에 한 통씩 E한테 편지 보냈지. E의 마음을 돌리지는 못했지만 펜글씨를 아주 잘 쓰게 되어서 덕분에 군대생활 편하게 마쳤어. 참, F는 어떻게 됐어? 걔는 말야. 참, G는? 걔? 그렇게 이어지던 얘기 속에 한순간 수상한 긴장이 감돈다. 드디어 내 첫사랑의 얘기가 나온 것이다.

외국 나가 있다가 얼마 전에 들어왔어. 좋은 직장에다 집도 강남의 널찍한 아파트이고 그만하면 출세한 셈이지. 결혼은 어떤 사람하고 했는데? 그 자식이 원래 화려하고 야한 여자를 좋아했잖아. 그래? 좀 뜻밖이다. 나는 정반대로 생각하고 있었는데 내 짐작처럼 보수적인 사람이 아니었나?

하지만 그런 생각을 입 밖에 내지는 않는다. 아무튼 걔는 목표를 세워놓고 사는 놈이니까 결혼도 제 인생 설계에 들어맞는 여자하고 했지. 똑똑하고 미인이야. 돈도 잘 벌고 그랬었구나. 나는 고개까지 끄덕인다. 그리고는 조금 망설이다가 솔직하게 말해본다. 나하고 좀 친했다는 거 알고 있었어? 그가 씩 웃는다. 거기 대해서라면 할말이 있다는 표정이다.
"그야 다 알았지. 그때 나도 충고깨나 했었는데. 그 자식도 고민 많았어. 아무개가 순진하고 귀엽긴 하지만 말야. 걔 계획은 그게 아니었거든. 인물도 그렇고 학벌, 집안도 그저 그렇고, 또 의대 약대도 아닌 국문과생이었잖아. 한마디로 자기 인생에 별 도움은 못 주는 조건이라구. 결혼 상대는 아니라고 생각했지. 그래도 마음에 드니까 만나긴 만났지만 늘 이럴까 저럴까 하더니 나중에 그러더라. 괜히 감정 키우면 골치 아플 것 같아서 헤어졌다고. 야, 그때야 아무개가 소설가까지 될 줄 누가 알았겠어?"
그때 나는 첫사랑인 그를 위해서 기꺼이 구원의 여성이 되고자 했다. 그러나 그는 방황하고 상처 입은 영혼 같은 불필요한 것은 갖고 있지 않았으므로 서정적인 의미의 구원 따위도 필요 없었다. 그가 원하는 구원의 여성은 실제적으로 뭔가를 갖춘 여자였다.
열아홉 살 때, 워낙 진지함으로 무장을 한 탓에 내게는 실연조차 먹혀들지 않았다. 대신 이십 년이 지난 지금에 와서 첫사랑의 남자에게 보기 좋게 차여버린 것이다.
나는 이십 년 동안 지녀온 첫사랑의 순결을 훼손당한 사람치고 뜻밖에 담담하다.
"그랬구나. 나는 그것도 모르고 남자가 왜 그렇게 자신감이 없는지 참 안타까워했는데."

나는 재미있다는 듯이 큰 소리로 웃는다. 속으로 생각한다. '그래, 얘기가 그렇게 되어야 맞는 거였어. 나도 삶이란 바로 이런 거라고 생각하고 있었거든. 나, 별로 놀라지도 않았다구.' 그 다음부터는 남자친구의 얘기를 건성으로 들으며 혼자 소설 구상까지 한다.

……남자는 못생기고 순진한 그녀를 차마 뿌리치지 못하고 완곡하게 따돌리려 한다. 그러나 이를 눈치채지 못하는 여자는 그의 구원의 여성이 되기를 자처하는데…….

집에 도착하자마자 노트북을 켠다. 제목을 쳐본다. '소설 첫사랑'.

그때 불현듯 기억 저편에서 〈솔저 오브 포츈〉을 좋아했던 남자가 떠오른다. 그는 어떻게 살고 있을까. 지금도 그렇게 마르고 검은 셔츠를 즐겨 입고 담배를 멋있게 피울까. 보컬 그룹을 만들긴 만들었을까. 그 대목에서 나는 갑자기 이맛살을 모은다.

잠깐! 내가 혹 지금까지 첫사랑을 잘못 알고 있었던 건 아닐까. 지나가버린 날의 일이라고 해서 의미를 바꾸지 말란 법은 없다. 첫사랑에 대한 해석을 새롭게 하면 첫사랑의 대상은 바뀔 수도 있다.

거기까지 생각하고 난 다음 나는 화장실에 가기 위해 일어선다.

손을 씻고 나서 거울을 본다. 정수리께에 자리잡은 휑한

구멍이 굳이 머리카락을 들추고 살펴볼 필요도 없이 그대로 한눈에 들어온다. 나는 거울 앞으로 바짝 한 걸음 다가간다. 불빛을 받아 훤히 드러난 동그란 탈모 자리를 한참 동안 쳐다본다.

노트북 앞으로 돌아왔지만 새 소설에 대한 흥미는 이미 사라진 뒤이다. 나는 생각에 잠긴 채 한 글자씩 띄엄띄엄 글자를 쳐간다. 모니터 화면에 문장 몇 개가 나타난다. '인간에게는 다 약점이 있다. 누구에게나 우스꽝스러워 보이는 점은 있다. 내 탈모증의 환부처럼. 그리고 성숙하지 않고 건너뛴 내 유년처럼.'

K에게 전화를 건다.

"지금 안 바빠? 전화 길게 해도 괜찮겠어?" "응, 상관없어. 무슨 할 얘기 있냐?" "아니 별건 아니고, 대학 때 알던 서클 남자친구 만나기로 했다고 했었잖아." "그랬지." "아까 만나고 왔거든." "근데?" "나, 옛날에는 왜 그렇게 철이 없었나 몰라." "왜?" "남들이 날 우스꽝스럽게 본다는 걸 나만 몰랐어. 혼자만 진지해갖고 말야." "……." "생각해보면 얼마나 푼수 같았는지." "요즘은 안 그렇다고 생각해?" "요즘이야 너무 속을 잘 감춰서 문제지. 푼수같이 안 보이려고 얼마나 긴장을 하는데." "네가 그렇게 생각하면 됐지 뭐."

나는 K답지 않은 우호적인 대답이 못마땅하다. 갑자기 내 목소리가 커진다.

"그래, 솔직히 말하면 말야. 내 땜통처럼 속이 빤히 들여다보이는 주제에 저 혼자만 진지해갖고 설치던 이십 년 전이나, 그것을 너무 잘 알기 때문에 한사코 감추려고 하는 지금이나 우스운 건 마찬가지야. 나도 알아. 근데 말야. 그냥 우스운 존재로 살면 그만인데 난 그게 잘 안 돼. 왜 그럴까?"

K는 불쑥 말을 돌린다.

"너, 어제 보니까 땜통이 더 커졌더라. 근데 사람들은 네가 일부러 드러내놓고 다니는 줄 알아. 널 냉소적이고 위악적인 여자라고 하더라니까. 네 소설 주인공같이 시건방지고 독하다고 말야."

"그게 정말이야?"

K의 대답을 듣기도 전에 나는 웃기 시작한다. 눈물이 나도록 깔깔 웃어젖힌다. 송화기에 침이 튈까봐 거기에서 입을 조금 뗀 다음 더욱 마음껏 웃는다. 쉽게 그칠 것 같지 않아 의자에 앉아서 웃는다. 아아, 너무 웃긴다 웃겨. 내가 농담을 좀 안다는 거, 그 사람들이 어떻게 알았지?

소설가 최보(崔甫)의 어제, 또 어제

최인석

1953년 전북 남원에서 태어났다. 1986년 월간 『소설문학』 장편소설 공모에 『구경꾼』이 당선되었고, 1995년 제3회 대산문학상, 1996년 박영준문학상 등을 수상하였다. 장편소설 『구경꾼』 『잠과 늪』 『새떼』 『안에서 바깥에서』 『내 마음에는 악어가 산다』와 소설집 『인형 만들기』 『내 영혼의 우물』 『혼돈을 향하여 한 걸음』이 있다.

1

　　최보는 어저께 태어났다. 그가 어저께 태어났다고 하는 것은 달력상으로 너무나도 오래 전인 그가 태어난 그날이 어제와 별로 다를 바가 없기 때문이다. 그가 굳이 자신의 친구였다고 고집하는 오스카가 그랬듯이, 까마득한 옛날 아직 어미의 자궁 안에 들어 있던 그에게 삼신할미가 나타나 "꼬마야, 이 세상에 나오고 싶으냐, 나오기 싫으냐?" 하고 물었다면, 그는 싫다고 대답했을 것이다. 만일 그의 탄생이 그렇게 유보되었다면, 그리하여 다시 까마득한 세월이 흐른 바로 어제 어미의 자궁 앞에 삼신할미가 나타나 그에게 "아직도 세상에 나오기 싫어?" 하고 물었다 해도 그의 대답은 같았을 것이다.
　　소설이란 좋은 것이다. 소설이 아니라면 이런 무의미하고 무책임하고 가소롭고 유아적인 얘기를 어떻게 할 수 있으랴? 그런 의미에서 소설이란 과연 보잘것없는 헛소리다. 조선의 선비들이 소설은 물론이요 소설 나부랭이를 쓰는 자들을 멸시한 것은 어쩌면 당연한 일이요, 그것은 지금도 마찬가지라 하지 않으면 안 된다. 그 선비들이 살던 시절도 따라서, 어저께다.

어제 태어난 그에게 어제 자전소설을 써달라는 청탁서가 날아들었다. '자전소설'이라는 단어를 목격한 순간 그는 이제까지 써온 소설들과는 그 방법을 썩 달리 해야겠다는 생각이 들었다. 기실 많은 사람들이 동의하듯 진정한 소설은, 작가가 현재 서 있는 자리의 모든 것을 드러낸다는 의미에서, 이미 하나의 자전이다. 자전이 아닌 소설은 소설이라 하지 않아도 무방하다. 그런데도 불구하고, '자전소설'을 써달라는 요구에서 그는 세상에 하많은 소설들이 자전이 아닌 경우가 많아졌다는 저간의 사정을 돌아보게 되었고, 어쩌면 그 자신이 써낸 적지 않은 소설 역시 자전이 아닌 경우가 있지는 않았을까, 돌이켜 생각해보았다. 그리하여, 적어도 이번만은 방법을 조금 달리 하여 쓰기로 마음먹었다. 그래서, 그는 생각해보았다. 소설의 방법이란 무엇일까? 그 결과 그는 자신이 소설의 방법에 대해 별로 아는 바가 없다는 것을 알게 되었다. 소설의 방법을 모르는 자가 소설을 써온 것도 기이한 일인데, 방법을 달리 하여 쓰기로 마음을 먹었다면 그것은 또 얼마나 터무니없는 노릇인가? 그래서, 그는 이렇게 결론을 내렸다. 소설과 망상의 경계, 거기에 방을 한번 만들어보자. 그리하여, 그 방안에 자신을 한번 풀어놓아보자. 그 안에서 그 자신이 무슨 짓을 하든지 그냥, 내버려둬보자.

다시 말하지만, 과연 소설이란 좋은 것이다. 소설이 아니라면 이런 무의미하고 무책임한 짓이, 이런 한심한 소리가 어떻게 허용이 될 것인가?

2

최보는 어제 정신분열증 환자 쉬레버 박사를 만났다. 아니, 그를 정신분열증 환자라고 하는 것은 잘못이다. 그는 탁월한 철학가요, 이론가요, 혁명가요, 판사다. 그가 세계를 해석하는 방법은 탁월하다. 인간과 사회에 대한 그의 이론은 독창적이며, 세계와 맞서려는 그의 의지는 결연하다. 그런 철학과 이론과 의지를 바탕으로 그는 세계를 변혁시키려 한다. 그 혼자만의 힘으로. 그가 세계와 맞서는 방법은 여자로 변하고, 하룻밤에 여섯 번이나 사정을 하고, 신을 불쌍히 여기고, 신이 죽인 지구상의 모든 인간과 생물을 그의 힘과 의지로 다시 되살려놓는 것이다.

쉬레버 박사는 최보에게 말했다. 언제나처럼 쉬레버는 엄숙하고 사색적인 얼굴로 손에는 펜과 공책을 들고 있었다. 프로이트는 개똥이야. 그자가 나를 해석했다고? 그래서, 책도 팔아먹고 명성도 얻고 했다지? 어리석은 인간들. 다 죽은 인간들이야. 신이 다 죽여버렸어. 프로이트 역시 죽은 인간들 가운데 하나에 불과해. 신이 나에게 반항하기 위해 만들어낸 시체 중에 하나. 최보는 그에게 맥주를 권했다. 그는 흘끗 쳐다봤으나 사양했다. 그런 맥주는 거북해. 너희 한국 것들은 그런 것도 맥주라고 마시냐? 내가 요담에 올 땐 진짜 독일 맥주를 한 병 가져다 주마. 최보는 맛있게 맥주를 마시고 입술에 묻은 거품을 훔치며 말했다. 니가 쓴 책은 읽는 사람들이 거의 없어. 하지만, 프로이트의 책은 굉장히 많은 사람들이 읽어. 그는 버럭 고함을 쳤다. 다 죽은 인간들이라니까! 죽은 인간들이 뭘 읽건 난 신경 안 써! 최보는 그를 좀더 자극해보기로 했다. 신경 안 쓴다는 놈이 화는 왜 내? 별일이네. 쉬레버는 갑자기 더욱 근엄한 얼굴이 되어 최보를 지그시 쳐다보더니 사과를 하고 나서, 어째서 프로이트가 개똥인지를 설명하려 했다. 그자가 날 편집광이라고 하지만, 사실은 그자야말로 편집광이야. 세상 사람의 모든 외로움과 고통과 절망과 그리움을, 사람들에게 그런 고통을 준 세상의 생김생김까지도 남녀의 허리 아래의 일로만 해석해버렸어. 아날이니 오럴이니, 참으로 편리하고 너무나 일차원적인 바보지. 난 요즘 그자가 나에게 한 짓을 그자에게 되돌려주기 위해 노력하고 있어. 지금 쓰고 있는 게 바로 그런 거야. 즉, 그자가 내 저서를 보고 내 증세를 연구했듯이, 나는 그자의 저술을 통해 그자의 편집광을 입증하려는 거야. 어떠냐? 재밌겠지? 쉬레버는 자못 의욕적으로 눈을 빛냈다. 최보는 고개를 설레설레 저었다. 야 임마, 그런 짓 뭐하러 하냐? 넌 혁명가야. 니 임무는 신이 죽여버린 세상 사람들을 살려내는 거야. 세상엔 프로이트 같은 자가 얼마든지 있어. 한 가지 생각의 틀, 그것만 만들어내면 그저 만사형통이라 생각하고 그 틀에 세상 만물을 쥐어짜 규격만 약간씩 다른 암나사 수나사를 무수히 만들어내는 인간들 말이야. 그놈의 편집광이 만들어낸 똑같은 암나사 수나사에 대한 설명을 네가 새삼스럽게 할 필요가 뭐가 있냐? 넌 세상이 암나사 수나사로만 이루어지는 게 아니라는 것만 얘기하면 되는 거야. 너의 혁명, 또는 광기로 일관하면 돼. 쉬레버는 시무룩한 얼굴이 되어 최보를 흘끗거렸다. 그래도 화도 나고 심심하기도 하니까…… 그냥 한번 심심할 때…… 그래서, 최보는 말했다. 너나 프로이트나 똑같은 놈들이다, 젠장. 쉬레버는 화가 나서 고함을 질렀다. 내가? 똑같아? 프로이트하고? 그것은 사실 쉬레버가 결코 참지 못하는 말이었다. 그는 맥주병을 들어 최보의 머리를 내리치려 했다. 그래서, 최보는 두 손을 재빨리 들어 올려 맥주병을 붙잡으며 고함을 질렀다. 야야, 세상을 설명하는 방법은 백 가지 천 가지야. 민들레 한 송이를 묘사하는 길도 천 가지 만 가지라니까. 수천 명의 프로이트들이 만들어낸 그놈의 판에 박은 암나사 수나사를 이놈아, 니가 뭐하러 묘사하고 설명하고 따지려고 골머릴 썩이냐? 쉬레버는 고개를 끄덕이다가 갸웃거리다가, 머리가 복잡해져서 최보에게 비행기삯을 빌려 떠나갔다.

3

돈이 궁해진 최보는 출판사에 나가서 번역할 책과 약간의 계약금을 받아가지고 집으로 돌아왔다. 번역이라는 것이 늘 급하기만 하여 그는 돌아오는 길로 쓰던 원고는 밀어놓고 당장 번역을 시작해야만 했다. 영어와 한국어가, 불만과 소화불량처럼 뒤엉킨 미궁 속에서 헤매다가 밤이 깊자 그는

울적한 기분으로, 마누라가 계약금 가운데 일부를 헐어 사
온 맥주를 마시며 브레히트를 펼쳐 들어 뒤적거렸다. 브레
히트는 과연 그의 친구였다. 그가 선견지명이 있어 오래 전
에 이런 때에 읽으라고 그를 위해 써놓은 글이 있었다.

헐리우드

아침마다 밥벌이를 위하여
거짓을 사주는 장터로 간다.
희망을 품고
나는 장사꾼들 사이에 끼어든다. (김광규 역)

브레히트가 미국에서 살 때에 쓴 시였다. 그러나, 시장이
라고는 존재하지 않는 사회주의 동독에서 살 때 역시 그의
마음이 영 편한 것만은 아니었던 것이 분명하다. 「기분 나
쁜 아침」이라는 시는 어떤어떤 의미에서는 「헐리우드」와 짝
이 될 법한 작품이다. 「헐리우드」를 거울 앞에 세우면 「기
분 나쁜 아침」이 되는 것이다.

기분 나쁜 아침

이곳 어디에나 있는 아름다운 은백양나무가
오늘은 늙은 마귀할멈처럼 보인다. 호수는
구정물의 늪, 휘젓지 마시오!
금어초들 사이의 푹시아꽃은 값싸고 천박해 보인다.

왜?
어젯밤 꿈에는 마치 문둥이를 손가락질하듯
나를 가리키고 있는 손가락들을 보았다. 그것들은 일을
너무 해서 닳아빠지고 잘려져 있었다!

아무것도 모르는 놈들 같으니라구! 죄의식 속에서
나는 이렇게 소리쳤다. (김광규 역)

그는 노동계급이 자신을 문둥이 같은 자로 지목하고 있다는 죄책감에 시달렸던 것이다. 자신이 금어초들 사이의 푹시아꽃처럼, 어쩌면 매춘부처럼 여겨졌던 것이다. 은백양나무가 기실은 늙은 마귀할멈에 불과하고, 연못은 구정물의 늪이 되어버린 사회주의 동독에서 작가로 살아남는다는 것, 그것은 거짓을 팔기 위해 장사꾼들 사이에 섞여드는 것에 못지않는, 가난한 민중들에 대한 배신을, 그리고 치욕감과 죄의식을 동반하는 것이었다. 그렇다면, 브레히트는 어디에서 살아야 했을까? 만일 그에게 진정 선택권이 있었다면 그는 시장을 택했을까, 아니면 호수 같기는 하지만 사실은 구정물의 늪에 불과한 곳을 택했을까? 만일 최보에게 진정 선택의 기회가 온다면 시장을 택해야 할까, 구정물의 늪을 택해야 할까?

최보는 다음에 브레히트를 다시 만나게 되면 그런 것들을 물어봐야겠다고 마음먹었다. 그러나, 그는 그 기회를 놓치고 말았다. 다음날(이라고 해봐야 역시 어제지만) 최보가 잠에서 깨어났을 때에, 그는 머리맡에서 브레히트의 원고를 발견했다. 브레히트는 그가 자는 사이에 슬며시 왔다가 떠나버린 것이다. 아마도 브레히트는 그날 밤에도 친구들과, 어쩌면 헬레나 바이겔이라거나 로자 룩셈부르크라거나, 아도르노나 호르크하이머, 또는 루카치 따위와 만나 잘 마시지도 못하는 술을 퍼마시다가 흥에 겨워 즉석에서 기타를 둥당거려 작곡을 하다가, 그것도 흥에 차지 않아 원고를 붙들고 머리에 떠오르는 착상들을 휘갈겨 써보았을 것이요, 그것을 읽어보고는 혼자 명작이라 감탄에 감탄을 거듭했을 것이다. 어쩌면 동시대 귀신들의 평판을 들어보고자 친구들에게 낭독해주기도 했을 것이다. 십중팔구 헬레나 바이겔은 찬양하여 마지않았을 것이요, 로자 룩셈부르크는 평가를 미루고 스파르타쿠스 봉기가 어째서 결코 스파르타쿠스 봉기가 아니었느냐에 관한 얘기를 하고 싶어했을 것이며, 아도르노나 호르크하이머는 그것을 근거로 유장한 논문을 쓸 작정으로 자료를 찾기 위해 도서관으로 달려갔을 것이요, 루카치는 그 작품에 드러나는 총체성이나 계급적 이해관계를 분석하는 데 필요한 몇 개의 잣대를 찾아내기 위해 먼지로 뒤덮인 책상 서랍을 뒤졌을 것이다. 그래서, 브레히트는 답답한 나머지 최보를 찾아왔을 터인데, 최보는 이미 맥주에 취해 깊이 잠들어버린 뒤였던 것이다. 그러니 브레히트는 아마도 그의 머리맡에서 한숨을 치쉬고 내리쉬며 기다리다가 날이 훤히 밝아오자 '불행히도 오래 머물 수 없는 것이 유감이오. 우리가 겨우 찾아낸 것을 오래 들여다보고 있으면 그마저 사라지고 말 것이니……' 하고 중얼거리며 귀신들에게 돌아가고 말았을 것이다.

최보는 이따가 밤에라도 그가 다시 나타나 의견을 물을 것에 대비하여 그가 놓고 간 원고를 읽기 시작했다.

어제 본 남자

어제 한 남자를 보았다.
그는 아침마다 밥벌이를 위하여
거짓을 사주는 장터로 갔다.
희망을 품고
그는 장사꾼들 사이에 끼어들었다.
오라, 남자여.
여기에선 밥벌이를 위하여 장사꾼들 사이에 끼어들 필요가 없구나.

4

어저께 최보는 '평화 만들기'라는 술집 옆에 있는 '외상 만들기'라는 술집에 갔다. 그가 대낮부터 몇몇 글쟁이들과 어울려 술을 마시기 시작하여 만취에 가까워지고 있을 무렵, 역시 술에 만취한 한 시인이 나타났다. 무작정 최보를 형이라 부르는 그 시인은 최보가 앞에 앉으라고 말하자 앉지는 않고 바람에 흔들리는 꽃대궁이처럼 몸뚱이를 전후좌우로 꺼떡꺼떡 흔들어대며 이렇게 말했다. 봄이에요, 형. 봄인데 어떻게 앉아요. 형, 봄이라니까요. 봄이라구요. 앉기는 어떻게 앉아요. 닌 못 앉아요. 최보는 그가 시인이라는 것은 전부터 알고 있었지만, 신선이 되어가고 있다는 것은 그때 처음 알았다.

최보는 머리가 아플락 말락, 술이 깰락 말락 했다. 신선이 되어간다, 신선이 된다······ 그는 옛날 옛날 한옛날(이라고 해봐야 바로 어제의 일이지만) 그의 친구들이 신선이 되어야겠다고 아시아 대륙 방방곡곡을 헤매고 다니며 신선초를 구하고, 무릉도원을 찾고, 곡기를 끊은 채 선약(仙藥)이라는 것을 만들어 먹고 하던 시절이 생각났던 것이다. 그들은 신선이 되어가다가 죽었다. 그리고, 오늘 여전히 그의 친구들은 신선이 되어가고 있었다. 돌이켜보면 모두가 전적으로 그랬다고 할 수는 없겠으나, 그들이 신선이 되고자 했던 것은 어쩌면 세상이 환난스럽고 세상살이가 쓸쓸하고 외롭고 고통스럽고 절망스러웠기 때문이었다. 적어도 지금 여기에서 살고 있는 자신이 아닌, 다른 존재를 꿈꾸었기 때문이었다. 그리고, 그런 그들의 꿈이 세상살이를 더욱 쓸쓸하고 외롭고 고통스럽고 절망스럽게 만들지 않았을까? 그의 친구 동파가 살다 간 어제는 어땠던가? 이백과 두보가 살던 어제는 또 어떠했던가? 그들 모두 선약을 퍼먹다 죽었다. 어제 그를 위로하는 시를 두고 간 브레히트 역시 신선이 되고자 했다. 그가 복용한 선약의 이름은 사회주의, 또는 혁명이었다. 최보의 또다른 친구 슈베르트는 어제 굶어 죽었다. 그가 신선이었다는 것은 그의 연작노래 〈겨울 나그네〉를 들어보면 안다. 그는 노래만 퍼먹다 죽고 말았으니까, 그의 선약은 노래였던 셈이다. 꿈 때문에 더욱 세상살이가 힘드는데도 불구하고 어째서 사람들은 끊임없이 꿈을 꾸는 것일까. 어째서 오늘이 아닌 것을, 여기가 아닌 것을, 오늘 여기 사는 자기가 아닌 것을 상상하는 것일까. 우리의 까마득한 선조들이 이미 그런 곳을 본 적이 있고, 그리하여 우리의 핏속에, 우리 두뇌의 어떤 갈피에 그 기억이 남아 있기 때문인가. 아니면, 그저 지금 이곳이 주는 고통으로부터 벗어나기 위해서, 또는 단순히 그런 상상을 통해서나마 위안이라도 받기 위해서인가.

최보의 친구 가운데 〈신선도〉를 그린 화가가 있다. 조선시대에 살던, 김홍도라는 이름의 그 친구를 그는 어제도 잠깐 만난 적이 있는데, 그 친구가 초년 시절에 유난히 〈신선도〉를 많이 그렸다. 〈신선도〉를 그린다는 것은 무엇일까? 신선을 그린다는 것은 신선을, 적어도 상상 속에서는 보았다는 것, 즉 그 역시 신선이었다는 것을 뜻하는 것은 아닐까. 김홍도라는 신선이 그린 신선들은 상당수가 꿈인지 생시인지 모르는 채 누더기 함부로 걸치고, 찢어진 신발 신고, 하나같이 술병 치켜들고, 한데 뒤엉켜 빼쩍 마른 조랑말 위에 올라타고, 최보가 보기에는, 자정이 지났다는 이유로 '외상 만들기'에서 쫓겨나 밤새도록 술 파는 다른 술집 찾아가는, 너무나도 낯익고 지긋지긋하리만큼 자주 보아온 그의 친구들 같은 모습이었던 것이다. 다른 점이 있다면 한 가지, 어제 오늘 사이의 일이건만 시절이 바뀌어 요즘의 친구들은 조랑말이 아니라 택시를 이용하는 점뿐이었다.

적어도 최보의 친구들은 자주 술병 치켜들고 또다른 술집을 찾아다닌다는 점에서는 김홍도의 신선과 닮았다. 만일 김홍도가 또다시 이십세기 말의 신신도를 그리고 싶다고 할 때면 추천할 만한 모델들이 최보의 친구들 가운데 몇몇은 있는 셈이다. 그들 가운데 하나가 그의 눈앞에 서서 아직도 꽃대궁이처럼 꺼떡거리며 지껄이고 있었다. 형, 어떻게 아직까지 앉아 있어요? 봄이라니까. 봄인데 형은 앉아 있을 수가 있단 말이에요? 최보가 보기에, 그는 사실은 봄이어서 앉지 못하는 것이 아니라 봄을 기다리느라 앉지 못하는 것이었다. 신선의 봄은 아직 오지 않았으니까. 그는 영원히 앉지 못할지도 모른다. 최보는 취흥이 자못 도도하여 혼자서 중얼거렸다. 지금은 신선의 겨울, 우리는 모두 곰처럼 봄을 기다리기 위해 차라리 어디 춥지 않은 굴이나 찾아 들어가 동면이나 해야 할까보다.

그렇다. 과연 김홍도가 〈신선도〉를 그린 그때는, 이백과 두보가 선약을 찾아다니던 그 까마득한 옛날도 역시 어제에 지나지 않는다.

5

어젯밤, 술과 번역과 피로에 지쳐 잠든 최보의 머리맡에 하인리히 하이네가 볼프강 홀츠마이어를 데리고 찾아왔다. 그들은 최보의 귓전에서 밤새도록 노래했다. 어제 하이네가 쓰고, 어제 슈만이 곡을 붙이고, 어제 홀츠마이어가 연습한 노래였다. 그들의 노래는 최보의 어제의 절망과 어제의 불편한 잠을 위로했고…… 브레히트가 말하듯이, 그것으로 그들도 최보도 '모두 존중될 수 있'었다.

처음 절망에 빠졌을 땐
결코 견디낼 수 없으리라 생각했다.
하지만 난 견디낼 수 있었다.
어떻게 견디냈는지는 묻지 말라.

그리하여, 오늘 최보는 크나큰 위로를 받은 기분으로 다시 책상 앞에 앉았다. 소설을 쓰기 위해서가 아니라, 번역을 하기 위해서. 어제는 어제의 위안이 있었듯 오늘은 오늘의 위안이 있으리라고 기대하며. 그에게는 친구들이 많으니까. 모두가 어제의 친구들이지만, 모두가 어제만이 영원히 반복되는 것이 아니라 언젠가는, 언젠가는, 언젠가는 내일이 오리라는 것을 믿어 의심치 않는 친구들이었다. 그러니까, 어쩌면 그들을 단순히 어제의 친구들이라고 하는 것은 부적당할지도 모른다.

6

마침내 어제 그가 찾아왔다. 시므온, 그는 늙지도 않았다. 최보는 아직도 그가 메시아를 기다리고 있다는 것을 한눈에 알 수 있었다. 물어볼 필요도 없었다. 그의 늙은 눈은 아직도 기대로 싱싱했고, 그의 손에는 신랑을 기다리는 신부의 불꽃이 타고 있었으니까. 그의 눈은 여전히 최보를 처음 만

나던 닐처럼 자랑스럽게 말하고 있었으니까. 나는 죽기 전에 메시아가 오는 걸 보기로 되어 있어. 예언자들이 그렇게 말했어. 그러나 최보는 비웃지 않았다. 왜냐하면, 본질적으로는 그 역시 시므온과 다를 바가 없었으므로, 그 역시 메시아가 오기를 기다리고 있었으므로. 시므온이 이 세계를 로마의 학정 아래 시달리는 이스라엘이라고 생각하는 것과 마찬가지로, 그 역시 이 세계를 야만의 채찍질에 시달리는 이스라엘이라고 생각하고 있었으니까. 그 역시 시므온과 마찬가지로 언젠가는 메시아가 오리라는 것을 믿었으니까. 세상과 사람이 끝내 이 지경으로 살다 사라지고 말리라고 믿기에는 그는 사람에 대해 너무 큰 신뢰, 망상이 아니기를 간절히 바라며, 신뢰를 품고 있었으니까.

시므온 역시 최보와 마찬가지로, 어제 태어났다. 사실은 그의 나이는 이천 살이 넘는다. 예수 그리스도보다도 나이가 많다. 구약시대 말기에 태어났으니까. (그래도, 최보에게는 막무가내로 어제인 것은 마찬가지다.) 그러나, 그가, 그의 부모나 친지들이 그것이 구약시대였다는 것이나 그 말기였다는 것을 어찌 알았으랴. 그들에게는 아직 AD도 BC도 없었다. 세계제국 로마의 학정이, 여호와로부터 선택받은 민족이라는 자부심, 그러나 로마의 말발굽 아래 짓밟혀 누더기가 되어버린 자부심이 있을 뿐이었다. 지중해 영역을 확고히 장악한 로마가 유럽 전역을 지배하는 패자(霸者)로 군림하기 시작하던 시절이었다. 로마가 창대하면 할수록 이스라엘 사람들의 자존심과 유일신(唯一神)에 대한 믿음은 색이 바래어갔고, 그들의 영혼은 자식과 남편을 빼앗긴 과부처럼 고통의 울부짖음으로 가득 찼다. 그리고, 사람이나 민족이나 마찬가지지만, 자존심과 믿음과 영혼에 상처를 입으면 대개의 경우 타락하게 마련이었다.

로마의 후견 아래 이스라엘의 왕으로 임명된 헤롯은 교활하고 잔인한 인물이었다. 재임 기간중에 아내 하나와 아들 셋을 처형했다고 하면 그가 어떤 인물이었는지는 능히 짐작할 수 있을 것이다. (오늘의 왕들과 얼마나 비슷한가!) 이스라엘 사람들 대부분은 마음속으로는 그를 왕으로 받아들이지 않았다. 그들은 진정한 왕을, 이사야를 비롯한 수많은 예언자들이 얘기한 바 있는 메시아를 기다렸다. 그가 나타나기만 하면 저 잔인하고 교활한 헤롯은 물론이요 로마까지도 단숨에 거꾸러뜨리고 그들을 해방시켜줄 것이라고 믿었다. 그들은 오직 그날을 기다리며 하루하루를 살아갔다.

시므온이 태어난 것은 이런 때였다. 그가 태어났을 때에 예언자들이 그의 집안으로 들어섰다. 갓난 시므온을 본 예언자들은 아이의 부모에게 말했다. 이 아기는 죽기 전에 메시아를 만날 것입니다. 메시아라니? 시므온의 부모는 깜짝 놀랐다. 그토록 기다리던 메시아가 마침내 오신다는 것이다! 아기가 죽기 전에, 그러니까 머지 않아 오셔서 그들을 구원한다는 것이다! 부모가 생각하기에는 그것은 아기에게는 더없는 축복이었다. 아니, 아기만이 아니라 이스라엘 전체에게 그것은 다시 없는 복음이었다. 그러나, 웬일인가? 눈물을 흘리며 할렐루야를 외치는 아기의 부모를 예언자들은 음울한 얼굴로 지켜보고 있었다. 아기의 아비가 물었다. 웬일이십니까, 선지자 어른? 무슨 좋지 않은 일이라도 있습니까? 예언자들은 고개를 젓더니 이번에는 아직 강보에 싸인 채 앙앙 울고 있는 아기에게 네가 메시아를 만나기 전에는 결코 죽지 아니하리라, 하고 말하고는 조용히 떠나갔다. 그들이 떠나자마자 아기의 부모는 집에서 뛰쳐나가 이웃 사람들에게 이 소식을 전했다. 시므온은 이렇게 메시아와 해방의 징조로서 태어났다.

시므온은 무럭무럭 자라났다. 이웃 사람들은 시므온이 커 가는 것을 보며 머지 않아 메시아가 나타나 시므온을 번쩍 안아 세례를 주고 왕궁으로 걸어 들어가 그 더러운 엉덩이로 옥좌를 깔아뭉개고 있는 헤롯을 준엄히 꾸짖어 전병 하나 지팡이 하나 들려 거렁뱅이 쫓듯 내보내는 것은 물론이요, 로마 사람들까지 그 땅에서 몰아내어 정의를 회복하리라고 믿었다. 그들에게는 시므온이 자란다는 것은 곧 메시아가 올 날이 다가온다는 것을 뜻했다. 시므온이 자랄수록 해방의 날은 가까워지는 것이다. 그들은 이집트 땅에서 노예로 살아가던 이스라엘을 구해낼 때에 여호와가 택한 신비스러운 방법을 잊지 않고 있었다. 이번에도 여호와는 그들로서는 상상할 수도 없는 신비스러운 방법으로 그들을 해방시킬 것이라고 믿어 의심치 않았다.

그렇게 시므온은 뭇 사람들의 기대 속에서 성장했다. 그가 열 살이 되었으나 메시아는 오지 않았다. 로마의 손아귀는 더욱더 잔인한 힘으로 이스라엘의 목덜미를 죄어들어올 뿐이었고, 헤롯은 날이 갈수록 더욱 기세가 등등할 뿐이었다. 그러나, 시므온은 물론이요 그의 이웃 사람들은 두려워하지도, 절망하지도 않았다. 곧 메시아는 온다. 시므온은 아직 어리지 않은가. 그들은 젊은 시므온이 메시아의 왼쪽에 서서 헤롯을 궁궐에서 몰아내는 광경을 상상했다.

나이가 들어 마리아라는 여자친구가 생겼을 때에 시므온은 그녀에게 자랑스럽게 말했다. 나는 죽기 전에 메시아를 만날 것이다. 나는 메시아와 더불어 싸움에 나가 이스라엘을 해방할 것이요, 우리는 우리의 아이와 더불어 로마와 헤롯의 사악한 권세가 아니라 정의와 선의가 태양처럼 빛나고 달빛처럼 은은한 메시아의 낙원에서 살게 될 것이다……

그러나, 시므온이 마리아와 결혼하기까지도 메시아는 오지 않았다. 아이가 태어났다. 시므온은 아이에게 예레미야라는 이름을 붙여주었다. 예레미야가 철이 들자 시므온은 아이에게도 말해주었다. 우리는 메시아와 더불어 낙원을 건설하게 될 것이다. 메시아는 아직도 오지 않았다. 아이가 로마 사람에게 짓밟히는 친구와 친척들을 보고 돌아와 눈물을 흘리며 물었다. 아버지, 메시아는 언제 오십니까? 친구와 친척들이 다 사로잡혀 죽고, 끌려간 뒤에 텅 빈 땅 위에, 이방인들 사이로 오십니까? 시므온은 말했다. 아이야, 조금만 참아라. 조금만 더 기다려라.

시므온은 기다렸다. 그의 아내 마리아도 기다렸다. 그들의 아들 예레미야도 기다렸다. 메시아는 오지 않았다. 이웃 사람들은 차츰 그 예언을 잊어갔다. 시므온과 그 가족들을 놀리기 위해서만 그 예언을 기억해냈다. 시므온, 메시아가 오셨는가? 오셔서 여기가 낙원이라고 하던가? 혹시 자네가 여기야말로 낙원이라고 말씀드린 것은 아닌가? 시므온은 기다렸다. 이스라엘이 로마의 군마에게 짓밟히는 것을 보며 기다렸다. 그러나, 메시아는 오지 않았다. 시므온은 기다렸다. 이스라엘이 창녀처럼 비굴해지는 것을 보면서도 희망을 잃지 않고 기다렸다. 메시아는 오지 않았다. 그는 기다렸다.
예레미야가 결혼을 하고 아이를 낳아 그에게 손자를 안겨 주었다. 시므온은 그에게 다니엘이라는 이름을 주었다. 다니엘이 성장하여 아들과 마찬가지로 로마 사람에게 학대당하고 희롱당하는 친구들과 친척들을 보고 돌아와 눈물을 흘리자 그는 손자에게도 그 예언을 들려주었다. 걱정 말아라, 손자야. 눈물을 거둬라, 아이야. 네가 사자와 함께 놀고 다시는 눈물을 흘리지도 않고, 남들이 눈물을 흘리는 것을 보지도 아니 할 메시아의 나라에서 살게 될 것이다.
이웃 사람들은 그를 비웃었다. 시므온, 메시아가 오셨는가? 예레미야야, 니 애비가 메시아를 만났다더냐? 다니엘아, 니 할애비가 혹시 메시아를 보고서도 못 알아본 것 아니냐? 한때는 축복이던 그 예언이 이제는 조롱거리가 되었다. 식구들 사이에서는 이제 아무도 그 예언을 입에 올리지 않았다. 그것은 축복과 기쁨이 아니라 치욕의 예언이 되었으니까. 집안에서조차 치욕을 상기할 필요가 어디 있으랴. 그러나, 시므온은 기다렸다. 메시아는 오지 않았다. 로마는 날이 갈수록 강대해지고 조국은 날이 갈수록 피폐해졌다. 명색뿐인 이스라엘 왕은 편협하고 비굴하여 로마 군병의 발바닥을 핥기를 주저하지 않았다. 그는 여기저기 동상만 세웠다. 그것을 지켜보며 시므온은 기다렸다. 메시아는 오지 않았다.
시므온은 늙고 병들었다. 죽을 날이 코앞에 다가왔다. 허리가 굽고 눈도 침침해졌다. 만일 메시아가 눈앞에 서 있다 해도 어떻게 그를 알아보기나 할 수 있을 것인지 걱정이 되었다. 그러나, 그는 기다리기를 그치지 않았다. 그는 매일 해가 뜨기만 하면 성문 앞으로 나갔다. 나그네와 장사치들이 보따리를 짊어지고, 나귀를 타고 드나들었다. 저기, 어린 나귀를 탄 저 사람이 그분이신가? 제대로 보이지도 않는 눈으로 그는 더듬듯 사람들을 살펴보며 생각했다. 저기 그물을 짊어진 저분이신가? 로마 군대가 줄을 지어 행군해 성문 밖으로 나섰다. 혹시 저 가운데 수려하고 단정하게 생긴 저 젊은이가 그분이 아닐까? 모세는 한때 이집트의 귀족이 아니었던가. 그렇게 깊이, 그렇게 지혜롭게, 그토록 신비스럽게 구원을 준비하시는 하나님이 아니신가. 그러나, 메시아는 오지 않았다.

예레미야는 아버지가 왜 매일 성문 앞에 나가 하루 종일 쪼그리고 앉아 있다가 어두워져 성문이 닫힌 뒤에야 지친 몸으로 돌아오는지 이유를 알지 못했다. 그 때문에 아버지의 병이 더 깊어지고 더 빨리 쇠약해지는 것 같아 걱정스러웠다. 아버지, 매일 성문 앞에 나가 뭘 하시는 거예요? 시므온이 메시아를 기다린다고 대답하자 그는 한동안 할말을 잃고 말았다. 메시아요? 아버지, 이제 그 예언은 잊으세요. 마리아도 그를 말렸다. 여보, 그 꿈만으로도 우린 평생을 희망 속에서 살았잖아요. 그만하면 됐습니다. 이제 그만 편안히 지내다가 하늘에 올라가서 그분을 만납시다. 시므온은 말했다. 그분을 기다리는 것보다 더 편안한 건 없어.

날이 갈수록 시므온은 쇠약해졌다. 병이 그의 몸뚱이 곳

곳을 파고들어 그의 생명과 기운을 파먹었다. 의사가 와서 그를 진찰했으나, 의사는 나중에 예레미야에게 말했다. 저 양반이 어떻게 하여 죽지 않고 아직 살아 있는지 내가 알 수가 없소이다. 아무튼 오늘 내일 사이에 큰일 치를 준비나 해두시오.

그 하루 이틀이 스무 번이 지나고 마흔 번이 지났다. 그러나, 시므온은 죽지 않았다. 그는 매일 아침 눈을 뜨면 성문 앞으로 나가 하루 종일 지팡이에 의지하여 쪼그려 앉았다 일어서기를 반복하며 서성거렸다. 아, 저이, 저 든든한 몸집, 크고 부리부리한 눈, 혹시 저분이 아닐까? 저런 몸집이라면 이스라엘을 구원하고도 남을 거야. 아니지, 이스라엘을 구하는 건 기운만으로는 안 될 거야. 그렇다면, 저기 반듯한 얼굴에 책을 안고 오는 저 젊은이일까?

의사가 본 것은 시므온의 몸뿐이었다. 그의 마음은 보지 못했다. 그의 마음 역시 병으로 썩어가고 있었다. 기다리면서도 그는 자신이 더이상 그 예언을 믿지 않고 있다는 것을 의식했다. 그 예언자들은 죽었다. 그들과 더불어 예언도 죽은 것일까. 그렇게 그의 희망이, 이스라엘의 구원이 죽은 것일까. 어쩌면 매일 성문 앞으로 나가 메시아를 기다리는 것은 그 절망, 마음의 병에 대한 반발이었다.

마리아가 죽고, 그의 아들이 죽고, 그의 손자도 죽었다. 그 손자의 손자가 죽고, 그 손자의 손자가 죽고, 그 손자의 손자의…… 손자는 히틀러의 수용소에서 한 조각 비누가 되고 연기가 되었으며, 스탈린의 수용소에서 얼어죽어 얼음구덩이에 파묻혔다. 메시아는 오지 않았다. 따라서 시므온도 죽지 않았다. 여전히 그는 이스라엘을 떠돌며 메시아를 기다렸다.

최보가 그를 처음 만난 것은 그렇다, 그것도 어제였다. 몹시 외로웠다. 글 쓴다는 것도 산다는 것도 그만 모든 사람들이 슬금슬금 걸어 내려오는 언덕을 바퀴 빠진 수레를 밀고 혼자서 올라가는 짓인 것만 같았다. 만나는 사람 하나하나가 힘겨운 숙제인 것만 같았다. 그들이 한마디 말을 내놓을 때마다 비수가 뿜어낼 법한 섬광이 가슴을 찌르는 것 같았다. 어느 날 밤 늦은 시각 우연히 을지로 3가 지하철 역을 지나가다가 그는 거기 신문지를 깔고 덮고 잠든 사람들을 목격했는데, 그는 문득 그들 곁에 누워버리고 싶은 충동에 사로잡혔다. 그렇게 해서는 안 되는 이유가 있는지, 있다면 과연 무엇인지, 한순간 진정 알 수가 없어졌고, 아무리 생각해봐도 그 이유를 찾아낼 수 없는 그 자신이 무서워졌다. 그때, 신문지 조각이 들쳐지면서 한 얼굴이 비죽 나타났다. 말린 대추처럼 쭈글쭈글하고 말린 대추처럼 작은 얼굴이었다. 그 얼굴에 눈만이 커다랬는데, 그 눈이 그만 너무나 평화롭고 조용하고 싱싱한 기대에 차 있었다. 그는 최보를 쳐다보며 이렇게 말했다. 나 죽기 전에 메시아가 온댔어. 예언자들이 그랬어. 성경에도 다 써 있어. 말을 마치자 그는 자랑스럽게 빙그레 웃었다.

그날, 최보는 밤새워 그의 얘기를 들으며 술을 마셨는데, 시므온의 안주는 주로 메시아였고, 최보의 안주는 주로 부끄러움이었다. 그의 절망이 사실은 절망이 아니라 어리석음의 소치에 불과하다는 것을 그는 깨닫게 되었고, 그것이 그만 더없이 부끄러웠던 것이다. 새벽에 시므온과 헤어질 때에 최보는 이제까지는 알지 못했던 새로운 시간의 영역과 함께 자신의 존재의 영역 역시 새로이 깨달았다고 생각했다. 최보가 요즘 들어 악착같이 어제, 라는 시간만을 고집하는 이유도 아마 그것일 것이다. 그 새벽에 헤어질 때에 시므온이 최보에게 한 말은 이것이었다. 이놈아, 내가 브레히트도 몇 번 만나봤다만, 브레히트는 그렇다 치고, 니가 세상에서 선택할 게 시장 아니면 구정물의 늪밖에 없는 줄 아냐? 별 멍청한 놈 다 보네.

그 뒤부터 시므온은 시도 때도 없이 불쑥 최보에게 전화를 하거나 불현듯 찾아왔다. 이를테면, 최보가 발표한 글을 읽고 나서 졸지에 한밤중에 전화를 하여 호통을 치거나, 청문회 기사가 실린 신문을 구겨쥐고 나타나서 한탄을 하는 것이다. '니가 쓴 글 때문에 이놈아, 메시아 오실 날이 이틀은 멀어지고 말았어. 책임질 거여? 이 늙은이 메시아 못 보고 죽어버리면 니가 책임질 거냐고, 이 로마 병정 같은 놈아' 하거나 '봐라, 이것들. 쥐새끼라도 무작정 국민이 뽑아놓기만 하면 국회의원도 되고 대통령도 되는 게 민주주의라는 걸 너희들이 몰랐단 말이냐, 이놈아? 쥐새끼들이니 쥐새끼들 뽑아놨겠지, 뭐' 하는 식이다.

최보는 어제 출판사의 무슨 시상식에 들렀다가 뒤풀이까지 따라가서 술을 마셨다. 인사동 '이모집' 옆에 있는 '유모집'이었다. 물론 맥주와 소주, 그리고 크게 호사스럽다 할 것 없는, '유모집'에 가면 늘 내놓는 안주들이 나왔다. 파전, 불고기, 북어찜, 그리고 찌개 따위였다. 그러나, 그렇게 생각하지 않는 사람들이 많다는 것을, 그렇게 생각하지 않는 수천만의 사람들이 이 식탁에 마주 앉기 위해서라면 물불을 가리지 않으리라는 사실을 최보는 머지 않아 깨달아야 했다.

마지못해 그 자리에 앉아 있기는 하되 술자리가 어서 파하기만을 기다리는 것이 분명해 보이는 출판사의 늙은 사장의 얼굴에는 피로감이 덕지덕지 붙어 있었고, 우연히 그 앞에 마주 앉게 된 최보 역시 연일 술에 빠져 산 까닭에 술을 보는 것이 꼭 독을 보는 것 같은 기분이었다. 그러나, 술꾼들은 다 아는 사실이지만, 술이 독 같다는 것은 술에 취하기 전까지의 이야기다. 술에 일단 취하고 보면 술이 독이라 해도 상관없으며, 그것이 술인지 독인지도 이미 상관하지 않게 되고 만다. 최보는 그 지경이 되기 전에 빠져나가야지, 하고 마음먹고 있는데, 유모가 들어와서 최보에게 밖에 손님이 와서 찾는다고 말했다. 최보는 무심코 밖으로 나갔다가 거기 서 있는 사람들을 발견하고는 반색을 했다.

시므온이 대추처럼 쭈글쭈글한 얼굴로 멍하니 그를 쳐다보고 있었는데, 그 옆에는 다 떨어진 구두를 신은 박태원이, 그리고 한 발쯤 뒤에 처진 곳에서는 오랜만에 보는 두보가 참나무통 맑은 소주를 거꾸로 주둥이에 처박은 채 서 있었던 것이다. 최보는 반갑기는 했으나, 그들의 꼴을 보고 일단 오늘 잘못 걸렸구나, 하고 생각했다. 이들과 시작을 한다면 하루 이틀 정도로는 술자리가 끝나지 않으리라는 예감이 들었던 것이다. 그러나, 두보는 주둥이에서 소주병을 떼어내자 최보를 보고 큰 소리로 힐난하듯이

南門酒肉臭 北有餓死骨
(남쪽 대문에는 술과 고기 냄새 북쪽에는 굶어 죽은 사람의 뼈)

하고 읊어댔고, 시므온은 이것들이 인간이 아니네, 했으며, 박태원은 고개를 설레설레 저으며 후배라는 것들이 하는 짓들이……, 하더니 그들 모두가 한꺼번에 돌아섰다. 최보는 두보가 읊은 시를 통하여 그들이 어디에서 오는 길인지를 곧 알아차렸다. 그러나, 골목 밖으로, '학고재' 바깥까지, 인사동 입구 육교까지 뛰어갔다가 그들이 보이지 않아 다시 길을 되짚어 허겁지겁 파고다 공원 옆구리까지 쫓아가보았으나, 그들의 모습은 보이지 않았다. 최보는 부끄러웠고, 도무지 알 수가 없었다. 도대체 어떻게 시므온이 박태원 두보와 어울리게 되었을까?

최보는 그날 밤 집으로 돌아가며 생각했다. 나는 무엇이 되어야 할까, 그 친구들을 모두 불러 모아 같이 살기 위해서는. 무엇을 해야 할까, 그 친구들과 더불어 누추하지 않은 세상에서 구겨지지 않은 웃음을 웃으며 가난하지도 호사스럽지도 부끄럽지도 않은 술을 주고받기 위해서는. 술에 떡이 되어 집으로 돌아갈 때마다 문득 온몸을 두들겨맞은 것 같은, 정체를 드러내지 않는 적군들의 포로가 되어버린 것 같은 기분에 사로잡히지 않기 위해서는.

7

어제 최보는 바다로 여행을 떠났는데, 그곳에서 이상한 노래를 들었다. 마음이 설레는 듯도 하고 황홀해지는 듯도 한, 마음이 쓸쓸해지는 듯도 하고 슬픔의 파도가 온몸에 부딪쳐오는 듯도 한, 난생 처음 듣는 노래였다. 그 노래 가운데에 그의 길지 않은 평생과 결코 적었다고는 할 수 없는 사랑과 증오와 희망과 절망과 외로움과 기쁨과 고통과 후회와 믿음과 배신감과…… 흘러가는 것 같은 노래였다. 그 목소리들이 어딘가 낯익었다. 그는 민박집 골방에서 나와 바닷가로 나섰다. 어둠이 너울너울 날개를 펴고 하늘 높이 날아올랐다. 바다가 펼쳐져 있었고, 파도는 흰 이빨을 드러내 날아오르는 어둠의 날개를 베어물었다. 멀리 모래밭 너머 해송들이 어둠 속에 우뚝우뚝 서 있었다. 노래는 그 해송 가운데에서 들려왔다. 최보는 부지런히 그쪽으로 발걸음을 옮기기 시작했다. 뭔가가 하늘에서 뚝 떨어졌다. 그는 발을 멈추고 고개를 숙여 떨어진 것을 내려다보았다. 새였다. 날개가 붉은 벌새가 죽어 떨어져 있었다. 흰 모래밭, 거기 떨어져 죽은 벌새…… 노랫소리는 여전했다. 그는 노랫소리와 떨어져 죽은 벌새 사이에서 잠시 어찌할 바를 알지 못했다. 그가 다시 해송 쪽으로 발을 옮겨 몇 걸음을 걸었을 때에 또다시 그의 발 밑으로 뭔가가 뚝 떨어졌다. 새, 이번에는 날개가 파란 벌새였다. 새는 죽어, 흰 모래밭을 베고 마치 한번도 하늘을 날아본 적이 없다는 듯, 언제나 돌멩이처럼 거기 박혀 있었다는 듯, 눈을 번히 뜬 채 누워 있었다. 노래가 그를 불렀다. 그가 발을 옮기기 시작했을 때에 다시 하늘에서 죽은 새가 떨어졌다. 제기랄. 울먹임이 밀려나오려는 것을 참으며 최보는 안타깝게 하늘을 올려다보았으나, 하늘은 어느새 어둠의 날개에 가려 아무것도 보이지 않았다. 그는 어찌할 바를 모르는 채 노래가 들려오는 해송을 넘겨다보았다. 그리고, 그 자리에 고스란히 얼어붙었다. 으으, 신음 소리가 비어져나왔다.

해송들이 각기 얼굴을 지니고 있었다. 그 얼굴을 최보는 그제서야 알아보았다. 그의 친구들이었다. 시므온이, 쉬레버와 브레히트가, 동파와 이백과 두보가, 슈베르트와 김홍도가, 하이네와 슈만과 홀츠마이어가, 박태원과 정지용이, 꺽정이와 허균과 토머스 모어가, 그리고 몇몇 쓸쓸하고 아름다운 글쟁이들이, 그의 많은 친구들이 해송이 되어 모래밭에 뿌리를 내리고 서서 아득하고 먼 눈길로 그를 쳐다보며 노래하고 있었다.

다시 머리 위에서 죽은 새가 뚝, 떨어졌고, 최보는 풍경처럼 그 자리에 얼어붙은 채 친구들을 바라보고 서 있었다.

동행

함정임

1964년 김제에서 태어나 이화여대 불문과를 졸업했다.
1990년 동아일보 신춘문예에 「광장으로 가는 길」이 당선되어 작품활동을 시작했다.
소설집으로 『이야기, 떨어지는 가면』 『밤은 말한다』가 있다.

▶「동행」은 1997년 35세의 젊은 나이로 요절한 작가 김소진의 특집에 붙여, 그의 문학과 생활의 반려자였던 함정임씨가 마지막 투병의 과정을 진솔하게 쓴 작품이다.

*이심전심*이었을까. 그의 침대 발치에 마련된 간이 침대에 허리를 펴고 잠시 누우려는 순간이었다. 나는 몸을 벌떡 일으켜 그의 코끝에 내 얼굴을 가져다 댔다. 어둠 속에서 그가 빙긋 웃었던 것이다. 그가 웃었던가? 너무 작아서 소리라고 할 수도 없었지만 나는 분명 그의 입가에서 일어난 어떤 기미를 웃음으로 정확히 감지했다. 벽에 어슴푸레 보이는 시계 바늘이 새벽 한시를 넘어가고 있었다.

"왜……?"

나는 조심스럽게 그의 표정을 살폈다. 환청이었을까? 그의 가쁜 숨결이 내 것인 양 콧속으로 훅 디밀고 들어와 심장에 박혔다. 언제 그랬냐는 듯 그의 눈은 반쯤 감긴 채 입은 쉬임 없이 알아들을 수 없는 말들(기억)을 토해내고 있었다.

"영상자료원……."

환청은 아니었다. 그의 목소리는 거의 알아들을 수 없을 정도로 작고 느렸지만 각별히 유정했다. 영상자료원? 뜬금없이 내뱉어진 말을 황급히 주워섬기며 나는 그가 무엇을 말하려고 하는지, 또 무엇이 그의 눈앞에 펼쳐지고 있는지 금방 알아차렸다. 그는 매초마다 다르게 눈앞에 펼쳐지는 기억의 페이지를 따라가느라 한 주일이 넘도록 제정신이 아니었다. 배에 차오르는 복수를 이삼 일에 이천에서 삼천 씨씨씩을 빼내다보니 피가 부족하고 부족한 피를 주먹만한 병에 담긴 누리끼리한 액체의 알부민으로 충당해야 하는 형편이었다. 그는 오십 씨씨짜리 알부민을 두 병 연달아 맞을 때면 심하게 현기증을 일으키며 메스꺼워했다. 누런 액체가 병의 바닥에 깔릴 때쯤 그의 얼굴은 시뻘겋다 못해 검붉어졌고 갑자기 홀쭉해진 뱃거죽에 사지는 축 늘어진 채 혼곤히 잠에 드는가 싶다가는 잠도 아닌 의식의 혼란에 빠져 급기야는 헛소리로 이어졌다.

헛소리는 그의 눈앞에 나타나는 헛것에서 비롯된 것이었다. 정신을 차리고 앉아 있다가도 그는 자기도 모르는 사이에 발작처럼 눈앞에서 벌어지는 현상에 깜짝 놀라 소리쳤다. "시뮬레이션!" 선뜻 내가 무슨 뜻인지 헤아리지 못하자 그는 천천히 말을 풀었다. "가상 현실이라고 하나? 대상이 겹으로 보이고 내 몸이 직각 이동하는 듯했어……" 그는 그의 몸과 정신에서 일어나는 비정상적인 변화를 세세하게 내게 알리고 또 보호받아야 할 처지에 있었다. 어느새 나는 그의 보호자가 되어 있었다. 누구의 보호자가 된다는 것. 나는 정신은 금강석보다 더 단단하고 마음은 구리보다 더 유연하게 가지며 시시각각 변하는 상황에 대처해야 했다. 아이와 어머니, 그와 나를 통칭하는 우리라는 말에서 예전에는 그에게 무게 중심이 있던 것이 이제는 고스란히 내게 옮겨 와 있었다. 내가 그것을 깨닫는 순간 태초의 어두운 심연에 홀로 던져진 듯한 당혹스러움과 외로움이 물밀 듯이 밀고 들어왔다. "시뮬레이션 상태에 빠졌었어요." 그가 전해 준 대로 나는 담당 레지던트한테 빠짐없이 알렸다. "뭐라고요?" 레지던트는 환자 보호자에게서 나온 '시뮬레이션 운운' 하는 내용이 어이없었던지 잘 알아듣지 못하고 되물었다. "시뮬레이션, 그러니까, 제자리에 있던 대상이 왔다갔다 하고 또 겹쳐 보이고……." 나와 레지던트 사이의 대화를 그는 숨죽이며 주목했고 담당의는 그제서야 내 말뜻을 바로 알아들었는지 핏속의 나트륨 수치와 칼륨 수치의 심한 불균형이 일어나 잠시 환각 상태가 온 것이라고 짧게 설명했다.

나는 잽싸게 병실 문을 나가는 레지던트를 뒤따라 나가서는 제발 헛소리를 멈추게 해달라고 그리하여 단 한 시간이라도 깊은 잠을 잘 수 있게 해달라고 애원하다시피 매달렸다. "약을 써서라도 어떻게 안 될까요? 잠을 잘 수 있게……." 젊은 의사는 어떻게 해도 소용없다는 안타까운 표정을 잠시 지어 보이더니 조용히 내게 일렀다. "그 둘의 불균형만으로도 남편분은 돌아가실 수가 있습니다. 우리는 다만 그때그때 발생하는 이러한 불균형 상태를 대증요법으로 막아주는 도리밖에 없고 본 병에 대한 처방법은 아무것도 세워져 있지 않습니다." 나는 황급히 돌아서 가는 바쁜 의사를 더는 붙잡지 못하고 석고처럼 그 자리에 얼어붙었다. 그가 몹쓸 병에 걸린 것 같다는 불가해한 선고를 받은 날로부터 얼마나 멀리 와 있나. 그때나 지금이나 봄은 봄이었다. 지나간 봄은 잔인했다고 누가 말했던가. 마른 황무지에서 새싹이 돋고 떠났던 새들이 돌아오고 햇살이 바람 따라 넓게넓게 퍼지고…… 잔인을 넘어서는 무한 불행과 악무한의 고독과 두려움을 무어라 이를까.

전쟁터나 다름없는 응급실에서 이틀째 맞은 아침 처음 주치의가 와서는 배를 한번 슬쩍 눌러보고 휑하니 가버렸다. 며칠째 뜬눈으로 새우며 피폐해질 대로 피폐해진 나는 그가 기대 누운 침대에 머리를 묻고 눈을 붙이려는 찰나였다. 금방 주치의와 다녀간 레지던트가 달려와 나를 깨웠다. 나는 바람을 일으키는 그의 빠른 몸동작에 깜짝 놀라 깨어나 얼결에 그를 뒤따르기는 했으나 직감적으로 불길한 예감에 사로잡혔다. "몹쓸 병이라면, 그게 무엇인지……?" 주치의는 영문을 모른 채 눈을 똑바로 뜨고 정색을 하고 서 있는 내게 냉정한 어조로 빠르게 반복해 말했다. "암입니다. 우리가 예상하는 두 가지 중에 이쪽 확률이 현재로선 80퍼센트이고, 그렇게 되면 4기입니다." 암, 4기. 그래서 어떻게 된단 말인가. 저 사람은 나에게 무슨 말을 하고 있는 것인가. 나는 도대체 '암'이라는 단어를 어떻게 받아들여야 할지 몰라 멍하니 서 있으면서도 다리는 사정 없이 후들거리고 있었다. 등 저편에 누워 있는 그에게 눈물 젖은 얼굴로 차마 돌아설 수 없어 나는 응급실 밖으로 뛰쳐나왔다. 하늘에 대고 소리치고 싶었고 누군가, 절대적인 힘을 가진 자에게 매달리고 싶었다. 그러나 아무도, 아무것도 내 주위엔 없었다. 내가 그의 보호자이듯 나를 붙들어주고 보호해줄 사람은 없었다. 공중전화 부스로 뛰어들었다. 지난밤 대학 동창 은유의 남편인 외과의 정연씨가 구세주처럼 떠올랐던 것이다.

당장 정연씨의 말을 듣고 싶었다. 그가 이 사실을 번복해주기를 바랐다. 지금 이 순간 정연씨만이 아무것도 모른 채 고통받고 있는 소진씨를 구원해줄 것이었다. 뚜우 -, 뚜우 -. 이틀 전 정연씨의 권유가 없었더라면 그렇게 신속하게 응급실로 쳐들어오지도 못했을 것이었다. 어제 밤 정연씨는 같은 병원에서 박사과정을 밟느라 야간 수업을 마친 후 들렀다가 그의 뱃속에서 뽑아져나오는 불그족족한 복수를 눈여겨본 후 나를 보호자 대기실로 불렀다. "정임씨, 이것은 순전히 만의 하나의 경우일 수 있는데, 어떠한 경우에도 대처해야 한다는 마음의 준비로 얘기하는 거니까 이 순간 듣고 잊어버려도 돼요. 만의 하나 그럴 수도 있다는 거니까요. 현재 제가 보기엔 결핵성 복막염일 가능성이 크지만…… 어쩌면…… 만의 하나…… 암일 수도 있습니다." 그럴 리가. 나는 만의 하나 암일 수도 있다는 그의 언질을 마음에 담지 않고 그 자리에서 무시해버렸다. 순전히 내가 듣고 싶은 대로 그의 말을 들었던 것이었다. 그때까지만 해도 나는 친구 남편이 보여주는 각별한 성의에 고마움을 표하는 정도의 귀 기울임으로 그의 말을 경청했지 그의 입에서 '암'이라는 단어가 나왔어도 대수롭지 않게 여겼다. 우리에게는 결핵성 복막염 정도도 불시에 찾아온 크나큰 시련으로 받아들이기에 벅찼던 것이다. 그런데 결핵성 복막염도 모자라 '암'이라니. 하룻밤 만에 보기좋게 악마한테 놀림당한 기분이었다. 그렇다 악마였다. 소진씨는 평생 악마와 한판 내기를 걸어보고자 했다. 나도 마찬가지였다. 악마와의 승부! 얼마나 무섭고도 유혹적인 명제인가. 우리는 기꺼이 악마의 꼬드김에 귀를 내어줄 준비가 되어 있었다. 그런데 무엇이 그의 귀를 먼저 잡아당겼나? 나는 고개를 설레설레 내저었다. 그럴 수는 없었다. 이것은 아니었다. 그가 정면으로 만나 겨루어보고자 한 것은 암이라는 악마는 결코 아니었다. 그가 미련 없이 신문사에 사표를 내던지고 귀를 열고 마음을 모은 것은 일찍이 저주받은 자들의 구원인 글 쓰기, 글 쓰기를 추동시키고 지속시키는 악마성에의 간절한 희구일 뿐이었다. 그 속에 그가 차선책으로 꾸린 세계의 지도가 오롯이 펼쳐져 있었다.

"그때 우리가 만났던 것 생각했어?"

대답 대신 그는 천천히 고개를 끄덕였다. 그리고 다시 빙긋 웃었다. 웃음이 거두어지기가 무섭게 그의 입술은 바퀴를 단 듯이 쉭쉭 소리를 내며 바쁘게 움직였다.

1992년 11월 12일 오후 5시 예술의 전당 영상자료원.

이제 그가 살아온 서른다섯 해의 생애 중 서른 살의 페이지가 그에게 펼쳐지고 있는 것인가. 나는 겁먹은 아이의 눈으로 그를 내려다보았다. 얼마 만의 웃음인가. 눈물이 맺힐 새도 없이 쏟아지려 했다. 그때 우리가 그곳에서 다시 만나지 않았더라면, 그가 막 외출하려던 나에게 전화를 걸어오지 않았더라면, 그리고 내가 날 만나고 싶으면 예술의 전당에 나가려던 참이니 영상자료원으로 오라고 그에게 말하지 않았더라면, 또 그리고 그날 밤 그가 느닷없이 나에게 사랑을 고백하지 않았더라면, 그러면, 우리는 지금쯤…… 생각의 둑이 터진 양 내 머릿속은 그날 그 장소 그에게로 달려갔다가는 오 년여의 세월을 거쳐 다시 지금 어둠 속에 눕지도 앉지도 못하고 세 개의 베개에 곧추 기댄 채 쏜살같이 내달리는 수없는 영상에 시달리고 있는 그의 야위고 야윈 몰골로 되돌아왔다. 우리가 집을 떠나 병원에 들어온 지 한 달이 되어가고 있었다.

"나 만난 것 후회하지 않지?"

나는 무엇을 확인하고 싶은 것인가. 말을 한다고 하긴 했으나 너무 유치한 물음이 되고 말았다. 육체의 고통이 그에게서 소리를 앗아가버리자 나도 소리를 낼 수 없었다. 소리 없이도 우리는 한 몸의 손과 발처럼 서로 어긋남이 없었다. 그는 여기가 어디냐는 듯 눈을 휘둥그렇게 떠본 다음 나와 눈을 맞추자 안심이 되었던지 힘 없이 눈꺼풀을 내리며 다시 고개를 끄덕였다. 내 목구멍 속에 억눌려 있던 구역질이 터져나오려 했다. 입덧으로 핼쑥해진 나를 더욱 미안스레 바라보는 그의 시선이 참기 어려워 나는 그 앞에서 구역질을 하지 않으려고 안간힘을 썼다. 메스꺼움을 가까스로 안으로 삭이며 내 몸이 그의 딱딱하게 부푼 배에 닿지 않도록 조심하며 나는 그의 볼에 내 볼을 가져다 대었다. 볼을 마주 대고 있는 이 순간 세상이 정지해버리고, 그리하여 그도 나도 함께 영원으로 이어질 수 있는 길은 없을까. 기적처럼, 전설처럼…… 내 바람이 그의 볼에 압박을 주었던지 그의 입술은 잠시 움직임을 멈추고 고요해졌다. 나는 그에게서 볼을 떼고 그의 감겨진 눈을 오래 들여다보았다. 눈꼬리가 약간 위로 올라간 채 선하게 감겨진 그의 눈. 그에 대한 어느 기억보다 익숙한 모습이었다.

그는 출근길 차를 타고 있는 동안 내내 예의 눈을 감은 모습으로 잠을 자곤 했다. 공휴일이면 집에서도 아이와 함께 햇고구마를 김치 곁들여 먹는 시간을 제하고는 오전 오후 나른해지도록 낮잠을 즐겼다. 하루에 대여섯 시간 잠을 자는 나와는 대조적으로 그는 너무도 쉽게 그리고 너무도 달게 잠에 빠져들곤 했다. 나는 속으로 그런 그의 느긋한 품성이 부러움다 못해 잠에 대한 질투로 정발산으로의 소풍을 기획하곤 했고 그는 정발산에 가서도 나와 배드민턴을 한두 차례 치고 나면 어김없이 풀을 베고 아이와 한숨 자는 것을 잊지 않았다. 그렇게 단잠을 자는데도 그의 몸에 살이 오르지 않는 것이 신기할 정도였다. 차에 타거나 소파에 눕거나 하다 못해 내가 생일 선물로 사다 준 허리 받침이 긴 의자에서도 그는 늘 눈을 감고 있는 시간이 많았다. 옆에서 내가 "뭐해? 잠자는 거야?" 하고 얄궂게 깨워 물으면 그는 눈을 뜨지 않은 채 가장다운 목소리를 가장하며 "으음, 구상!"이라고 짐짓 진중하게 내뱉었다. 내가 그의 말을 곧이곧대로 들은 때는 거의 없었다. 다만 나는 살이라곤 붙질 않는 그의 얇은 몸과 머릿속에 깃들인 놀랄 만큼 풍부한 구상(생각)을 인정하고 존중해줄 따름이었다. 어떤 이미지 뭉텅이가 머릿속에 들어오면 글 쓰기를 시작해 유화를 그리듯 덧칠해가면서 초벌 재벌 손질해가는 나와는 달리 그는 처음부터 끝까지 머릿속에 구성(그가 즐겨 쓰는 용어로 '와꾸')을 쫙 짠 다음 일사천리로 써나가는 형국이었다. 내가 "무슨 구상을 그렇게 밤낮 없이 해?" 하며 그를 방해하려고 다그치고 보면 어느새 그는 조용해져 있었다. 잠이 든 것이었다.

"이건 아니야, 무엇인가 잘못돼도 크게 잘못되었어."

무엇이, 어디서부터 잘못되었는가. 그는 내 말을 듣고 있지 않는 듯 환영을 쫓아가느라 여념이 없었다. 나는 그의 몸 위로 무너지지 않으려고 안간힘을 쓰며 피가 나도록 입술을 깨물었다.

"정임아, 염려하지 마. 몸 속에 있는 불순물이 모두 빠져 나가면 정상으로 될 거야. 나만 믿어."

가엾은 사람. 어떻게 자기를 믿으란 말인가. 그는 언제나 나에게 오라버니처럼 말했다. "나만 믿고 따라오면 돼." 입원한 지 보름 만에 확진 결과가 나왔다. 암종증. 99.9퍼센트의 확증을 가지고도 복강 내에 퍼져버린 암세포의 센터(근원)를 찾아내지 못해 'ㅇㅇ암'이라고 진단을 내리지 못하고서 암종증이란 생소한 병명으로 결론지어졌다. 암종증이란 모든 종류의 암이 마지막 단계에 도달했을 때 이르는 말이었다. 그는 앞의 네 단계를 뛰어넘고 막바로 마지막에 이른 셈이었다. 그는 꿈에도 자기가 암에 걸리리라는 것을 상상하지 못했을 것이다. 누구나 암이란 백혈병이란 에이즈란 나와는 상관없는 남의 일로 생각하며 살 듯 우리도 예외는 아니었다. 그에게 이 사실을 어떻게 이야기할 것인가.

"그래, 난 언제나 소진씨를 믿어. 그런데……."

악성 종양이래. 그것도 약도 못 쓰는, 최악이야. 나는 하마터면 사실을 말할 뻔했다. 아니 그래서는 안 되었다. 사실 나는 밤낮 없이 그를 지키면서 그에게 있는 대로 사실을 알리는 방법을 궁구하고 있었다. 그가 이 사실을 어떻게 받아들일까. 그가 이 사실을 가장 잘 받아들일 수 있는 최선의 방법, 그러니까 가장 인간적인 방법은 무엇일까. 거꾸로 내가 그의 자리에 누워 있고 그가 내가 된다면 이 일을 어떻게 할 것인가. 오오 소진씨, 제발 제게 그 길을 알려주소서. 너무도 잔인합니다, 당신은. 당신이 죽는다는 사실을 어떻게 제 입으로 말하라는 것입니까. 생각만 해도 끔찍했다. 나는 두려움 속에 치를 떨며 그 순간을 맞을 방법을 찾아내지 못한 채 시간만 보내고 있었다. "아주 나쁜 사람들이야." 그는 보름이 지나도록 이렇다 하게 병명을 말해주지 않는 냉담한 의료진에게 분노하고 있었다. 나쁜 사람들. 그 말은 그가 할 수 있는 최대의 비난이었다. 그러나 나는 그 말의 장본인이 나처럼 여겨졌다. 그를 보호한답시고 그가 그토록 안타깝게 기다리는 결정적인 사항을 미루고만 있지 않은가. 그의 몸 상태를 가장 잘 아는 이는 바로 그였다. 그는 고개를 갸웃하다가 고개를 떨구는 일이 많아졌다. 복통의 괴로움과 환각으로 인한 불면 이외에 변을 누지 못해 며칠 동안 고통을 받았고 변을 누게 되는가 싶어지자 또 며칠 설사로 이어져 마침내는 화장실에 걸어가는 일조차 힘들어졌다. 그는 두 팔로 침대를 받치고 고개를 바닥으로 뚝 떨군 채 도저히 추스려지지 않는 몸에 절망했다. 그래도 나는 입을 열지 못하고 그를 바로 쳐다보지 못한 채 수발 시중에만 열중했다.

"태형아, 이리 왓!"

그의 팔이 힘차게 허공을 가로질러 누군가를 붙잡으려 했다. 나는 재빨리 그의 팔을 거두어 내 손 안에 부여잡았다. 그 동안 잊고 있었던 태형이가 생각나서 가슴이 찢어질 듯이 아팠다. 그는 아이에게 한번도 큰 소리친 적이 없었다. 아이가 사랑스러워 볼을 살짝 꼬집어주거나 발가락을 깨물어주기에도 아까워 어쩔 줄을 몰라했다. 그런 태형이 그의 말을 듣지 않은 모양이었다.
"태형이 자꾸 밖으로 나가려고 해서……."
꿈이었나. 아니 꿈이 아니었다. 그에게 더이상 꿈은 존재하지 않았다. 그의 꿈이란 환각의 실체들을 걷어내고 우리의 적당히 고달프고 적당히 행복했던 현실로 돌아가는 것이었다. 불과 한 달 전의 현실로. 나는 고였다가 방울져 내리는 눈물을 훔치며 그의 손을 꼬옥 잡았다. 그는 퀭한 눈으로 그러나 순하디순하게 나를 어루만지며 뼈만 남아 더욱 커다랗게 변한 손으로 까칠한 내 머리칼을 쓱쓱 쓰다듬었다. 나도 시큰거리는 콧부리에 힘을 주며 누이처럼 그의 몸을 쓰다듬기 시작했다. 손을 뗀 지 불과 십 분도 되지 않아 내 손은 다시 능숙하게 그의 불편한 곳을 찾아가 쓸어주었다. 뱃속의 복수가 불어날수록 복강 내의 뼈들을 위로 치받아 결림이 심해졌고 복수를 빼내고 나면 빼낸 만큼 그 동안 위치를 잃었던 뼈들이 아래로 내려앉으면서 말할 수 없는 통증을 몰고 왔다. 그는 결림과 통증을 오로지 내 손끝에 의지한 채 묵묵히 견디고만 있었다. 나는 약도 못 쓰고 시각시각 줄어드는 그의 몸무게를 지켜볼 뿐 주문을 걸 듯 그의 배를 애무하는 데 온 힘을 쏟았다. 그는 시계방향으로 배를 쓸어주되 손끝에만 아주 미세하게 힘이 들어간 상태를 좋아했다. 그렇게라도 그가 편안할 수 있다면 나는 내 손마디가 뭉그러질 때까지 그의 배를 쓸어주고 또 쓸어줄 텐데…….

얼마나 시간이 흘렀을까. 잠깐 졸았는지 손바닥만한 창문 밖은 여전히 어두웠다. 창문 위에 매달린 팬은 여전히 덜덜 덜덜 돌아가고 있었고 같은 방의 세 채의 다른 침상에서는 환자와 보호자가 뒤엉긴 채 깊은 잠에 빠져 있었다. "천생 연분이구먼, 천생연분! 아프다는 말 한마디 않는 바깥양반 이나, 힘들다는 내색 한번 않는 안쪽이나이. 똑겉이 말소리 없이, 둘이 그저 그림 겉구먼. 아즉 젊은 양반들이, 그래 무 슨 병이랴아? 그라고 잠은 언제 자남? 쌩으루 날 쌔는 것 겉던디? 저 새댁은 통 먹지도 않고…… 쯧. 환자를 간호하 려면 환자보다 더 잘 먹어야 하는 게 철칙이여 철칙." 우리 와 대각선에 놓인 아저씨는 순천에서 광주를 거쳐 여기까지 오게 된 간염 환자였다. 오전에 잠깐 집에 다녀오니 병실 문 옆에 웬 자질구레한 이삿짐 보퉁이가 부려져 있었다. 까 무잡잡한 순천댁 아주머니는 오는 날부터 머리를 질끈 묶어 머리채를 뒤통수 높이 올려붙이고는 병실 바닥이고 복도고 할 것 없이 수시로 물 젖은 마대 걸레를 들이미는가 하면 공동 냉장고와 공동 욕실도 부지런히 오갔다. 처음 우리가 703호라 쓰인 이 방에 들어왔을 때는 모두 머리가 허연 할 아버지들이 침대에 앉아 우리를 맞아들여서 보통 민망한 것 이 아니었는데 사십대 후반이기는 했지만 순천아저씨 내외 분이 들어와서는 병실이 활기 아닌 활기를 띠었다. 순천댁 은 일 주일을 못 넘기고 잔뜩 근심을 담은 얼굴로 퇴원장을 요구해 광주로 내려갔다. 내려가면서 순천댁이 한 한마디가 마음을 더 무겁게 했다. "큰 병원이라고 더 나은 것도 없네

라이. 엠병 검사만 받다 판나부렀어. 여그 오면 금시 싹 나아뿌릴까 믿었는디, 여나 거나 깝깝하구먼. 이 참에 확실히 안 것은 병 고치는 데가 병원이 아니라 병 더 나는 데가 병원이라는 것이제잉!" 우리가 들어오고 나서 703호 병실은 우리를 제하고는 벌써 세 팀이 바뀌었다.

창밖으로 날이 새고 있었다. 나는 거칠게 돌아가는 팬을 노려보았다. 시멘트 바닥에서 올라온 한기가 그대로 살 속에 박혀 내 몸뚱어리는 냉동실에서 이끌려온 정육점의 고깃덩어리처럼 뻣뻣하게 굳어 있었다. 배 위에 가만히 손을 얹었다. 뱃속에 새로 자리잡은 생명은 아무런 움직임도 없었다. 이제 겨우 삼 개월이 되었을까 말까. 움직임이 없는 것은 당연했다. 그는 지난해 초부터 가까운 사람들에게 나 들으라는 듯이 말하곤 했다. "이번엔 딸을 낳을 거다!" 그의 너스레에 정작 그의 소망을 실행해야 할 나는 난색을 하며 멀찍이 물러나 앉았고 친구들은 그의 확고부동한 목소리 톤에 폭소들을 하며 농담을 얹었다. "그래, 이번에는 니가 낳는 거냐?" 그의 가슴팍은 언제나 얇고 여위었으나 속은 차돌박이처럼 단단했고 나는 그 속에 그의 2세에 대한 자신감이 깃들여 있음을 보고 놀라곤 했다. 결국 일 년여의 그의 대외용 너스레와 암묵적인 압력을 견디다 못해 올 초 그에게 지고 말았다. 내가 그를 한번이라도 이긴 적이 있었던가. 결혼하는 순간부터 아니 그를 만나는 순간부터 그를 이겨내는 수가 내게는 없었다. 그는 언제나 내게 지는 듯이 이기는 강한 사람이었고 겉보기엔 아무것도 없는 듯이 가냘프게 보이면서도 안으로 모든 것을 갖춘 올찬 사람이었다. 짧은 기간이었지만 맨몸으로 시작하다시피 한 우리의 생활이 올해부터는 어느 정도 안정 국면에 들어갈 참이었고 무엇보다 어머니와 아이, 우리 가족 구성원에 대한 신뢰와 믿음이 그 어느 때보다 충만해 그와 내가 열어가야 할 미래에 대한 자신감도 그만큼 넘치고 있었다. 아이 하나로 족하다는 처음의 내 결심이 아이가 자라나면서 생각이 바뀌어간 탓도 있었다. 부모로서 아이에 대한 가장 큰 의무는 교육환경이나 경제적인 뒷받침보다 세상살이의 버팀목이 되어줄 수 있는 피붙이를 갖게 해준다는 것.
"정임아, 우리 지금 어디로 가고 있는 거지?"
그의 표정을 주시하며 졸다 깨다 한 새벽녘엔 꿈도 아니고 현실도 아닌 기괴한 착각에 빠져들곤 했다. 어둠을 가르며 내가 의아해하고 있는 사이 눈을 뜨지 않은 채 그가 물어왔다. 그는 밤의 대부분을 창문 쪽 침대 난간에 두 팔을 얹고 그 위에 머리를 숙이고 있거나 침대 난간에 등을 빳빳이 기댄 채 반쯤 뜬눈으론 허공을 헤매고 있었다.
"어디쯤 가고 있는 것 같아?"
나는 그의 물음에 담담한 목소리로 되물었다.
"태국쯤?······"
나는 그의 생각을 수정하지 않았다. 우리는 전생의 어느 한 시기로 끌려가 있는 것 같기도 했고, 일제시대의 좁은 감방 안에 들어와 있는 것 같기도 했다. 분명한 것은 우리는 지금 우리가 알 수 없는 어디론가 끌려가고 있다는 사실이었다. 어디로? 무엇이 우리를 끌고 가고 있는가? 그 이상으로 생각을 잇는 데 나는 한계를 느꼈다. 생각의 끝에 다

다르면 검은 내부를 감추고 있는 둥그런 항아리 입이 내 의식을 뒤덮었다. 아이러니컬하게도 나는 본능적으로 무섭도록 이성적이 되지 않으면 안 되었다. 내게 위협적으로 다가온 현실에 대한 자각이 그 이상으로 생각을 끌고 올라가지 못하도록 만들었다. 다만 나는 알고 있었다. 내가 통과해야 할 어둡고 긴 터널의 반도 못 미치고 있다는 사실을. 이 터널을 빠져나가면 무엇이 우리를 기다리고 있을 것인가.

"그래, 나도 꼭 태국에 온 것 같아."

나는 목소리에 고이는 습기를 억제하며 그의 말에 동의해주었다. 그가 태국에 가보았던가? 그가 가본 데라고는 미아리 산동네의 이 구석 저 구석, 그러니까 장석조네 사람들이 올망졸망 모여 살던 기찻집 주변과 그가 고철 부스러기를 주우러 다니던 동방이라고 부르는 언덕배기, 그리고 아버지가 들고 나던 돌산을 제외하고는 그리 많지 않았다. 기껏해야 지난해 한 열흘 중국을 다녀온 정도가 그가 세상에 태어나 가장 멀고 긴 나들이를 한 것이었다. 그런데 태국이라고? 나는 그가 왜 뜬금 없이 태국에 와 있는 것 같다고 말하는지 알 것 같았다. 그는 내가 이 방을 일제시대 감방처럼 느낀 것처럼 태국의 어느 어수선한 여관방처럼 낯설게 느끼고 있는 것이었다. 낡고 지붕이 낮은 병실에 거주하는 우리의 현실이 너무도 낯선 것이었다.

나는 가만히 그의 손을 이끌어 내 배 위에 올려놓았다. 나는 숨을 한번 홉 들이마시고는 입을 열었다.

"우리, 아이만 생각하기로 해, 응?"

내 뱃속에 그의 새 생명이 자라고 있다는 것, 그것 이외에 그에게 용기를 줄 길이 내겐 없었다.
"너에게 이런 모습을 보이다니. 정임아, 미안하다."
아니었다. 그가 내게 미안해할 일이 아니었다. 내 배 위에 서로의 손을 포개고 우리는 숨죽여 흐느꼈다. 나는 알고 있었다. 눈물겹게도 그가 최선을 다하고 있다는 것을. 그런 그가 나는 한없이 고마웠다. 뱃속의 아이를 의지해서 그가 소생하기만 한다면. "어떻게 할 건가요?" 어느 날 복도에서 절망적인 이야기를 나누던 끝에 정연씨가 내 배를 주목하며 물었다. 외과의인 만큼 이성적인 안목이 번득이는 질문이었다. 나는 침을 한번 꼴깍 삼킨 다음 의연히 대답했다. "그것이야말로 너무나 쉽게 답이 나와 있지요." 정연씨는 매주 수요일마다 들러서는 소진씨의 차트를 정밀하게 읽고 나름대로 분석하기를 게을리하지 않았고 소진씨는 주치의의 순간적인 회진보다는 정연씨의 설명을 귀담아들었고 정연씨가 늦어지거나 다른 사정으로 오지 못하는 날에는 매우 답답해하며 눈이 빠지게 그를 기다렸다. "어떤 일이 있더라도 낳을 겁니다. 이 아이는 소진씨가 제게 준 마지막 선물이에요. 삼 년 전 태형이 큰아버지가 돌아가셨지요. 그이는 형이 세상의 무게를 견디지 못하고 아버님 곁으로 가셨다고 썼습니다. 대신 태형이 태어났으니, 이 땅의 총수는 결국 불변이라고요." 정연씨는 대견함 반 안타까움 반의 눈길로 한동안 나를 바라보다가 말없이 손을 내밀었다. "지금 누구보다도 정임씨가 정신차리지 않으면 안 됩니다. 사실 전 소진씨를 이런 인연으로 뒤늦게 만났지만, 소진씨와 정임씨를 만나고 돌아간 후에는 많은 생각을 하게 됩니다. 외과 의학도로서

짧지 않은 시간을 보내면서 무수한 젊은 죽음들을 경험했지요. 하지만 이번 소진씨와 같은 경우는 저에게 간단하지 않은 많은 것을 생각하게 합니다. 소진씨가 저와 같은 나이이기도 하고 또 정임씨가 제 아내의 절친한 친구이기도 해서 더 그럴지도 모르지요. 하지만 분명한 것은 앞으로 소진씨의 병은 아주 빠르게 진행될 것이라는 점입니다. 이 점을, 앞뒤 경황이 없겠지만, 정임씨가 놓쳐서는 안 됩니다. 그리고 서운하게 들릴지도 모르지만, 우린 친구이니까, 뱃속의 아이에 대해 좀더 현실적으로 생각해보길 바랍니다. 정임씨가 뱃속의 아이를 어떻게 한다고 한들 아무도 정임씨한테 뭐랄 사람은 없습니다. 가톨릭 신자조차도 지금 상황에서는 입을 다물 겁니다. 저 역시 독실한 크리스천이지만 이론과 현실은 이만큼 거리를 가지고 있고 잔인하다는 것을 감히 깨닫습니다." 나는 정연씨가 내민 손을 마주 잡고 힘을 힘껏 준 다음 엘리베이터 쪽으로 발걸음을 떼며 말했다. "정연씨, 솔직히 밤이면 밤마다 뱃속의 아이에 대해 생각합니다. 이 아이의 미래에 대해 생각합니다. 이 아이가 태어날 때쯤이면, 그때쯤이면, 소진씨나 저나 어떻게 되어 있을까요. 당장 내일, 아니 길어야 몇 달 후, 가까운 미래의 일이지만 전혀 생각할 수 없습니다. 아버지라는 존재를 모른 채 살아온 사람이 저입니다. 제 나이 겨우 한 살 때 아버지가 돌아가셨지요. 소진씨가 지금껏 작품 속에서 끈질기게 매달려온 것은 아버지였습니다. 한평생 불행하게 살다 가신 아버지였지요. 그가 제 곁에서 아버지에 대한 연민과 안타까움으로 끙끙거리고 있을 때 저는 무슨 생각을 한지 압니까.

'그래 당신 살났다. 당신은 잘났든 못났든 얼금뱅이든 개흘레꾼이든 아버지라도 있었잖느냐, 아버지라는 존재의 그늘이 있었잖느냐. 난, 당신이 안쓰러워 죽고 못 사는 그런 아비라도 있었으면, 나도 날 낳아준 애비한테 불경스럽게도 개흘레꾼이라는 상스러운 이름을 붙이더라도 그런 대상이 한 세상 함께 했었으면 하고, 한없이 당신이 부럽다' 였죠. 그러니 지금 제 머릿속은 어떻겠습니까. 못 먹고 못 자고 똥물조차 넘어오지 않는 몸으로 차가운 시멘트 바닥에서 버티고 있는 지가 한 달이 되어갑니다. 무슨 힘으로 이렇게 살고 있는지 저조차 신기한 일입니다. 초인은 아닐 텐데 말이지요. 하루하루 목숨을 줄여가는 사람과 하루하루 자라나는 생명을 동시에 바라보며 껴안을 수밖에 없는 처지가 바로 저입니다. 저에게 온 그 둘의 운명을 저는 저버릴 수 없습니다." 나는 울지 않으려고 안간힘을 쓰느라 이를 우두둑 갈고 있었다. 정연씨에게는 빠뜨리고 말을 못 했지만 태형을 위해서라도 이 아이는 세상에 꼭 존재해야 했다. 그러나 나는 정연씨의 진심에서 우러나온 염려와 조언은 평생 잊지 못할 것이었다.

 정연씨가 돌아가고 어두운 복도를 걸어오면서 삼 년 전, 태형이 태어났을 때를 상기했다. 작품에서는 줄곧 화두로 삼아온 것이 아버지에 대한 기억과 몸부림이었지만 역으로 그는 간절히 한 아이의 아비가 되기를 바랐다. "한시라도 빨리 결혼해서 가정을 꾸리고 싶습니다." 결혼에 대한 아무런 준비도 되어 있지 않으면서 그는 매번 철부지처럼 나에게 결혼을 졸랐다. "궁전에 온 것 같아요." 신행에서 새 살

림집으로 돌아와서 첫 밤을 보내는 날 그는 원앙이 수놓인 금침을 펴는 내 손을 부여잡았다. '궁전이라고?' 나는 크게 웃음이 나오려는 것을 얼른 안으로 접어넣으며 그의 얼굴을 찬찬히 뜯어보았다. 내가 과연 어떤 사람과 결혼한 것일까, 라는 뚱딴지 같은 의문이 새삼 고개를 들었고, 비로소 내가 결혼한 사람이 머물고 있는 생각의 언저리를 공유해야 하는 일이 내게 주어졌음을 스스로 상기시켰다. 나는 그의 순진한 눈동자를 앞에 두고 '궁전' 같다는 이 집의 의미를 마음속에 되새겼다. 차마 집이라고 말할 수 없이 작고 초라했던 그의 미아리집이 떠올랐다. "내겐 너무 과분해요, 이 모든 것이." 그는 자못 진지해졌고 나는 잠자리를 마저 펴지 못하고 그에게 손을 붙잡힌 채 이불 위에 앉은 황금빛 원앙만 바라보았다. 막상 결혼을 하고 나니 그는 내가 결혼하기까지 번뇌와 망설임으로 보낸 시간이 헛되다고 할 만큼 가정에 충실했고 주어진 가장 역할을 흔쾌히 수행해나갔다. 아이가 태어나기까지 그가 바친 순정한 마음을 나는 고스란히 내 몸에 받아들였고 그의 지난한 정을 뱃속의 아이에게 전했다. 아이가 태어나자 그는 세상을 얻은 듯이 뿌듯해했다.

"태형이 보고 싶지?"

그는 고개를 저었다. 다만 웃을 뿐. 나는 그의 눈매며 코며 입이며 귀를 물수건으로 차례차례 닦아주었다. 아이를 만나기가 두려워서 아이에게 자신을 보이기가 부끄러워서 그는 아이가 보고 싶다는 말을 입 밖에 내지 않았다.

"집에 가고 싶지 않아?"

내가 잘못 물어본 것처럼 그는 휘둥그렇게 눈을 뜨고 나

를 쳐다보면서
"집에 가면 어떻게 해? 낫지도 않았는데."
하고 나무라듯 말했다. 나는 낫겠다는 그의 의지가 고마우면서도, 그 고마움을 뚫고 무섭게 치받고 올라오는 절망감에 숨을 죽이고 말았다. "우리도 양성이길 바랐는데, 불행하게도 악성입니다. 할 수 있는 데까지 최선을 다하겠습니다." 담당의는 기계적인 말투로 그에게 쏜살같이 말했다. 그는 우물쭈물 물러서는 담당의에게 예의를 갖춰 절을 했다. 나는 각오를 하고 있었다. 그가 어떤 반응을 하더라도 받아낼 준비가 되어 있었다. 내가 해야 할 것을 담당의가 하고 나니 서 있던 바닥이 푹 꺼져버린 듯 허전하기 짝이 없었다. 나는 그에게 무엇인가. 누구인가. 부끄러웠다. 이제 그가 나보다 모르는 것은 없었다. 나는 그의 곁에서 조용히 기다렸다. 그는 담담한 표정으로 전혀 동요하지 않았다. 나는 불안해졌다.
"눈사람 속에 깨진 항아리를 감춰두고 하루 종일 나갔다 들어오니깐 엄마는 아무렇지도 않게 나를 맞이하는 거야. 평소와 다름없이. 엄마가 쳐댈 악다구니를 기대하며 잔뜩 겁을 집어먹고 슬금슬금 들어왔던 내 심정은 어땠겠어. 소설의 결론을 어떻게 맺을까. 곰곰이 생각해봤지. 그런데 따로 결론이 없는 거야. 그냥 그렇게 끝나는 거지. 있을 거라는 것이 없을 수도 있는 거. 황당함 저편으로 새로운 지평이 확 열리는 기분이었어. 결론은 달리 없이. 그게 세상인 게지. 후후." 지난 연말이었던가. 퇴근길에 그를 태우고 자유로를 달리고 있었다. 행주산성을 끼고 이어지는 커브길을 도는데 그는 모처럼 신이 나서 구상을 마치고 막 쓰기 시작한 소설의 대강을 이야기했다. 그런 일은 종종 있어왔던 터였지만 그날만큼은 그가 꽤 흥분해 있었다. 아마 『열한 살의 푸른 바다』 이후 처음이 아닌가 싶었다. 동화를 탈고하고 나서 그는 한 달 반 동안 행복해했는데 이유는 자기의 아이가 커서 읽을 수 있는 소설을 써냈기 때문이었다. 그러니까 아비가 무엇을 하는 사람인지 아이도 알아볼 수 있는 일을 해낸 뿌듯함이 옆에서도 느껴질 정도로 오래갔다. "눈사람 속의 항아리. 어때, 뭔가 오는 게 없어?" 어머니와 함께 고모댁에 가 있는 아이를 데리러 상계동에 갔다가 애 데리고 오기가 수월찮았는데 앉은 자리에서 금방 데려가려느냐는 어머니의 퉁바리에 그는 아이 이름도 못 불러본 채 돌아 나오면서 그 길로 미아리에 들렀던 모양이었다. 내가 새로 시작한 연재를 잘 써내라는 뜻으로 그는 일찌감치 짐 싸보내듯 아이를 어머니한테 딸려 고모댁에 보냈고, 나는 애까지 밖으로 내몰면서까지 글 쓰는 티를 내고 싶지 않다며 그에게 부득불 어서 아이를 데려오라고 했다. 그는 연말 연초에 집중된 밀린 원고를 써대느라 눈코 뜰 새 없이 바빴고 술에도 웬간히 지쳐 있었지만 내 말에 순순히 반나절 시간을 내어 아이를 데려오겠노라고 했다. 계속 원고에 술에 밀리느니 바람이나 한번 쐬일 겸 소재도 찾을 꿍심이 없지 않았던 거였다. 그 길에서 찾아낸 이미지가 눈사람 속의 항아리였다. 저 좋아서 글 쓰기에 몸을 내맡겼지만 늘 좋은 것만은 아니었고 오히려 고역인 경우가 대부분이었는데 그가 제일 잘 알고 잘할 수 있는 소재가 몰캉몰캉하게 김이 나는

동행 177

살아 있는 이미지와 함께 잡힐 때에는 열에 들떠 유난히 말이 많아졌다. "눈사람 속의 항아리라." 나는 핸들을 잡은 채 흔들림 없이 앞만을 응시하며 웬 항아리 게임을 나와 벌이려느냐고 그에게 우스개 농담을 던졌다. 그가 이번에 항아리 소설을 써낸다면 둘이 둘씩 숫자로는 비기는 것이었다.
"우리 병원을 옮겨야 할 것 같아."
나는 한껏 주눅이 든 목소리로 그의 눈치를 보며 말했다. 그의 몸은 폭발물이라도 품은 양 툭 건드리면 터질 듯이 벅차게 느껴졌다. 지레 짐작이었나. 그는 담당의가 다녀가기 전이나 뒤나 아무런 반응을 보이지 않았다. "얼마 남지 않았답니다. 종수씨." 나는 평소와 다름없이 출근길에 들러 소진씨 곁에 머물다가는 병실 문을 나서는 종수씨를 배웅하다가 참았던 오열을 터뜨렸다. "그게 무슨 말입니꺼, 정임씨." 종수씨는 얼굴 근육을 험하게 일그러뜨리며 뚫어져라 내 얼굴을 응시했다. "몇 달, 아니 두 달, 한 달도 못 살지도 몰라요." 종수씨는 하루도 빠지는 일 없이 아침 저녁, 심지어는 새벽까지 우리를 찾아와서 누구보다 소진씨의 상태를 잘 알고 있었다. "저쪽(암센터)에서도 도리가 없다는군요. 지금 상태로는 약조차 엄두도 못 내지만, 우리가 원한다면, 몸 상태가 조금이라도 양호해지는 시기를 봐서 약을 써보는 선에서 손을 떼겠다는 겁니다. 그러면 퇴원을 하든지 하라고……" 내 입에서 퇴원이라는 말이 나오자마자 나는 그가 겪고 있는 시뮬레이션 현상이 전이되어온 듯 잠깐 의식이 명멸하는 것을 느꼈다. "도대체 이 병원에서 무얼 했다고 이제 와서 퇴원을 하라는 겁니꺼!" 듣다 못해 종수씨가 버럭 소리를 지르며 내 몸을 사정없이 흔들었다. "종수씨, 소진씨를 살려야 해요! 꼭 살리고 말겠어요! 저는 종교가 없지만, 이제부터 제 종교는 기적이에요, 기적!" 나는 정신을 잃지 않으려고 창밖 한 군데만을 바라보며 마력을 모으듯 울부짖었다. "정임씨, 병원을 옮깁시다. 이런 극악한 병실에 있는 소진이나 정임씨나 더 눈뜨고 못 보겠습더. 예?" 종수씨는 무슨 생각이 났는지 허겁지겁 엘리베이터를 타고 사무실로 향했다. "무슨 방법이 있을 깁니더!" 나는 눈물 젖은 눈으로 꼼짝하지 않은 채 닫힌 엘리베이터 문만 바라보고 서 있었다. 문이 닫히려는 찰나 그가 내게 던진 마지막 구절이 귓가에 쟁쟁했다. 무슨 방법이 있을까. 서로 피붙이 형제보다 더 의지하며 살던 종수씨였다.

"병원을? 으응, 그렇지."

그는 중요한 사항을 잠시 망각했던 듯 기억을 환기시키며 고개를 주억거렸다. 복도에서 어느덧 슬리퍼 오가는 소리가 분주하게 들려왔다. 시계를 보니 새벽 다섯시 반이었다. "정임씨, 한방 쪽으로 옮겨봅시더, 예?" 오후가 되기도 전에 종수씨는 달음박질 선수처럼 내게 달려와서는 애원하듯 말했다. 나는 종수씨의 의견이라면 무엇이든지 좇을 마음의 준비가 되어 있었다. 그것은 곧 소진씨의 마음이기도 했다. "그쪽에서 최선을 다해보겠다고요." 이쪽에서도 최선을 다하고 있었다. 그러나 최선을 다하되 처방법이 없었다. 어디까지나 양의학, 그러니까 과학적인 원칙에 입각한 통계에 따른 대증요법에 소진씨의 몸을 맡기고 있을 뿐이었다. 이곳의 의사들이란 그러니까 과학자의 다른 이름일 뿐 인간의

동행 179

마음까지 아우르며 보듬어가는 존재들은 아니었다. "그쪽에 길이 있을지도 모릅니다. 우리 몸이란 잘 맞는 약재 한 가지만 찾으면 불가능에서 기적이 일어나듯 거짓말처럼, 정말 언제 그랬냐는 듯이, 싹 낫는 경우가 왕왕 있다는 거예요. 정임씨, 이쪽에서는 확실한 진단명도 내리지 못하고서, 이제 와서 나가라는 것 아닙니꺼." 종수씨는 마치 그곳에 가면 나아질 수 있기라도 하듯 확신에 찬 목소리로 나를 설득하려 하였다. 나는 종수씨가 그토록 열정적으로 설명하지 않아도 이미 그에게로 마음이 기울어져 있었다. 언젠가 정연씨가 일렀던 말이 생각났다. "중심은 여기에 두되 밖에서 동원할 수 있는 모든 것을 하십시오." 정연씨의 말에 힘을 얻어 이곳에서 보내는 동안 한방 쪽의 지원을 계속 받아온 것은 사실이었다.

"정임아, 지금까지 나에게 일어나고 있는 상황을 차근차근 말해주겠니?"

아! 나는 절로 탄식이 터져나오고 말았다. 나는 그가 내가 알고 있는 모든 것을 알고 있다고 생각해왔다. 심지어는 내가 그에게 사실을 말하지 못하고 쩔쩔매면서도 그는 다 알면서 그저 나를 건너다보고 있으려니 생각했었다. 그런데 그는 지금 나에게 무엇을 요구하고 있는 것인가. 나는 다시 며칠 전 '얼마 남지 않았다'는 주치의의 통보를 접하던 날 아침에 빠졌던 혼란이 되살아남과 동시에 그에게 해줄 수 있는 가장 핵심적이고도 가장 덜 놀랄 수 있는 대답을 찾고 있었다. 그는 침대 난간으로 등을 끌어올리려 애를 쓰며 내 말을 들을 준비가 다 되어 있다는 듯 내 입을 바라보았다.

나는 어이없이 그를 쳐다보다가 그가 편안할 수 있는 자세를 눈으로 그려본 다음 그의 겨드랑이에 내 머리를 끼워넣고 그의 몸을 위쪽으로 곧추 세워주려고 했다.

"그러니까, 소진씨는 악성 종양이야. 어디에서 연원되고 있는지 중심을 찾지 못한 채 여기까지 왔지. 다만 세포가 복수로 인해 복강 내에 퍼져 있대."

나는 그의 축 처진 몸을 끌어올리느라 시뻘게진 얼굴로 두근거리는 가슴을 진정시키며 조심조심 그에게 말해주었다.

"으음, 그랬구나."

그는 생각에 잠기는 듯하다가 흐흡 숨을 들이마시고는 눈으로 한껏 부풀어오른 배 쪽을 가리켰다. 배를 쓰다듬어달라는 눈짓이었다. 내가 그에게 말한 것은 사형선고나 마찬가지였다. 그럼에도 그는 내가 여느 때 일상적인 집안 일들을 얘기해준 것처럼 심각하지 않게 듣고 있는 것이다. 그는 무슨 생각을 하고 있는 것일까. 그는 자기가 곧 죽는다는 사실을 아예 생각하지 않는 것만 같았다. 어느 책에선가 보았던 한 내용이 머릿속에 선명히 되살아났다. 그 책에 의하면 보통 우리 인간은 자기 앞에서 당장 '이제 당신은 죽습니다'라고 말해주어도 그것을 사실로 수용하기까지는 보통 육 개월, 적어도 삼 개월의 시간이 필요하다고 씌어 있었다. 그런데 소진씨에게 주어진 시간은 얼마인가? 그것에 생각이 닿자 몸에 소름이 죽 돋았다. 며칠 전 우리의 결혼을 주례해주셨던 김선생님께서 문병 오셨을 때 나는 소진씨에게 사실 그대로 알릴 방법을 찾지 못하고 있음을 고백했다. 그분은 이제 너 늦추어서는 안 됨을, 그가 사실을 받아들일 시간을 갖도록 해주는 것이 인간적인 도리임을 충고해주시고 가셨다. "정임아, 힘을 내거라. 슬퍼하지 말거라. 우리도 잠시 이곳에 왔다가 가는 것뿐이다. 다만 김소진이란 친구가 좀더 빨리 가는 것뿐이다. 이제 우리는 김소진이란 친구가 우리와 함께 있었지, 하고 추억하며 살아갈 뿐이다." 선생의 나직한 음성이 가슴에 박혀 시때 없이 흐르려는 눈물을 막아주었다. 나는 아직 있지도 않은 추억을 떠올리는 나 자신에게 몸서리를 치며 멎었던 기계를 돌리듯 자연스럽게 그의 배를 쓸어주기 시작했다.

"몸이 좀 튼튼해지면 약을 써볼 텐데."

말은 그렇게 했지만 여기에서 약을 써볼 길은 점점 멀어지고 있었다. 그는 몇 숟가락 뜨던 죽도 못 받아넘기며 일주일째 보내고 있는 것이었다. 급기야는 시퍼런 물을 열 컵씩 토해내기 시작했다. 나는 넘칠 듯이 출렁거리는 시퍼런 물을 종이컵에 받아내면서 무서워서 그의 몸 위로 무너지고 말았다. "괜찮아. 이 독이 다 빠지면 나을 거야. 정임아…… 나는, 괜찮아." 그는 토하는 중에도 눈물을 주체하지 못한 채 벌벌 떨고 있는 나를 달래느라 헉헉거렸다.

"한 가지 약초 뿌리라도 자기한테 맞는 것만 찾아내면, 길이 있대. 우리 몸이 얼마나 신비한 것인지, 자기도 잘 알지? 현대 의학으로는 도저히 풀 수 없는 기적 같은 비밀이 우리 몸에는 숨겨져 있고, 항시라도 우리가 풀어주기를 기다리고 있어. 종수씨가 한방 쪽으로 모든 준비를 하고 있는데, 자기가 싫다면 모두 그만두고……."

그는 종수라는 이름이 내 입에 오르자 얼른 문께를 바라보았다.
"종수……."
아침이 되었으니 곧 종수씨가 얼굴을 내밀 것이었다. 언제 봐도 반갑고 든든한 친구였다. 병실 안팎으로 사람들이 분주하게 드나들었다. 아침 식사 시간이었다. 미음을 받아 냉장고 위에 올려놓았다. 그것도 그는 받아넘기지 못해 번번이 들어온 채로 되물려 나갔다.
"여기서 멀지 않아. 한 정거장 정도. 이쪽과는 오늘 이야기해볼게."
창문 밖을 바라보며 내 말을 듣고 있다가 그는 나에게 입 가까이 오라고 손짓을 하였다. 나는 얼른 그의 입에 내 귀를 가져다 댔다.
"여깃 사람들한테 최대의 예의를 갖춰서, 공손하게, 의논하듯 말을 꺼내. 알았지?"
그는 거의 속삭였다. 나는 끝까지 지나치게 착하고 예의 바른 그의 품성에 울컥 눈물이 솟으면서 동시에 화가 치밀었다. 그는 절대 정상인이 아니었다. 몹쓸 암세포가 그의 몸을 집어삼키고 있어서만이 아니라 그의 정신이 그랬다. 불현듯 그는 이 세상 사람이 아닌 듯 생각되었다. 애초부터 그는 우리와는 다른 존재, 그저 잠시 이곳에 들른 다른 세상의 다른 존재가 아니었을까.
"응. 그래야지. 여깃 사람들도 할 만큼 했어. 최선을 다했어. 알지?"
그래 우리는 잘 알았다. 오늘이면 이 병실을 떠나 낯선 곳으로 갈 것이다. 마지막 실낱 같은 희망에 목숨을 걸고 찾아갈 것이다. 그러고 보니 숨이 막힐 듯 천장이 낮은 이 병실도 떠나려니 새로이 보였다. 소진씨의 체취가 묻은 침대며 창가, 눈물바람으로 조용히 드나들던 출입문, 절망에 절망을 얹어주던 어둡고 긴 복도, 엘리베이터 앞에서 수없이 고개 숙여 떠나보낸 얼굴들……
"정임아!"
꺼져가듯 절박한 그의 비명음에 눈을 뜨니 새벽 다섯시였다. 순간적으로 자리에서 박차고 일어나 그를 바라보았다. 그의 변을 치운 것이 네시 조금 넘은 시각이었으니 채 한시간이 못 되었다. 나는 그의 발치에 대각선으로 누워 그를 주시하다가 잠에 떨어진 모양이었다. 창가에 마련된 가습기에서 습기가 모락모락 뿜어져 나오고 있는 것을 보고 나서야 나는 며칠 전 병실을 옮겼음을 인지했다. 정신을 차리고 보니 옆 침상에서 육중한 체구의 할아버지가 요란하게 코를 골며 자고 있었다. 이곳은 중풍 환자 전문 한방병원이었고 저쪽에 있을 때부터 이곳의 진료부장은 소진씨의 상태를 가지고 한의학 의료진들과 세미나를 하며 한약 처방을 내려주고 있었다. 저쪽에 비해서 월등 병실 환경도 좋았고 병원 문을 들어서면 콧속으로 훅 끼치는 한약 냄새도 좋았다. 이곳은 그러니까, 병원이되 사람 냄새가 물씬 나는 느낌이었다. 무엇보다 소진씨가 이곳 환경에서 평온함을 되찾는 것 같아 마음이 놓였다. "최선을 다해보겠습니다. 다만 저쪽 병원에서 체력을 너무 빼앗아놔서 지금으로서는 장담을 할 수 없습니다. 우리가 주목해보는 것은 변입니다. 언제 소진씨의 변이 인간의 것으로 모양을 되찾기 시작하느냐에 소생 가능성이 달렸다고 봐야겠지요." 종수씨와 함께 인사 겸 이쪽의 소견을 듣기 위해 진료부장실에 들렀을 때 주치의는 자못 힘을 주어 말했다. 한의학과 양의학은 병에 대한 접근 방법부터 달랐고 저쪽에서 불가능한 것이 이쪽에서 치유될 수 있는 여지가 없지 않다는 사실을 여러 가지 사례를 통해 접하게 되었다. 진료부장의 방을 나서면서 불끈 힘이 솟는 것 같았다. 나나 종수씨나 모두 이곳으로 옮기기를 잘했다는 생각을 했다. 그리고 내가 없는 며칠 나아지는 기미조차 보여서 나 대신 소진씨를 지키던 그의 누이들은 조심스레 희망을 갖기도 한 모양이었다.

"내가 시키는 대로 해줘."

그는 침착한 어조로 천천히 말했다. 나는 신경을 곤두세우고 그의 말을 경청했다.

"내 위에 있는 것을 모두 치워!"

그의 말이 하도 단호해 말이 떨어지기가 무섭게 나는 그의 몸을 덮고 있던 푸르딩딩한 솜이불을 확 제꼈다.

"그리고 깨끗한 기저귀로 갈아줘. 알라신이 준 것으로……"

나는 내 귀를 의심했다. 알라신이라고? 나는 다급해진 마음으로 거칠게 그를 흔들어 깨웠다. 알라신이라면 그가 도착한 곳은 어디인가. 태국에서 서쪽으로 서쪽으로 이동해서 아라비아 반도에 머물고 있는가. 정녕 서역 만리 길을 시작하고 있는 것인가. 그는 이제 헛소리도 거의 하지 않았고 다만 손가락으로 무엇인가를 집요하게 모아 집는 동작만 되풀이했다. 기력이 떨어지면서 헛소리도 줄었고 놀라는 일도 드물었다. 바쁘게 놀아가던 기억의 페이지가 얼마 남지 않은 것일지도 모른다는 생각이 막막하게 들었다. 나는 그의 고요해진 입을 바라보며 짧은 시간이 주는 엄청난 몸의 변화에 기가 막혔다.

"무서운 꿈을 꾸었어······."

나는 그의 몸을 붙잡아 흔들던 손을 탁 놓고 말았다. 그는 정말로 꿈을 꾼 것인가?

"나를,"

악몽이 되살아나는지 그는 말을 하려다가 눈을 찌푸리며 울려고 했다. 나는 그의 손을 꼭 잡아준 다음 머리칼을 위로 쓸어 넘기며 눈가에 맺힌 눈물을 닦아주었다. 그를 진정시킬 어떠한 말도 입 밖으로 나오지 않았다. 다만 이마며 눈이며 코며 어루만져줄 뿐이었다.

"죽이려고 했어!"

나는 그의 몸을 안아주듯 두 팔로 꼭 붙잡았다. 천장에 박힌 소등용 전구가 우리 둘의 머리를 말없이 비춰줄 뿐 고요히 시간이 흘렀다. 얼마 되지 않아 그는 내 품에서 잠이 들었다. 그의 머리를 제자리에 반듯이 놓아주며 헛구역질 같은 마른 것이 목구멍에서 올라오는 것을 느꼈다. 나는 헛헛한 기분으로 배 위에 손을 얹었다. 숨을 들이마시고 내쉬는 데에 따른 움직임 이외에는 아무런 동요도 느껴지지 않았다. 더이상 내 뱃속에는 생명이 자라지 않았다. "버틸 수 있을 때까지 버틸 겁니다." 주위의 걱정을 뒤로 한 채 나는 뱃속의 생명이 소진씨에게 마지막 희망이 되고 있음을 고집스레 믿어왔다. "태아가 움직이지 않은 것은 벌써 삼사 일

된 것으로 추정됩니다. 이 상태로 어떻게 지내셨는지 이해가 가지 않는군요." 의식을 되찾고 보니 내 팔에는 링거액이 매달려 있었다. 소진씨가 이쪽 병원으로 옮겨오는 날 아침 종수씨가 들르기 전까지도 나는 내 뱃속에서 일어난 일을 전혀 모르고 있었다. 꽃무늬 벽지가 눈에 들어오면서 눈물 젖은 언니의 얼굴이 어른거렸다. 당장 소진씨한테 달려가고 싶었다. 그가 사무치게 보고 싶고, 만지고 싶었다. 있는 힘을 다해 배를 움켜잡았다. 아무리 움켜잡아도 생명이 꺼져버린 배는 허전할 뿐 아무것도 채워지지 않았다. 눈에서 하염없이 눈물이 흘러나왔다. "우는 거야?" 아이를 잃고 그에게 오니 놀랍게도 그도 눈물을 흘리고 있었다. 그가 우는 모습을 본 적이 있었던가. 그는 우는 일이 없었다. 그의 형이 세상을 뜨셨을 때도 그는 짝 잃은 외기러기처럼 홀로 상주의 자리를 지킬 뿐 눈물을 보이지 않았다. 그런데 웬 눈물인가. 기이했다. 그러고 보니 며칠 사이에 눈이 두 배로 커져 있었다. 살이 거의 다 빠져나간 까닭이었다. 수정처럼 맑고 투명한 눈물이 그의 눈에서 그칠 줄 모르고 흘러내렸다. 거짓말 같았다. 그가 모든 것을 알고 있을까. "우는 게 아니야." 그의 큰누이가 나를 달래주느라 안쓰러운 눈길을 보내며 말했다. "소진씨, 우는 거 아니지? 그냥 눈물이 흐르는 거지? 그냥 눈물일 뿐이지?" 나는 커다란 새처럼 가녀리게 헐떡이고 있는 그를 붙잡고 확답을 듣고야 말겠다는 듯 거듭 물었다. 그는 내가 듣고 싶은 대답을 말해주듯 크게크게 고개를 끄덕였다. "가자! 집으로 가자!"

변을 치우느라 화장실에서 나오니 그는 산소호흡기를 걷

어내려고 헛손질을 하고 있었다. 나는 깜짝 놀라 그의 손을 붙잡았다. 그는 세 시간에 한 번 아니 한 시간에 한 번 누던 똥을 이제는 삼십 분에 한 번씩 누었다. 한줌도 되지 않는 검은 똥, 그것은 인간의 똥이 아니었다. 검은 똥을 누면서 그는 하루에도 두세 차례 의식을 잃었다. 그가 밤낮 없이 줄기차게 감행해온 이승에서의 여행은 이제 이쯤에서 잠시 멈추어지나보았다. 우리가 집을 떠난 지 한 달 보름. 우리는 아주 먼길을 돌아온 셈이었다. 그에게 집이란 무엇인가. 그에게 집에 가고 싶냐고 물었을 때 그는 한사코 고개를 저었었다. 그런데 이제 아이가 있고 어머니가 있고 그리고 그와 내가 거실에 모여 앉아 햇고구마를 벗겨 먹던 햇볕 따뜻한 겨울날 오후가 생각났던 것일까.

"니가 해줘!"

내가 얼른 말뜻을 알아듣지 못하자 그는 펜을 달라는 시늉을 했다. 펜을 손에 쥐어주었다. 그는 손끝에 힘을 주지 못해 글씨를 이루지 못했다.

"구상, 거의, 다, 했어······."

그는 할딱거리면서도 또릿또릿 한 자 한 자 힘주어 말했다. 그 동안 그는 서른다섯 해를 아우르느라 너무 바빴는지 한꺼번에 서른다섯 해를 살아버린 듯 몹시 피로해 보였다. 나는 백지에 그가 한 말을 써 그에게 보여주었다. 바로 그거야! 라는 듯 그는 고개를 끄덕였다. 바로 그거야! 내가 어떤 문제를 놓고 고민하다가 그에게 털어놓으며 해결해가는 과정을 지켜보면서 그가 내게 해주던 말이 '바로 그거야!'였다. 나는 막 구상을 끝내고 자기의 운명을 받아들이고 있는 그를 숙연히 지켜보았다. "어머니, 태형일랑 다 나에게 맡기고 이제 편안하게 눈을 감아." 그는 다시 한번 있는 힘을 다해 고개를 끄덕였다. 그날, 어떻게 저녁이 오고 밤을 맞았는지, 기억할 수 없다. 다만 벽이 갈라지듯 세상이 쪼개지듯 쩡! 하는 소리만이 귀에 선연히 남아 있을 뿐이다.

새벽이 되자 그의 혼은 한 마리 새가 되어 어둔 허공 속으로 날아갔다.

(태어나지 못한 불쌍한 아가야. 미처 너를 돌보지 못한 이 엄마를 용서해다오. 아빠가 떠날 낯설고 외로운 길, 길동무나 같이 하면 나 또한 태형이와 함께 평생 동무하며 살아갈 것이다. 내세를 기약하며 그 동안 부디 편안하여라.)

오남리 이야기 3 — 하기에게

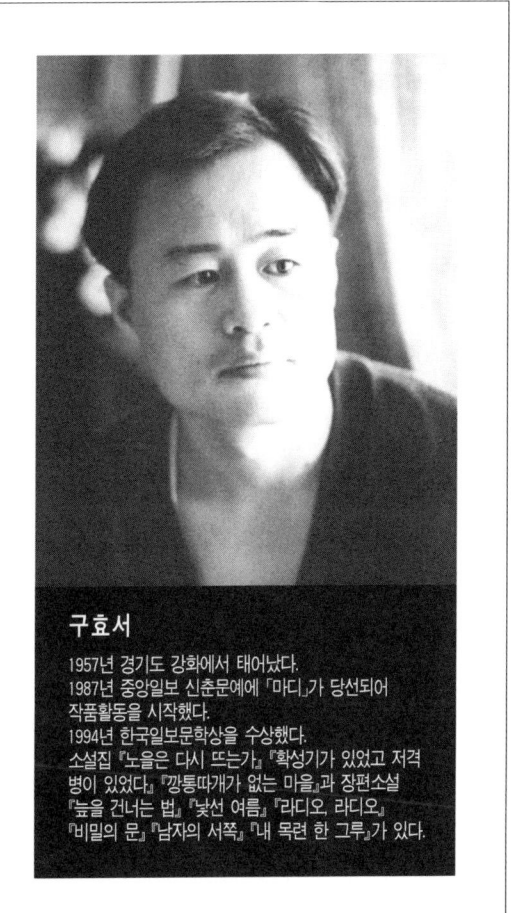

구효서

1957년 경기도 강화에서 태어났다.
1987년 중앙일보 신춘문예에 「마디」가 당선되어 작품활동을 시작했다.
1994년 한국일보문학상을 수상했다.
소설집 『노을은 다시 뜨는가』 『확성기가 있었고 저격병이 있었다』 『깡통따개가 없는 마을』과 장편소설 『늪을 건너는 법』 『낯선 여름』 『라디오, 라디오』 『비밀의 문』 『남자의 서쪽』 『내 목련 한 그루』가 있다.

칠월에 편지를 썼던 것 같애. 그런데 벌써 시월이야. 삼 개월이 후딱 지나가버렸어. 두어 평 남짓한 무채색의 콘크리트 독방에 갇혀 있는 널 생각할 때마다 어서 편지를 써야지 써야지 별렀지만 결국 또 세월만 보내고 말았어. 너한테 부치려고 교보문고에 가서 마티스 그림카드도 샀는데 아직 비닐 커버조차 뜯지 못하고 있어.

무얼 하자고 그리 바쁘게만 돌아쳤는지. 가슴에든 기억에든 아름다운 추억 따위는 없고 갈피갈피 그저 건조하고 스산한 바람만 일 뿐이야.

책상 앞에는 언제 붙여놓았는지도 모를 어지러운 메모지들이 누렇게 색이 바래 있어. 원고료 장부 정리할 것, 〈그레이스 오브 마이 하트〉를 꼭 볼 것, 아시시의 성인 프란체스코와 카잔차키스의 『그리스도 최후의 유혹』을 다시 읽을 것, 조지 가비안의 책과 김병언 소설집을 살 것, 집에 있는 전화번호부를 가져다 컴퓨터에 입력시킬 것, 등등.

하지만 그 어느 것 하나 제대로 실행한 게 없어. 원고료 장부도 지난 삼월에 한 차례 정리했을 뿐이야. 인세와 고료는 제대로 입금이나 됐는지…… 칠 개월이 넘도록 장부 정리를 안 할 정도라면 먹고 사는 데는 그다지 걱정이 없는 모양이구나 싶겠지만 어디 그런가. 은행에 가서 통장을 정리하는 일이 장편소설 한 편 쓰는 것보다 더 어렵게 느껴질 때가 많아.

오늘은 쓸 원고를 마치고 꼭 은행엘 가서 통장정리를 해야지 매번 다짐을 하지만 책상에서 물러나면 당장 해야 할 일들이 눈에 띄는 거야. 보리차를 끓여야 돼. 신발장 곁에 쌓아놓은 신문을 노끈으로 묶어놔야 수요일 재활용품 수거 때 얼른 갖고 나갈 수 있어. 겨울이 오기 전에 이불도 빨아 널어야지. 감자에 싹이 나서 먹을 수 있을까 고민해야 하고, 치즈 끄트머리가 딱딱하게 굳어가는 걸 보면 신경질이 나. 지난번 조기를 구워 먹고 그릴을 청소하지 않아 비린내도 나는 거야.

이렇게 살라고 누군가가 시킨 것도 아닌데 넓은 집 놔두고 떠나와 열여섯 평짜리 허름한 아파트에서 죽치고 있어. 혼자 일어나 세수하고 밥해 먹고 오전일하고 빨래하고 신문 보고 책 읽고 오후일하고 이부자리 깔고 또 혼자 눕는 거야. 방바닥은 아마 삼 일에나 한 번쯤 닦을라나. 감방에 갇혀 있는 너랑 그다지 다르지 않은 하루일 거야.

니 생활이 좋은 건지 내 생활이 좋은 건지 모르겠어. 담배를 마음대로 피울 수 있으니까 내가 더 좋은 건가? 반찬 같은 거 신경쓰지 않아도 때 되면 턱턱 밥이 나오니까 니가 더 좋은 건가? 가을 햇살이 더럽게 좋은데도 골방에 처박혀 웬수 같은 소설 쓰느라 고개조차 제대로 들지 못하니까 내가 더 나쁜 거겠지. 아니야, 나는 잠깐이라도 은항아리 계곡에 올라가 맑은 물 속에 잠긴 돌들을 하릴없이 들추어보기라도 할 수 있지만, 너에겐 가을 햇살이 그야말로 그림의 떡일 거야. 니가 더 안 좋다.

좋고 말고 할 것도 없다. 좋자면야 나는 마누라가 해주는 따뜻한 밥 먹고 적당히 취미 삼아 글 쓰고 애들하고 무동놀이하고 뒹굴면 되지. 너도 굳이 술 먹고 두만강인지 압록강인지만 넘지 않았다면 지금쯤 얼굴 이쁜 여자 후배와 광안리 해변가 카페에서 노닥거릴 수도 있는 거잖아.

그러면 될 것을 왜 길을 삐딱하게 들어선 건지 모르겠다. 뭐 다 팔자 아니겠어. 우리는 살면서 수없는 기로에 서고, 그러면서 어느 한 길을 선택해 가는데, 마흔 줄에 들어서서 뒤를 돌아다보니까 선택은커녕 무언가에 의해 여기까지 등 떠밀려왔다는 느낌이 더 강하게 드는 거야. 애당초 객관적 선택(이런 말이 있기나 있는 것인지 모르겠다만)이란 있을 수 없는 것 같아. 조건과 상황을 충분히 고려해 최선의 선택을 했다곤 하지만 결국 자기도 제대로 주체할 수 없는 타고난 성향이나 기질이 우리를 여기까지 끌고 온 것 같단 말이지.

이 땅의 소설가가 된 것도 그래. 거창하진 않아도 썩 그럴듯한 이유나 동기를 끌어다 대는 친구들이 아직도 적지 않은 모양이지만, 내 생각엔 아무래도 내가 소설을 선택한 것이 아니라 소설이 나를 선택한 것 같애. 소설이 날 찍은 것 같단 말이야. 소설 쓰는 인간이 되지 않으려고 안간힘을 썼어도 난 소설이란 것에 코가 꿰어 도살장에 끌려가는 소처럼 질질 끌려갔을 것 같애. 무당이 되기 싫어 필사적으로 버티다가 종당엔 신내림굿을 받아들이고 마는 신딸 같은 운명이랄까. 그래서 여기까지 온 것일 뿐인데, 어떻게 어깨 따위를 으쓱하겠냐. 가당치도 않은 일이지.

그런데 말야. 너는 밤에 잘 때 교도관이라는 사람들이 보초를 서주잖아. 기본적으로 널 가두어놓고 감시하는 것일 테지만 어떻게 보면 널 지켜주는 것일 수도 있어.

생각해봐. 난 매일 혼자 이불을 깔고 눕거든. 지켜보는 사람이 아무도 없는 거야. 그냥 캄캄한 천장을 보며 눈을 감는 거지. 그러다가 말이야. 지독한 가위에 눌려 심장마비라도 일으켜봐. 그냥 놔두면 죽는 거야. 얼른 발견하지 않으면 폴폴 썩겠지. 잠들기 전에 그런 생각을 하면 솔찮게 비장해지면서 하, 요렇게 소설 쓰며 산다는 게 만만찮은 거구나 싶지. 하지만 나는 이런 생활을 어느 정도는 즐기고 있으니 참 산다는 게 알다가도 모를 일이야. 팔자라니깐······.

지난 여름은 정말 유난히 더웠어. 8월 11일자 소인이 찍힌 네 편지에서도 더위가 확확 느껴졌었지. 그 좁은 독방에서 오죽했겠냐. 오남리 보라아파트만큼이나 단열이 안 된 건물일 텐데.

니 편지글 첫번째 문장에 '여기는 사우나 한증막'이라고 썼던 거 기억해? 나도 더웠지만 그 문구를 읽는 동안만큼은 더위가 가시더라. 좁은 감방 구석에서 물만두처럼 푹푹 쪄지고 있을 너를 생각하니까 내가 맘대로 이렇게 더워해도 되는 건가 싶어지더라구.

하여튼 '사우나 한증막'이라는 말이 아주 절박하게 느껴졌었어. 콩국수 얘기가 아니었다면 정말이지 베란다에라도 나가서 니가 겪는 고통을 나도 한번 겪어볼까 생각했었다니깐. 니가 먹고 자고 웃통 벗어젖히고 학학거리는 공간이 꼭 아파트 베란다쯤 되는 거 아니니.

그래도 감옥에서 콩국수까지 만들어 먹었다는 말을 듣고 조금은 안심이 됐지. 그래서 베란다에 나가 고행하는 대신 니가 만들어 먹었다던 그 콩국수를 만들어 먹어보기로 했던 거야.

니가 만들어 먹었던 방식 그대로 말야. 먼저 육개장 컵라면에 수프를 빼고 뜨거운 식수를 부어 면을 불린 다음 면발을 찬물에 헹구어낸다구? 그렇게 했지. 구치소 매점에는 연세두유가 있었겠지만 이곳 오남리에서는 연세두유를 구할 수 없었어. 맛에 큰 차이가 있겠냐 싶어 두산두유를 샀지.

너는 연세두유를 찬물에 냉각시킨다고 했지만 이 대명천지에선 그런 음료는 모두 냉장 판매를 하기 때문에 따로 식힐 필요가 없었어. 그래서 니 콩국수보다 내 콩국수가 약간은 더 차가웠을 거야. 콩국수 맛이라는 게 시원한 데서 나오는 건데 이미 여기서부터 내 콩국수가 니 콩국수보다 고급이 되는 거야.

니가 편지에다 적은 대로 그 두유를 면발이 담긴 스티로폼 식기에 쪼르륵 부었어. 쪼르륵 부었다고 썼길래 나도 일부러 쪼르륵 소리가 나게 부은 거야. 그리고 간 맞추는 것도 니 방식대로 했지. 일부러 태안맛김을 사다가 김 표면에 오돌토돌 붙어 있는 소금을 하나하나 털어낸 거야. 호사취미 있는 사람들은 만들어 먹어볼 만하겠더라. 재미는 있었으니까. 하지만 맛은…… 좀 그랬어.

감방에서 오징어회무침이며 생크림케이크까지 만들어 먹을 수 있다고 썼던데, 물론 어떻게든 만들어 먹을 수야 있겠지. 하지만 니가 왜 그렇게 호들갑스럽게 콩국수 해먹는 이야기를 썼는지 나는 다 알 것 같애. 때론 호들갑스러워야겠지. 바깥에서야 가만 있어도 호들갑 떠는 사람이 따로 있고 전 국민을 상대로 기도 안 막힐 허풍을 떠는 사람이 따로 있어서(대선 때문에 요즘 그런 치들이 부쩍 늘었어) 굳이 혼자 웃고 울고 할 필요가 없지만 넌 어디 그러니. 혼자 뛰고 혼자 웃고 혼자 절망하고…… 그러겠지.

더워서 잠 못 자던 게 엊그제 같은데 벌써 으이 추워라, 라는 말이 절로 입 밖으로 튀어나와. 여름보다 겨울이 더 걱정일 거야. 감방에 있는 너에게 편지를 쓰기 전까지만 하더라도 나는 감방에도 난로라는 게 있는 줄만 알았어. 그런데 없다며. 한때 너처럼 독방에서 몇 년을 지냈던 사람한테 물어봤더니 겨울 밤을 지새고 나면 머리맡의 물이 꽝꽝 언다고 하더라.

겨울에 어쩌다 동숭동에라도 한 차례 나갔다 오면 나는 입술이 부르터서 말도 못할 지경이 돼. 추위를 참는 일이 그만큼 고된 것일 텐데 불도 없는 마룻바닥에서 담요 한 장 덮고 겨울을 날 니 생각을 하니까 막 화딱지가 나.

독방에서 오 년을 지냈다던 그 사람이 그러더라. 아마 지금쯤은 달라졌을지도 모르겠다고. 난로 연통이라도 넣어줄지도 모른다고.

그 사람은 '아마'라고 말했는데 나는 그 아마라는 말에 갑자기 간절하고 절박해졌어. 그 사람이 아마라고 말한 게 얼마나 다행스럽게 여겨지던지.

지난번 니 편지에는 지워진 부분이 있었어. 세 줄이었는데 검은 볼펜으로 찍찍찍찍 그어놔서 글씨를 통 알아먹을 수가 없었다구. 편지글의 볼펜 색깔과 너무 똑같은 잉크라서 난 니가 일부러 지운 건 줄 알았지. 그런데 한 글자도 알아볼 수 없도록 완벽하게 지워진 걸 보고 니가 지운 게 아니라는 생각이 들었어. 문장을 고치는 차원에서 니가 지운 거라면 그렇게 악착같이 지웠겠니. 그냥 두어 줄 죽죽 긋고 말았겠지. 앞뒤 문장이 연결되지도 않았어.

아무래도 검열을 당한 것 같애. 검열당한 부분이라고 생각하니까 또 화가 나더라.

지운 게 화가 났다는 얘기가 아니야. 지운 사람은 나름대로 지워야 할 이유가 있어서 지웠겠지. 그 사람은 그걸 해서 먹고사는 사람일 테니까. 그리고 대한민국 교도행정법에 재소자의 편지는 지워도 아무 상관없다고 떡하니 적혀 있을 테니깐.

지우는 방식이 그게 뭐냐는 거지 내 말은. 차라리 선명하고 빨간 줄로 깔끔하게 지우거나 아니면 검은 먹으로 분명하게 지워서 '이 부분은 죄송하지만 검열을 한 곳입니다'라는 표시를 해야 하잖아. 그런데 지워놓은 꼬락서니란 마치 '어제 친구집에 갔었다. 그런데 친구는 없고 친구 누나만 있었다. 누나는 놀다 가라며 나를 붙잡았다. 할 수 없이 나는 누나 방에 들어갔다. 그런데 누나가 갑자기 내 뭣뭣을……' 이라고 쓰다가 갑자기 수치스러워져서 허겁지겁 지운 부분 같더란 말이지. 볼펜으로 아무렇게나 찍찍, 뺑글뺑글, 찍찍…… 그렇게 지워놨던 거야. 지우면서도 뭔가 떳떳한 기분이 아니었던지 니 볼펜과 똑같은 색깔로 지워놨더라니깐. 야비하다는 생각까지 들었어.
 재소자들 편지 검열하는 거야 모를 사람이 없잖아. 편지지에도 '검열필'이라는 스탬프를 꽝 찍는 마당에 이왕이면 당당해야지. 검열할 바를 검열했습니다, 이렇게.
 당당하려면 예의를 지켜야지. '기분이 좀 나쁘시겠지만 교도행정의 현실 여건상 부득이한 조치였습니다' 라고 점잖게 양해를 구하는 태도가 필요하다는 말이야. 그런데 찍찍, 뺑글뺑글, 찍찍이라니. 왜 편지를 받는 가족이나 친구까지 기분을 나쁘게 하느냐 그거야. 무시를 당한 것 같고, 나쁜 놈한테 이유 없이 한 방 얻어맞은 것 같았어. 지운 부분을 아무리 들여다봐도 '음, 뭐 지울 만했으니까 지웠겠지' 라는 생각이 도무지 안 들어. 너그러워지지 않는단 말이야. 왜냐하면 그 지운 꼴이 '지웠다, 어쩔래?' 하는 식이니까.
 지운 부분이 궁금할 테지? 첫장 열다섯째 줄부터야.

 '왜 지난 오월인가 김대통령 대선자금 발표를 하던 날 청와대에 벼락이 떨어졌었잖아. 그 소식을 들은 한총련 대학생들이 ×××××× 찍찍 ×××××××××× 뺑글뺑글 ××× ×××××××××××××××××××××××× 뺑글뺑글 × ××××××××××××××××× 찍찍 ×××××××××× ××××× 찍찍 ××××××××××××××××× 뺑글뺑글 ×

×××××××× 금단증상이 일어난 히로뽕 사범 같았다니깐. 책이 발딱 일어서서 강렬한 비트풍의 〈가솔린〉을 부르고, 쇠창살은 고통스럽고 긴 음률을 울렸고, 계단은 아코디언 주름처럼 늘어났다 줄어들었다 하면서 뽕짝을 연주하더라구.'

지워진 부분이 어떤 내용이었는지 기억나? 저들로서는 몹시 모멸스러운 표현들이었던가보지. 하여튼 그런 일이 있었다는 걸 니가 알아야 할 것 같아서 알려주는 거야.
누군가에게 말이나 글을 전하려고 하는데 입을 틀어막고 가위질하고 했던 역사는 참으로 오래고 길지. 하지만 분명한 건 틀어막고 자르고 했던 쪽이 항상 패배했다는 점이야. 떳떳하고 당당하고 자신 있는 사람이 상대의 모함이나 음해를 틀어막지 않는 것도 다 그 때문 아니겠어?

그 동안 이곳 오남리는 물 사정이 아주 안 좋았어. 한참 더울 때 사흘 동안 물 한 방울 나오지 않던 때도 있었으니까. 물이 나오는 날이라고 해도 오전 한 시간 오후 한 시간 찔끔찔끔 나오는 게 전부였어.
나야 혼자 사는 형편이니까 비록 작은 욕조라도 가득만 받아놓으면 그다지 크게 불편할 게 없었지. 그거 가지고 밥 짓고 보리차 끓이고 설거지하고 샤워하고 변기물 내리고 걸레를 빨 수 있었으니까. 그런데 부모 모시고 살면서 아이들 목욕이며 빨래까지 해야 하는 가정에서는 그 불편이 이만저만 아니었겠지.

그런데도 이상하게 뭐라는 사람이 없더라. 서울이나 인천은 하루 종일 물이 펑펑 쏟아지는데 오남리만 찔끔찔끔이라면 무시당하는 기분일 텐데 하여튼 얼마간 조용했어. 얼마간이 뭐야. 팔구월 두 달 동안이나 줄곧 그랬었지. 이천 가구가 넘게 사는 아파트 단지이긴 하지만 이곳 사람들은 워낙 무시당하고 소외당하는 데 이력이 나서 그러는가 싶었지.

그런데 한번은 하도 화가 나서 관리실에다 전화를 걸었어. 적어도 한 시간 동안은 물을 주어야 하는데 반 시간도 채 안 돼서 물이 툭 끊긴 거야. 세탁기가 돌아가다 멈췄지 뭐야. 겨우 초벌 세탁이 끝나려는데 물이 끊겼으니 헹굴 수가 있어야지.

"어떻게 된 겁니까?"

거두절미하고 그렇게 물었지. 그랬더니 젊은 남자가 뭐랬는 줄 알아?

"뭐가 말입니까?"

이러는 거야. 만만치가 않더군. 싸우려고 전화를 한 게 아닌데 말이야.

"한 시간 물을 준다고 했잖습니까?"

그랬더니 그 친구 대뜸 목청을 높이더라구.

"누군 뭐 주고 싶지 않아서 안 주는 줄 압니까? 물이 있어야 주지요 물이."

"내 얘기는 없는 물을 만들어달라는 얘기가 아니질 않습니까. 삼십 분 주고 끊을 양이었으면 애당초 그렇게 말을 해야지, 한 시간 주겠다고 방송을 해놓고선 반 시간도 안 돼서 물을 끓으니까 하는 말이잖아요. 물 문제가 아니라, 전달을 왜 그 모양으로 하느냐 그런 말입니다 내 말은…… 혼란이 오잖아요."

"그 모양이라니요? 당신 왜 나한테 딱딱거리는 거야?"

나는 머쓱했지. 당신? 딱딱거린다고? 기가 막혀서 한동안 말을 할 수 없었어.

"아니, 이봐요. 내 말은……."

"내 말이고 뭐고 당신이 그렇게 잘났으면 당신이 와서 해결하면 될 거 아냐!"

막무가내더군. 나는 어찌할 바를 모르고 쩔쩔맸어. 이 친구가 나한테 왜 이러나 싶었지. 수화기를 내려놓고 곰곰이 생각해봤어. 내가 뭐 그 친구한테 잘못한 거라도 있나.

특별히 잘못한 건 없는 것 같았어. 애당초 거두절미하고 "어떻게 된 겁니까?"라고 물은 게 그 친구의 심기를 건드렸던 걸까.

아니야. 아니었어. 그는 이미 폭발할 준비가 되어 있었던 거라구. 내 전화를 받기 전에 이미 그는 많은 사람들로부터 항의 전화를 받고 있었던 거야. 말이야 바른말이지 그 친구가 일부러 사람들 헷갈리라고 그렇게 방송했겠어. 그도 남양주지방공기업상수도사업회(이름이 왜 이토록 긴 건지 이것조차 맘에 안 들어)로부터 속은 거겠지. 전화에 시달리면서 조금씩조금씩 감정이 에스컬레이트된 걸 거야. 내가 재수가 없었던 거지. 끄트머리에 걸려든 것이었을 테니깐.

물이 안 나와도 조용하게들 사는 줄만 알았는데 이미 내부에서 분란이 일어나고 있었던 거야. 관리실 청년이 그 정두로 화가 났다면 알 만하잖아.

그런데 이건 내분을 일으킬 문제가 아니었던 거야. 관리실에서 잘못한 게 뭐 있겠어. 그런데도 사람들은 나처럼 관리실에 전화를 걸어서 기분 나쁘게 뭐라고 막 해댄 모양이지.

물론 물 문제에 있어서 관리실 직원들한테는 전혀 아무런 책임도 없다는 얘기는 아니야. 하지만 물이 나오고 안 나오고는 관리실 업무 차원에서는 해결될 게 아니었거든. 그런데도 사람들은 우선 당장 답답하고 그러니까 관리실에다가 전화를 해서 신경질을 부려댔나봐.

그 결과가 나한테는 '그렇게 잘났으면 당신이 와서 해결하면 될 거 아냐!'로 돌아온 거지.

울화가 치민 청년의 목소리를 가만 되새기고 있자니까 기분이 별로 나쁘진 않았어. 마침내 보라아파트 주민들의 분노가 저 땅 밑의 마그마처럼 서서히 끓어오르고 있다는 걸 느낄 수 있었거든. 당장은 애꿎은 관리실로 그 분노의 불길이 치솟고 있었지만 곧 제 방향을 잡겠지 싶었던 거야.

역시 내 예감이 맞았어. 제 방향을 잡아가고 있다는 조짐들이 하나 둘 나타나기 시작했거든. 그 첫번째가 보라아파트 입주자 대표가 바뀌었다는 거야.

박용식이라고 정중하게 자신을 소개한 이 신임 대표는 말도 참 잘해. 마이크깨나 잡아본 솜씨더라구. 왜 노래방 같은 데 가서 노래해보면 노래방에 돈푼깨나 뿌렸겠구나 싶은 친구들은 한눈에도 딱 띄게 마련이잖아. 그런 식이었지. "오남리 보라아파트 주민 여러분 안녕하십니까" 하는데 벌써 확

다르더라구. 성능 나쁜 마이크와 스피커에다가는 어떤 식의 발화법을 구사해야 하는지조차 다 아는 사람이었어. 여타 관리실 직원들의 음성과는 비교가 안 될 만큼 명료하지.

보라아파트 전달 체계는 확성기에 의존해. 각 가정의 거실로 직접 방송되는 신도시형 전달 체계와는 사뭇 다르지. 동마다 두 개의 쌍나발이 건물 모서리에 매달려 있는 거야. 〈대추나무 사랑 걸렸네〉 같은 걸 보면 마을 스피커가 느티나무 가지에 매달려 있잖아. 일테면 아직 그런 식인 거야. 하지만 이곳은 확 트인 농촌과는 달리 수십 개의 아파트 동이 도미노처럼 줄지어 서 있는 곳이라서 한번 방송을 할라치면 그 메아리가 제멋대로 얽히고 설켜. 무슨 소린지 통 알아먹을 수 없다는 말이야.

그런데 이 멋진 박용식씨는 그 버릇없는 메아리를 절묘하게 다스릴 줄 알지. 한 단어 한 단어를 딱딱 끊어서 느리게 말하는 거야. 말이 빠른 여직원의 방송은 베란다에 때까치가 알을 낳았다는 말인지 떫은 감은 비싸고 익은 감은 헐값이라는 건지 알아들을 수가 없는데 박용식 대표가 말하는 내용은 쏙쏙 들어온다는 거야.

그뿐인가. 그는 일상적인 어법을 부드럽게 구사해서 친근하고 편안하게 느껴져. 일테면 이런 식이지.

"말씀드리겠습니다. 요즘 도시가스 공사를 하느라고 저희 아파트 단지에 포크레인 몇 대가 들어와 있지요? 그래서 아마 좀 불편하실 겁니다. 하지만 공사가 그다지 오래 걸릴 것 같지는 않으니까요, 시끄럽더라도 조금만 참아주십시오……."

이런 말은 누구나 할 수 있는 말이라고? 특별히 부드럽거나 편안하게 느껴지지도 않는다고? 전대표의 방송 솜씨를 니가 몰라서 그래. 전대표는 어땠는 줄 알아. 이랬었다구.
"전달하갔습니다. 금번 본 보라아파트 단지 내에 도시가스 공사 소속 중장비 차량 여섯 대가 진입, 시공케 되었는바 부득이 주민 여러분들께 불편을 초래케 되었습니다. 이 점 널리 양지하시고 공사를 원만히 종료할 시까지 주민 여러분의 협조와 편달을 바라 마지않습니다……."
이 정도면 그래도 양반인 셈이야. 뭐라는 줄 알아? "작금의 음식물 쓰레기 및 재활용품 수거와 투기에 관하여 일례를 들어 그 요령을 고지하오니 각 가호에서는 숙지하셔서……"라고 나오면 골치가 다 지끈거린다니깐. 대표가 그러니까 점점 관리실 직원과 경비원들마저도 따라 그랬던 거야.
"6세 된 여아를 찾습니다. 청색 상의에 황색 하의를 착용한 김희윤 여아를 목격하시거나 보호하고 계신 분은 지금 즉시 605동 경비실로……."
황색 하의라니. 황색 하의라는 게 대체 뭘까. 노란 바지라는 뜻인지 누런 치마라는 뜻인지 도무지 감이 잡히질 않는 거야.
그들이 자주 쓰는 말은 '금번'이라든가 '조치'라는 말말고도 얼마든지 있어. 그들은 반드시 '때'라는 말을 '시'라고 고쳐 쓰지. '쓰레기를 버릴 때는'을 '쓰레기를 버릴 시는'이라고 쓴다는 말이야. '관계'라는 말은 그야말로 전가의 보도 같애. 아무 데나 붙여도 말이 되는 게 이 '관계'라는 단어라는 걸 나는 이곳에 와서야 알았다니깐. '휴일인 관계로 상가를 철시합니다' '불편 호소 관계로 상가를 재개합니다' '교통 혼잡 관계로 수신호를 합니다' '수압 미달 관계로 단수합니다' 등등.
 어떤 땐 말야, 이런 말도 나와. '오후 일곱시부터 급수를 공급할 예정입니다' '오전 여덟시부터 재개를 시작합니다……'
 그러니 우리의 새 박용식 입주자 대표는 정말 멋진 한글 세대 스피커 체질이 아닐 수 없는 거야. 전대표는 어쩌면 새 입주자 대표의 그런 식의 방송을 못마땅해할지도 몰라. "……공사가 그다지 오래 걸릴 것 같지는 않으니까는요, 시끄럽더라도 조금만 참아주십시오"라고 말하는 걸 들으면서 전대표는 분명 궁시렁거렸을 것 같애. "저것두 방송이랍시고 하나 원……"
 그런데 한 가지 안 좋은 점이 있어. 마이크깨나 잡아본 사람치고 또 마이크를 쉽게 놓는 사람도 없잖아. 좀 지나치다 싶을 정도로 주민을 상대로 미주알고주알 보고를 해대는데, 정말 저 사람이 주민의 알 권리를 충족시키려고 저 충성인지 아니면 시도 때도 없이 마이크 잡고 싶어 안달을 하는 건지 나중엔 잘 알 수가 없어지더란 말이지.
 대표가 바뀌니까 관리실 여직원도 새 대표를 따라가는 거야. 방송했던 것을 또하고 또하고 또하고 그럴 때는 아주 돌아버리겠어. 똑같은 말을 기본적으로 두 번 하고, 이 분쯤 쉬었다가 다시 하고, 일 분 뒤에 또 반복하는 거야.
 그렇잖아도 난 요즘 안 들어도 되는 말들을 듣느라 골머리가 아플 지경이거든. 보라아파트는 전부 오층짜리 건물이야. 그러니까 동과 동 사이가 좁을 수밖에.

앞동에서 고도리 치면서 허텅지거리 하는 소리까지 다 들려. 그거야 밤이라서 잘 들리는 거라고 친다지만 한낮의 지대공 공대지 대화는 정말 참을 수가 없어.

오층의 한 애엄마가 밖에서 놀고 있는 아이에게 소리를 치는 거야. 창문으로 고개를 쭉 빼고 말이야.

"너 새끼, 재능수학은 다 해놓고 노는 거야?"

그러면 아이가 오층을 향해 고개를 쳐들고 대꾸하지.

"글쎄 그렇다니깐 씨……."

"저게 얻다 대고 거짓말이야. 새꺄, 내가 다 봤어. 어제꺼까지 여섯 페이지나 밀렸잖아"

"이따 들어가서 하면 되잖아!"

"이따가 좋아하시네. 밤늦게 책상 앞에서 졸다가 지난번처럼 니네 아빠한테 작살날려구 그래? 지금 당장 들어오지 않으면 다리몽뎅이 분질러놓고 말 거야!"

"에이 씨. 조금만 놀다 들어갈 꺼라니깐……."

"저 싸가지 없는 새끼가…… 빨랑 안 올라와!"

지상과 공중의 대화는 갈수록 커지고 험악해지게 마련이야. 나중엔 필사적이 돼. 발악을 하지. 그럴수록 아파트 건물은 쩡쩡 울려. 대화가 아니라 이건 싸움이야.

그런데 사층의 어느 집 창문이 또 열리는 거야.

"지애야. 너 아까 고모한테서 전화 받았니?"

역시 땅에서 놀고 있는 자기 딸한테 하는 말이야.

"으응, 받았어."

아이가 고개를 쳐들고 대답해. 그러면 사층의 아낙도 목소리가 커지지.
"받았다면 받았다고 진작 말해줘야지. 내 원 속이 터져서. 너 때문에 엄마만 욕먹었잖아!"
이번엔 저쪽 8호 라인의 오층 문이 또 열리는 거야.
"창호야아아아, 밥 먹어라아아아아아."
이건 말야, 전쟁이라구. 공대지 미사일과 지대공 미사일이 불꽃을 튀기는 전쟁터라니까.
그런데다가 관리실 여직원이란 자까지 번갈아 똑같은 방송을 해대니 내가 어떻게 참겠니. 두 번 세 번 네 번 똑같은 말을 계속 듣고 있는 것도 고문이잖아. 그래서 관리실에다가는 전화를 다시는 안 하겠다고 다짐을 했건만 어쩔 수 없이 수화기를 들었지. 아예 울상이 돼서 사정하다시피 한 거야.
"왜 그러는 거예요 정마알? 이제 그만 하라구요오."
그랬더니 아가씨가 말하더라구.
"저도 그러고 싶은데요. 주민들이 자꾸 저한테 전화해서 잘 안 들렸으니까 다시 해달라는 걸 어떡해요."
나는 정말 징징 짜는 소리로 말했어.
"하이고오 이 아가씨야. 안 들렸다고 전화한 그 사람한테만 그 전화로 다시 말해주면 되지 왜 걸려온 전화는 공연히 끊구 스피커를 트는 거야 틀기를……."
그랬더니 이 아가씨 뭐라는 줄 알아?
"앗참 그러네. 그렇네요 정말."
하여튼 마이크 체질인 새 대표 때문에 가만히 앉아서도

아파트 돌아가는 사정만큼은 훤히(쓸데없는 것까지 포함해서) 알 수 있게 되었지. 걸핏하면 마이크를 들고 혹혹 아아거리는 것만 빼면 일을 참 잘하는 사람이야 그 사람.

적극적이고 저돌적인 주부들을 소집해서 금방 '보사모'를 조직하는 것만 봐도 그래. '보사모'란 '보라아파트를 사랑하는 사람들의 모임'의 약칭이야. 어때, 멋지지 않아.

보사모가 하는 일은 많아. 용역업체에서 공짜로 수거해가던 재활용품들을 보사모가 직접 모아다 팔아서 아파트 관리 공동기금을 마련한대. 그리고 그 아주머니들 대자보도 기가 막히게 써. 아파트 구석구석을 살피면서 사진을 찍고 비디오를 찍고 그걸 보라상가 앞 커다란 게시판에 대자보와 함께 내걸고 그래. 대자보 제목은 '관리비 걷어서 죄 얻다 썼나?' '이게 똥통이지 식수관인가?' '아슬아슬 떨어질라, 우리 애들이 다쳐요!'

대학 캠퍼스에 와 있는 기분이라니깐. 대자보 앞을 지나치던 사람들은 이래. "우와, 드디어 보라아파트, 뭔가가 된다 돼!" 그렇게 조용하던 사람들이 갑자기 웃싸웃싸가 되는 거야. 나는 지금까지 그토록 맹렬한 여성들이 보라아파트에 살고 있는지를 몰랐어. 허기야, 한여름 찜통 더위에 샤워를 사흘 동안이나 못 했는데 누군들 안 맹렬해지겠어.

보사모의 활약은 기대 이상이었지. 그들은 정말이지 인민의 대표들같이 씩씩했어. 열화와 같은 성원에 힘입어 밤을 낮으로 삼아 뛰더라구. 주부들을 어떻게 그렇게 금방 투사로 만들어놓았던 건지. 박용식 우리의 새 대표, 그 사람 정말 대단해. 역시 사람은 지도자를 잘 만나야 된다니깐.

마침내 보사모가 박대표와 함께 물 문제를 본격적으로 들고 나왔어. 지금도 그날이 기억나. 한국과 우즈베키스탄이 월드컵 축구 최종 예선을 치르는 날이었거든. 오후 일곱시에 보라아파트 전 주민은 보라상가 앞에 모여달라고 낮부터 박대표가 방송을 하더라구. 물 문제 때문에 이래저래서 모이는 거니까 한 사람도 빠지지 말라는 거였어. 그런가 보다 했지. 그런데 그날 방송에서 박대표의 마지막 멘트가 왠지 심상치 않았어.
"……그러니까 한번 본때를 보여주자구요."
그 본때라는 게 뭔지. 누구한테 보여주자는 건지 잘 알 수가 없었어. 하여튼 그날 오후 일곱시에 모임이 있다는 것만 알아들었지.
그런데 이 박대표, 방송이 끝난 지 십 분도 채 안 돼서 다시 마이크를 잡고 아아 혹훅거리는 거야. 에이, 저 마이크 체질…… 나는 혼자서 궁시렁거렸지.
"……아아, 다시 말씀드리겠습니다. 죄송합니다. 오늘 일곱시에 열리는 한국과 우즈베키스탄과의 월드컵 최종 예선 전 중계 때문에……."
그는 친근하고 편안하게 느껴지는 말투로 계속했어. 전대표였다면 분명 '중계 때문에'라고 하지 않고 '중계 관계로'라고 했을 거야.
"……모임을 아홉시로 연기하겠습니다. 잘 보시고 열심히 응원하시고 아홉시에 보라상가 앞으로 모여주시기 바랍니다. 한국팀 화이팅!"
그러자 앞동에서 와, 하며 박수 소리가 딱딱딱딱 나더라.

주민들의 당장의 관심사가 뭔지를 잘 알고 신속히 일정을 변경하는 박대표의 기지에 박수를 보내는 거였던 거야. 나도 모르게 빙그레 웃음이 나오더군.

근데 난 그날 축구 경기를 보지 못했어. 교문 사거리에 있는 팡세라는 카페에 갔었거든. 서울문고 직원을 그곳에서 다섯시에 만나기로 했고, 이비에스 문학기행 프로그램 제작팀을 역시 그곳에서 여섯시 반에 만나기로 했었거든. 서울문고에서는 저자 사인본 판매 이벤트를 연다나 해서 『남자의 서쪽』 삼십 권을 갖고 와 사인을 받아갔어. (그거 지금쯤 다 팔았을까.) 이비에스에서는 선운사엘 가자더라구.

이곳 오남리로 온 뒤로는 사람들을 거기서 만나. 여기까지 찾아오겠다는 사람도 있긴 있지만 꼬불꼬불 산길 약도 그려서 팩스로 부치고 어쩌고 하느니 차라리 내가 조금 나가는 게 편해. 교문 사거리라면 웬만한 사람들은 다 아니까. 팡세라는 카페에서 만나는 이유는 한 가지야. 그곳엔 사람을 만날 장소라고는 거기밖에 없어.

문학기행 피디가 "독자에게 전달하려는 메시지가 뭡니까"를 여섯 번도 더 묻길래 얘기가 좀 길어졌어. 박상우네 동네를 지나는데 벌써 깜깜해지더라구.

축구는 이겼는지 졌는지 알 수 없었어. 이것저것 따져보면 이놈의 나라라는 게 도무지 맘에 들진 않지만 왜 축구할 때만큼은 열렬한 애국자가 되는 건지 모르겠어.

스포츠 정치학이니 스포츠 사회학이니 하는 말들을 들어보면 뭘 참 모르고 사는 사람들이나 축구 좋아하는 것처럼 여겨지는데, 아무리 그런 걸 다 감안해도 월드컵 축구는 새

있단 말야.
 그래서 요즘은 거두절미하고 축구를 봐. 한때, 그리고 지금도 여전히 스포츠라는 걸 위정자들이 정치적으로 이용하고 있다는 것 모르는 건 아니야. 그리고 월드컵이라는 것이 전 세계를 상대로 벌이는 스포츠 상업이라는 것도 전혀 모르는 건 아니야. 그런 걸 거두절미하고 보자는 거지. 재밌으니까.
 홈그라운드의 더러운 텃세와 심판 매수 등의 잡음이 있긴 있지만 푸른 초원을 달리는 선수들을 보면 아, 이건 진짜구나 하는 느낌이 들어. 짜고 하거나 뒷거래를 하는 게임이 아니라는 생각이 든단 말이지. 전 세계의 축구팬들이 눈 부릅뜨고 지켜보는데 함부로 장난칠 수 있겠어? 월드컵에 있어선 전 세계의 축구팬이 하늘인 셈이지. 축구 인내천이야.
 빨리 가면 스포츠 뉴스나 하이라이트는 볼 수 있겠다 싶어 밤길을 달렸지. 그런데 보라아파트 단지에 거의 다다라서 차가 밀리기 시작하는 거야. 처음엔 사고라도 났나 싶었지. 그러지 않고선 그 길이 막힐 까닭이 없었거든.
 속도를 줄이고 1단으로 찔끔찔끔 가는데 앞차들이 하나하나 U턴을 하는 거야. 가던 길을 되돌아오더라구. 사고가 나도 크게 났구나 싶지. 요즘 한창 하고 있는 도시가스관 매설 공사에 이상이 생긴 건 아닐까.
 하여튼 그렇게 얼마를 더 전진했어. 그랬더니 교통경찰이 다가와 묻더라.
 "어디까지 가십니까?"
 "보라아파트까지요······."

그랬더니 전진 신호를 보내. 곧장 가라는 거야.
경찰은 다른 차들한테도 다가가서 똑같이 묻고 보라아파트를 지나치는 차량만 골라 우회시켰어. 보라아파트까지만 차가 갈 수 있다는 얘기였지.
무슨 일일까 싶어 두리번거리며 앞으로 나아갔지. 보라아파트 상가 쪽으로 꺾어지는 T자형 교차로에 다다랐을 때 나는 비로소 알게 되었어. 왜 길이 막혔는지를.
아, 보라아파트 주민들. 도로를 점거하고 농성중이었던 거야. 뭐라뭐라 소리를 지르더군. 가만히 들어보았지.
"물-줘라, 물-줘라, 물-줘라, 물-줘라……"
4분의 3박자. 신이 났더군. 세상에 태어나서 그렇게 대규모로 모여 한목소리를 내기는 처음인 그런 사람들이었어. 그런 만큼 기세등등, 의기양양. 텔레비전으로 숱하게 보고 들은 게 데모하는 거여서 그들은 따로 데모하는 방법을 배울 필요도 없었던 거야. 허공을 향해 오른팔을 내젓는 폼이 아주 턱 잡혔드라니깐. 한총련 저리 가라였어. 우리의 호프 보사모 아주머니들은 어땠는 줄 알아. 완전히 치어걸이었다니깐. 옥양목띠를 어깨에 두르고 팔을 걷어붙인 그녀들은 그거라면 석 달 열흘도 마다 않겠다는 식이었지.
괜히 내가 신나더라. 집에 들어갈 수 있어야지. 차를 상가 앞에 주차시켜놓고 어슬렁어슬렁 시위대 쪽으로 걸어갔어. 몇 대의 페트롤카가 빨간 경고등을 번쩍이고 있었고 시커먼 관용차량도 여기저기 보였어. 남양주시장이며 경찰서장까지 나온 모양이더라구.
하지만 분위기가 험악하다거나 그러진 않았어. 물이 안

나와서 물 달라는데 그들로서도 어쩔 수가 없었던 모양이지. 무엇보다 인근 파출소에서 동원된 순경들이 비협조적이었어. 주민들한테 비협조적이었다는 말이 아니라 치안당국에 비협조적이었지. 그들도 오남리 물줄기로 밥해 먹고 세수하고 빨래하는 사람들이었거든.
"아줌마…… 더 크게 질러야지요."
순경들이 시위대 주변을 빙빙 돌며 은근히 부추기는 거야. 이것 참 재밌는 데모다 싶어 나도 자꾸 시위대 속으로 걸어들어갔지.
그런데 말이야. 그 시위대 속에 누가 있었냐면, 거 왜 전에 내가 편지에 썼던 블루 있잖아, 그녀가 거기 있었다구.
발목까지 내려오는 검은 니트 스커트에 검은 망토를 어깨에 걸친 그녀가 휠체어에 다소곳이 앉아 있었던 거야. 미군부대(美軍部隊가 아니라 美群部隊라는 말 내가 했었나?) 미용실 거울 앞에 앉아 있던 모습 그대로 말야.
휠체어 바퀴에서 반사되는 푸르고 날카로운 빛이 아주 요요(寥寥)했지. 귀밑까지 내려온 그녀의 스트레이트 코팅 퍼머에도 생선비늘 같은 데서 느껴지는 미광이 비쳤어. 이마에서 턱밑까지 일직선으로 내리뻗은 곧은 머리카락이 그녀의 옆얼굴을 완전히 가리고 있었기 때문에 드러난 것이라곤 사금파리같이 뾰족한 그녀의 코끝뿐이었어.
블루…… 저 여자 좋아지면 어떡하나 난 공연한 걱정을 하고 있었지. 그만큼 그녀의 모습은 돋올했어. 눈에 딱 띄었다구. 상기된 시위대 속에 흔들리지 않는 고요로 앉아 있는 그녀가 돋보였어. 남들처럼 팔도 흔들지 않고 미용실 거울 앞에 앉아 있던 그 모양 그대로 앉아 있을 거라면 왜 나왔을까 싶었지.

하지만 그게 아니었어. 깎아놓은 흑단인형처럼 다소곳이 앉아 있는 그녀가 흥분된 시위대와 분명한 대조를 이루긴 했지만 그녀의 그런 모습이 오히려 시위대에게 묘한 투쟁심을 불러일으키는 것 같았다구. 그녀는 손을 흔들 필요도 없었어. 소리를 지를 필요도 없었어. 그녀는 잘 닦여진 휠체어 위에 가만히 앉아 있으면 되는 거였다구. 하반신이 마비된 젊고 아름다운 여인이 늦은 저녁에 휠체어를 끌고 시위에 참여하고 있다는 것. 그것만으로도 그녀의 역할과 가치는 스무 명 이상이었던 거야.

게다가 그녀의 곁에는 여섯 살쯤 된 사내아이까지 서 있었지. 그래, 지난번 편지에 잠깐 썼던 그애 말이야. 두송이. 두송이가 엄마 곁에서 눈을 비비고 있었지. 그리고 그녀의 뒤에는 그녀의 친정어머니가 휠체어 손잡이를 잡고 있었어. 온 가족이 다 나온 셈이었어.

지난번에 그녀, 그러니까 블루의 사연에 접근할 수 있는 방법을 찾아냈다고 얘기했었던가? 이번에 그 얘길 좀 하려고 했는데 여름 내내 물이 안 나오는 바람에 엉뚱한 얘기로 빠져버렸어.

그래, 블루의 사연에 접근할 수 있는 끈을 찾긴 찾았어. 그게 바로 데모하던 날 밤 그녀의 휠체어 손잡이를 잡고 있던 블루의 친정어머니. 더풀더풀 얘기도 잘하고 약간의 치매기도 있는 노인이라서 그다지 어렵지 않게 조만간 인사를 주고받을 수 있게 될 것 같애. 그런데 이 노인, 성격이 또 좀 고약한 데도 있다나봐. 아직은 잘 모르지만.

하여튼 물이든 가스든 전기든 그거 끊어지면 요즘 사람들 목숨조차 끊어지는 거 아닐까. 폭동이 일어날 일이라면 이젠 그 이유밖에 없을 것 같애. 단전 단수 단연…… 한 지역에 다만 며칠만이라도 물이라든지 가스라든지 전기가 들어오지 않아봐. 혈관과 신경과 숨줄이 막히는 꼴이 되겠지. 가만히들 있겠어? 혹시 이담에 그 점을 깨달은 권력자들이 이 세 가지를 가지고 고단수로 국민 길들이기 장난을 치면 어쩌지 싶네. 어서 빨리 돈벌어서 땅도 사고 우물도 파고 아궁이도 만들어야 하는 거 아닌가 모르겠어. 모든 걸 자급자족해야 명실상부한 자유와 비복종이 보장되는 거 아닌가 모르겠다구.

오늘도 감옥에 있는 너한테 글을 썼다만 따지고 보면 이곳의 내 생활이란 것도 감옥보다 나을 건 없어. 날마다 글 감옥에 갇혀 허우적대고 빌빌거리다 저녁이 오면 기력이 다 빠져 꽝 넘어져버리는 생활의 연속이니까.

그러면 오늘 글 제목은 '갇힌 자들의 소통'쯤으로 해둘까. 건강해라. 또 쓸게. 1997. 10. 20. 효서.

영원히 다시 시작되어야 하는 글쓰기
―젊은 작가 7인의 문학세계에 대한 간략한 스케치

왜 쓰는가?

이 물음에 자신 있게 답할 수 있는 작가란 별로 없다. 모든 글쓰기는 특별한 정답이 있을 수 없는, 그러나 회피할 수도 없는 이 물음에 대한 답변을 최대한 연기하기 위한 시도이다. 글을 쓰는 동안만은 이 물음은 잠정적으로 유보된다. 하지만 때로 작가들도 글쓰기를 통해 바로 이 물음에 직핍하게 다가가고자 하는 욕망을 느낄 때가 있다. 이때 글쓰기는 글쓰기의 원천적 존재조건에 대한 탐사가 된다. 작가 자신의 실존적 뿌리를 더듬어내려가는 작업이 시작되는 것이다. 그것은 위험한 그만큼 매혹적이며, 실패할 확률이 높은 그만큼 예기치 못한 성과가 기대되는 작업이기도 하다.
 그 글쓰기는 자신을 드러내는 동시에 감추는 글쓰기이다. 백지 위에 흩뿌려진 무수한 작가의 분신 가운데 정작 작가는 없다. 글쓰기는 변신의 곡예이며 가면을 쓴 고백이다. 거기에 진실은 없다. 오직 진실에 이르기 위한 희미한 흔적만이 점점이 빛나고 있을 뿐이다.
 여기 우리 시대를 대표하는 7명의 젊은 작가들이 한편으로 자신을 은폐하고 위장하면서 다른 한편으로 스스로를 노출시키고 전시한 기록이 있다. 그들의 글은 '자전소설'이란 기획 의도에 걸맞게 자신의 내밀한 부분을 조심스럽게 드러내고 있지만 그 드러냄은 대단히 음흉하고 계산된 방법적 드러냄이어서 사실을 있는 그대로 밝히기보다는 서사의 논리에 따라 재구성 재배열 재편집된 것이다. 거기서 우리는 가상의 진실, 허구의 승리를 발견할 수 있을 뿐이다.
 왜 쓰는가? 이 물음에 자신 있게 답할 수 있는 작가란 별로 없다. 오직 중단없는 글쓰기 그 자체가 그 물음에 대한 간접적인 답변이 되어줄 따름이다. 참고로 우리 시대를 대표하는 7명의 젊은 작가의 문학세계에 대한 간략한 스케치를 덧붙인다.

채영주 : 진지성과 희극성 사이를 오가는 사색과 모험의 도정

 신세대 문학에 대한 풍문이 문단과 독서시장 일각을 휩쓴 적이 있었다. 풍향도 풍속도 가늠하기 어려웠던 그 바람이

어지럽게 춤을 추고 지나간 지금 남은 것은 앙상한 언어의 잿더미뿐이다. 아니 어쩌면 이러한 판정은 지나치게 성급한 것이거나 과장된 것일 수 있다. 유심히 들여다보면 그 잿더미 속에서 끈질기게 조용히 타오르고 있는 몇 개의 아름다운 불꽃을 만나볼 수 있기 때문이다. 그 불꽃 가운데 하나로 채영주의 소설을 빼뜨릴 수는 없을 것이다. 80년대가 저물어갈 무렵 문단에 모습을 드러낸 후 지금까지 채영주는 빠르지도 느리지도 않게 또 정도 이상의 찬사나 외면을 받지도 않으면서 문제적인 작품을 꾸준히 발표해왔다.

채영주의 문학세계는 진지성과 희극성이란 두 극점을 오가며 벌이는 사색과 모험의 도정으로 이루어져 있다. 그는 미래에 대한 희망으로 가득 차 있어야 할 이십대에 80년대라는 정치적 암흑기를 통과해야 했던 세대의 일원답게 불의와 모순으로 가득 찬 현실 상황에 대한 예리한 인식을 소유하고 있지만 그러한 소재가 지닌 무게에 짓눌려 소설이 보여줄 수 있는 이야기의 재미와 구성의 묘미를 상실하는 우를 범하지는 않는다. 마찬가지로 그의 소설은 동시대의 어느 작가 못지않게 발랄하고 경쾌한 상상력과 탄력적인 문장을 선보이고 있지만 그렇다고 일부 신세대 문학이라 일컬어지고 있는 작품들이 노정하고 있는 부정적 경향, 즉 무국적적인 경박성이나 상업주의의 물결에 휩쓸려들어가지는 않고 있다. 그는 기민하면서도 유연하게 변화하는 현실에 대응하는 한편 자신의 문학적 영토를 조심스럽게 확장해가는 매우 침착한 작가적 행보를 보여주고 있다. 그런 의미에서 그의 소설은 진지하면서도 무겁지 않고 흥미로우면서도 통

속적이지 않은, 우리 시대에 흔치 않은 문학적 성과물로 받아들여진다. 그의 소설은 현실에 대한 심도 있는 분석과 통찰을 담고 있으면서도 전시대의 순수문학의 자폐성과는 일정한 거리를 유지하는 데 성공함으로써 자기 세대에 짐 지워진 문학사적 소명에 성실하게 응답하고 있다. (남진우)

김인숙 : 80년대에도 90년대에도 여전히 문제적인 작가

김인숙은 80년대에도 문제적인 작가였으며, 90년대에도 여전히 그 문제성을 유지하는 몇 안 되는 작가 중의 한 명이다. 김인숙을 말할 때 이 사실은 충분히 주목되어야 한다. 한 작가가 10여 년에 걸쳐 문제작을 써냈고 또 써낸다는 것, 이것은 하나의 문학사적 사건이라 할 수 있기 때문이다.

김인숙의 서사 구성원리를 개념화하자면, "계산이나 이해타산이 스며들 여지가 없는, 그러나 맹목적이지 않고 올바른 전망 앞에서 서 있는 것이어서 더욱 순결하고 아름다운, 그런 사랑의 이야기"가 가능한 세계를 향한 열정과 동경이라 할 수 있을 것이다. 즉, '아직 이루어지지 않은 세계(das Noch-Nicht-Gewordene)' 즉 유토피아에 대한 열정과 동경이 김인숙의 소설세계를 변화시키고 김인숙 소설의 담론 질서를 구성하게 하는 원동력인 것이다.

김인숙은 이 유토피아라는 미래상을 거울삼아 현실의 뒤틀리고 왜곡된 현실을 비추어내었으며, 또한 자유의지를 상실하여 자신의 실천의 결과로부터 혹은 세계의 질서로부터

소외된 인간존재의 왜소한 존재방식을 정확하게 반영해왔다. 물론 이 유토피아에의 의지는 김인숙 개인의 창조물은 아니다. 오히려 일제시대 이후부터 축적되고 80년대에 폭발적으로 고양된, 뒤틀린 역사를 넘어서고자 했던 여러 다양한 실천의지의 산물이라고 할 수 있다. 그러나 김인숙은 이 역사적 축적물을 누구보다도 치열하게 자기화하고자 했으며, 하여 김인숙은 80년대를 대표하는 작가로 떳떳이 설 수 있었다.

그리고 90년대에도, 대부분의 사람들이 한국의 근현대사의 힘겨운 과정을 거치면서 모색한 희망의 원리를 쉽게 망각하고 배제하는 상황에서, 외롭게 그 꿈을, 그 꿈을 향한 의지를 지켜내고 있다. 그 결과 김인숙은 90년대에도 여전히 문제적인 작가로서의 자리를 잃지 않고 있다.

김인숙이 90년대에도 여전히 문제적일 수 있는 것은 단순히 희망을 기억하고 있다는 것 때문만은 아니다. 90년대 초반, 작가는 누구보다도 깊은 절망과 환멸에 허덕인 것이 사실이다. 그러나 최근 들어, 그 헤어나올 수 없어 보였던 절망과 환멸의 늪에서 가녀린, 가녀려서 더욱 빛나는 연꽃을 피워올리고 있다. 김인숙이 피워올린 이 연꽃은 희망에 자신의 실존을 다 던진 존재만이 거듭거듭 새로운 희망의 원리를 찾아 나설 수 있다는 진리를 다시 한번 확인시켜주는 것이자, 작가가 90년에도 여전히 문제적인 작가일 수 있는 가장 분명한 표지이다. (류보선)

윤대녕 : 90년대 소설의 새로운 표정

윤대녕의 소설은 독특하다. 그는 자신만의 글감과 스타일로 독자들을 자기 세계 안으로 끌어들이는 묘한 힘을 가진 작가다. 혼돈과 모색의 연대로 기록될 이 90년대의 벽두에 등단한 그는 개성 있는 고집으로 90년대 소설의 새로운 표정의 하나를 창안해내는 데 성공을 거두었다. 윤대녕의 상상력은 현실 전복적 가역반응에서 비롯된다. 그에게 있어서 현실은 일시적이고 찰나적인 허상에 불과하다. 현실은 그의 육체는 물론 영혼을 담기에 턱없이 부족한 공간이다. 그러기에 현실의 시간이나 공간이 그에게 미치는 의미는 지극히 한정적이다. 넘어서야 할 부정적 계기를 제공하는 선에서 그친다. 현실 저편으로 추동하는 가역반응의 매개 구실로서만 현실은 의미를 지닌다. 서둘러 말하자면, 윤대녕의 가역반응은 새로운 패러다임의 모색을 짐작하게 한다. 질서에서 혼돈으로, 사회학적 상상력에서 신화적 상상력으로, 리얼리즘에서 하이퍼 리얼리즘으로의 변화라는 새로운 조짐이 바로 그것이다. 그의 소설은 여러 가지 측면에서 새로운 리얼리티의 출현을, 새로운 상상력의 가능성을 예감케 한다.

윤대녕의 소설은 현실에 지독하게 절망한 자의 문학이다. 또 운명적으로 저주받은 자들의 그림자로 을씨년스런 표정을 그의 소설들은 한결같이 지니고 있다. 윤대녕의 인물들은 자기동일성을 상실한 채 혼미의 방황을 거듭하며, 꿈을 소실한 채 고통스런 몽증보행을 계속한다. 그들은 방황과 고통 속에서 아주 힘겹게 그러나 어쩔 수 없이 가역반응에 몰입한다.

그 가역반응은 흔히 역(逆) 시간여행으로 나타난다. 현실에서의 절망과 곤혹이 그로 하여금 현실과 시간을 거슬러 아득한 기억의 저편을 꿈꾸게 한다. (우찬제)

은희경 : 유쾌한 환멸, 우울한 농담

속도감 있는 문체와 폐부를 찌르는 에피그램들, 의뭉스러운 유머와 해학적인 풍자에 힘입어 다른 어떤 작가와도 다른 자신만의 독특한 개성을 확보한 은희경의 소설은 가볍고 날렵하다. 유쾌하고 발랄하다. 한편으로는 이 거대한 인류학적 실험실에서 다른 이들이 놓치고 있는 생의 이면에 대한 탐사관의 가차없는 시선을 늦추지 않으면서, 또 때로는 모든 사람들이 한 방향을 가리키고 있을 때 다른 방향을 쳐다보는 조숙한 악동의 본능적인 경계심을 흩뜨리지 않으면서, 은희경은 단자화된 개인의 유한한 삶이 존재론적으로 지니고 있을 수밖에 없는 삶의 쓸쓸함을 놓치지 않는다. 제1회 문학동네소설상 수상 작품인 장편 『새의 선물』에서부터 최근 상재된 소설집 『타인에게 말 걸기』에 이르기까지 그녀는 단 한 번도 자신의 출발점을 잊은 적이 없다 해도 과언이 아니다. 냉철한 서기관이 되든 조숙한 악동이 되든 그녀가 선택한 길은 언제나 다른 사람들과의 조화롭고 행복한 소통을 보장하지 않는 가시밭길이 될 가능성이 농후하다. 다른 사람들이 가지 않는 길로 가는 것, 그것이야말로 은희경의 모토가 아닌가. 따라서 그녀가 보여주는 한없는 가벼움과 경쾌한 장난스러움에는 진지한 성찰 정신과 진실에 대한 열망이 몇 겹으로 꼭꼭 싸인 채 담겨 있다.

환멸은 90년대 문학의 중심적인 화두의 하나일 것이다. 은희경 역시 이러한 환멸의 바다에서 출발한다. 그녀의 문학을 둘러싸고 있는 몇 가지 모티프들은 그녀가 90년대의 이 거대한 흐름으로부터 자유롭지 못하다는 사실을 보여주는 데 조금도 모자람이 없다. 이를테면, 상실감에 사로잡힌 내면은 윤대녕이나 신경숙 그리고 김형경 등과 더불어 그녀의 소설에서도 핵심적인 위치를 차지하고 있다. 또한 출생의 고뇌로 현상하는 비정상적 가족관계에 대한 관심 역시 배수아라든가 한강, 이응준, 조경란 등 최근 급부상하고 있는 신예작가들과 함께 공유하고 있는 관심 영역이라고 할 만하다. 특히 역설적인 나르시시즘으로 드러나는 사랑과 연애에 대한 심리 메커니즘은 전경린과 윤효의 소설과 더불어 현대 도시인의 이상 심리를 해명하는 데 중요한 포인트를 제공한다. 우리는 은희경의 소설을 통해 동세대 문학의 풍향을 읽을 수 있을지도 모르겠다. (신수정)

최인석 : 무당의 신기와도 같은 심연 속의 거대한 힘

10년여에 걸쳐 상재된 최인석의 여덟 권의 책들이 보여주는 세계는 난마처럼 갈피를 잡을 수 없이 다양하다. 현실의 모순이나 소시민성에 대한 풍자와 야유, 지식인의 허위의식에 대한 비판이 있는가 하면, 난데없이 시체애호증(necrophilia) 환자의 이야기가 등장하기도 하고, 비극적 반복이라는 저 신화적인 세계가 현실의 모습을 하고 천연덕스럽게 등장하기도 한다. 소설의 공간도 다채롭고 인물들도 다양하다. 한마디로 이것이 최인석적인 것이라고 꼬집어 말하기 곤란하다는 것이다.

그러나 거기에는 균열된 지각의 틈새나 우물과도 같이 어둡고 음습하며 깊고 그윽하여, 명확하게 규정하기는 어렵지만 그 어떤 힘이 도사리고 있는 듯하다. 그저 짐작일 뿐이지만, 작가 자신도 통제하기 어려운, 정신적 불수의근의 모습을 하고 있는 그 어떤 심연의 힘이 있어, 최인석의 텍스트 속으로 때로는 돌연하게 솟아나와 서사 구성의 균형을 흔들어버리기도 하고, 더러는 병리적인 모습으로 현상하는 인간 속의 마성을 포착하게끔 작가를 이끌어가기도 하고, 더러는 작품 속의 인물들로 하여금 납득하기 어려운 행동을 감행하게 하는 것은 아닐까. 그렇다면 그것은, 작가 자신의 것이기는 하되 결코 작가적인 의도의 합리성 안에 속하지는 않는, 말하자면 무당의 신기처럼 오히려 작가를 부리는, 아도르노식으로 말하자면 그 어떤 미메시스적인 것은 아닐까.

최인석은 세계의 폭력을 묘사하는 대목에서 가장 큰 힘을 발휘한다. 그래서일까. 그의 소설에서는 구성의 논리에 비해 한 발 앞서 있거나 뒤처져 있는 대목들, 리얼리티에 상처를 입힐 정도로 과장되어 있는 대목들이 빈번하게 출현한다. 그의 서사세계는 균제라든지 조화나 균형 등의 미덕과는 다소

거리가 있다. 흡사 한편이 일그러지거나 부풀려져 있는 조상을 보는 듯한 느낌이다. 그러나 바로 이러한 요소들, 알레고리적 서사 표면에 뚫려져 있는 구멍들, 네크로필리아라는 시니피앙 그 자체의 기괴함, 반복적으로 등장하는 다양한 '난폭한 아버지'들, 광기와 자살로 세상을 등지는 사람들의 모습이 마치 심연 속의 거대한 힘처럼 느껴진다. (서영채)

김소진 : 기억 속으로의 순례 여행, 세기말의 감각에 맞서는 힘

김소진은 저 70년대식의 산동네 이야기를, 그것도 매우 집요하게 우리에게 들려주고 있다. 구멍가게 주인, 삯바느질꾼, 양은 장수, 고물상, 석수장이, 막걸리집 주모, 건축 노무자, 레슬링 선수, 연탄가게 배달부, 양공주, 똥지게꾼, 폐병쟁이, 성냥공장 공원, 무당, 들병이, 노름꾼, 미친 여자, 찐빵집 주인, 약사, 주정뱅이 들 그리고 고철 부스러기를 주우러 돌아다니는 산동네 아이들. 김소진의 세계는 이들의 삶에 의해 구성된다. 그리고 그 세계의 앞뒤에는 그의 첫소설 「쥐잡기」와 마지막 소설 「눈사람 속의 검은 항아리」가 도시의 경계 표지판처럼, 흡사 『몽유록』에서의 입몽(入夢)과 각몽(覺夢)의 절차와도 같이 놓여 있다. 그렇다면 그의 세계는 일종의 꿈과도 같다는 것인가. 아마도 그렇다고 해야 할 것이다. 70년대식의 산동네가 이제 와서 현재형으로 등장한다면 그것은 일종의 시대착오에 불과할 뿐이다. 김소진의 이야기가 앞서 지적했던 도시빈민들의 이야기와 구분

되는 것은 바로 이러한 지점에서일 것이다. 현재의 이야기가 아니라 과거의 이야기라는 것, 관찰과 기록과 고발의 양식이 아니라 기억과 회상과 반추의 양식이라는 것이다. 그의 작가적 역량이 단편에 모아졌던 것도 이러한 사실과 무관하지 않은 것으로 보인다. 김소진은 꿈처럼 단속적이고 단편적이고 계기적으로 떠오르는, 치환되고 응축되는 저 기억 속으로 순례의 여행을 다녔고, 그가 써낸 다섯 권 분량의 단편들은 그 순례의 기록인 셈이다.

　김소진의 소설은 어떤 문제도 제기하지 않는다. 삶이나 죽음과도 같은 그 어떤 보편적인 것의 의미에 대해 묻지도 않는다. 그는 단지 이야기하고 있을 뿐이다. 천연덕스럽게, 자기 자신과 주변의 이야기를 들려주고 있을 뿐이다. 그 이야기는 대개 회상의 형식을 가지고 있으며, 그 회상을 불러일으키는 동기 또한 돌연하게 등장한다. 그의 소설 전체를 하나의 텍스트로 본다면, 그의 이야기들은 서로 환유적 연쇄로 이어져 있다. 그 사슬은 아버지로부터 시작하여 아버지로 끝난다. 그러나 그것은 어머니로부터 시작하여 어머니로 끝난다는 말과 같은 것이다. 아버지와 어머니는 죽음과 삶을 가로지르는 육체를 통해, 에로스의 기억을 통해 연결되어 있기 때문이다. 그가 이야기하는 것은 그러므로 사건이 아니라, 회상과 기억의 형식을 통해서만 존재할 수 있는 것으로서의 경험이다.

　김소진이 자신의 경험을 통해 집요하게 들려주는 저 추레하고 단편적인 이야기들, 그의 표현에 따르자면 '아무짝에도 쓸모없이 버려지는 똥'과 같은 이야기들은 결국 그 유용

성의 신화, 유용성의 독재에 맞서는 저항으로 보인다. 작지만 그래서 더 소중하다. 이런 뜻에서 우리는 그를 이야기꾼이라 부르고 싶다. (서영채)

구효서 : 소설 쓰기란 무엇인가란 물음에 대한 진지한 탐문

구효서의 소설들은 소설을 둘러싸고 제기되는 물음들, 이를테면 이 시대에 소설을 쓴다는 것은 어떤 의미가 있는가? 이 시대의 소설가의 역할과 위상은 무엇인가? 이 시대에 소설 쓰기가 궁극적으로 추구하는 것은 과연 무엇이며, 무엇이어야 하는가? 등등에 대한 나름대로의 답변을 모색하려는 노력을 중심축으로 회전하고 있는 듯하다. 그리고 그러한 물음들의 밑바닥에는 대개의 경우, 언어에 대한, 혹은 언어를 통해 이루어지는 소통행위에 대한 보다 근본적인 문제제기가 가로놓여 있다. 구효서의 소설들에 등장하는 주인공들이 대부분 소설가이거나, 어떤 형태로든 언어와 관련된 매우 민감한 자의식을 지니고 있는 사람들인 것은 그의 소설들에서 제시되는 이와 같은 문제의식과 밀접한 관계가 있다. 구효서의 소설 속의 주인공들은 스스로 소설 쓰기를 자신의 평생의 업으로 짊어질 것을 선택했으면서도 그 운명적 업의 의미에 대해 끊임없이 회의하고 그 회의를 통해 언어와 인간의 삶이 지닌 본질적인 관계가 무엇인지를 파헤치려는 노력을 보여준다. 구효서의 소설에서 이러한 문제의식은 인간의 삶을 관리하고 통제하는 교묘한 자본주의적 메커니

즘에 대한 문제의식과 겹쳐지면서 언어라는 것이 그러한 통제의 메커니즘과 어떻게 결탁하고 그럼으로써 어떻게 오염되고 있는지에 대한 물음으로 나아갈 때 보다 첨예한 현실적 의미를 획득하게 된다. 요컨대 문제의식의 근간을 이루는 것은 언어는 과연 인간적 진실의 표현에 합당한 도구인가, 혹은 언어를 통해 진실의 문 안쪽에 이르는 것은 과연 가능한 일인가라는 의문이다. 특히 개인의 삶이 끊임없이 개인의 의지를 넘어서는 어떤 보이지 않는 메커니즘의 논리에 의해 조종당하고 있는 것은 아닌가라는 의심은 구효서 소설 속의 주인공들이 공유하고 있는 상당히 민감한 문제의식 가운데 하나라고 할 수 있는데, 그러한 의심은 궁극적으로 그와 같은 자본주의적 메커니즘 내에서의 소설 쓰기란 무엇인가를 묻는 소설가적 자의식과 연결되는 것이라고 할 수 있다.

그러한 문제의식을 드러내는 방식으로서 구효서의 소설이 애용하고 있는 방법 가운데 하나가 특유의 몽환적이면서도 알레고리적인 소설기법이다. 아마도 그러한 알레고리적 소설기법은 구효서를 다른 작가들과 구별지어주는 그만의 독특한 소설가적 개성이라고 볼 수 있을 것이다. 그 특유의 알레고리는 현실의 공간을 비현실의 공간 쪽으로 그로테스크하게 확장시키는, 혹은 소설에서 제시되는 상황이나 인물들의 행위를 비현실적으로 과장되게 부풀려 표현하는 데서 얻어진다. 그것은 지금까지 소설을 억눌러왔던 개연성의 구속을 과감하게 벗어나 소설적 상상력의 공간을 보다 탄력적으로 운용하려는 시도의 하나로 평가될 수 있을 것이다. (박혜경)

서정시대

1판 1쇄	1998년 1월 26일
1판 2쇄	2005년 3월 24일

지은이	채영주 김인숙 윤대녕 은희경 최인석 함정임 구효서
펴낸이	강병선
펴낸곳	(주)문학동네
출판등록	1993년 10월 22일 제406-2003-000045호

주 소	413-756 경기도 파주시 교하읍 문발리 파주출판도시 513-8
전자우편	editor@munhak.com
전화번호	031) 955-8888
팩 스	031) 955-8855

ISBN 89-8281-097-8 03810

* 이 책의 판권은 지은이와 문학동네에 있습니다.
  이 책 내용의 전부 또는 일부를 재사용하려면 반드시 양측의 서면 동의를 받아야 합니다.

www.munhak.com